suhrkamp taschenbuch 3835

Japan 1949, vier Jahre nach der bedingungslosen Kapitulation. Arbeitskämpfe erschüttern das Land, die Staatsbahn kündigt Massenentlassungen an, ihr Generaldirektor Shimoyama Sadanori wird tot aufgefunden. Ein Freitod? Ein Mord, verübt von Kommunisten? Hintergrund der Handlung von Inoues Roman ist ein bis heute ungelöster, tief im kollektiven Gedächtnis Japans verwurzelter Fall, den der Autor aufgreift, um das Psychogramm des Journalisten Hayami Takuo zu entwerfen, der verbissen nach der Wahrheit sucht. Doch es gibt mehr als nur eine Wahrheit.

*Schwarze Flut*, der meisterhafte erste Roman von Yasushi Inoue, ist Kriminalgeschichte und Gesellschaftsbild in einem. Er bildet mit den Novellen *Der Stierkampf* und *Das Jagdgewehr* eine Trilogie. Yasushi Inoue, geboren 1907 auf Hokkaido, starb 1991 in Tokio.

Yasushi Inoue
Schwarze Flut

*Roman*

Aus dem Japanischen übersetzt
und mit einem Nachwort versehen
von Otto Putz

Suhrkamp

Titel der Originalausgabe:
*Kuroi ushio*
Die Übersetzung folgt dem in
*Inoue Yasushi shôsetsu zenshû*, Bd. 2, Tokio 1973
(Gesamtausgabe der Romane Inoues) enthaltenen Text

Klimaneutral
Druckprodukt
ClimatePartner.com/14438-2110-1001

5. Auflage 2024

Erste Auflage 2007
suhrkamp taschenbuch 3835
© 1950, The Heirs of Yasushi Inoue
© der deutschsprachigen Ausgabe
2000, Suhrkamp Verlag AG, Berlin
Alle Rechte vorbehalten. Wir behalten uns auch
eine Nutzung des Werks für Text und Data Mining
im Sinne von § 44b UrhG vor.
Umschlaggestaltung: Göllner, Michels, Zegarzewski
Umschlagfoto: Detlef Odenhausen
Druck: CPI books GmbH, Leck
Printed in Germany
ISBN 978-3-518-45835-8

www.suhrkamp.de

# Schwarze Flut

Hayami hatte zwei Tage Urlaub genommen, die er in Numazu im Haus von Satake Usan verbrachte, in einer seit langem nicht mehr gewöhnten familiären Atmosphäre, und als er, in der Hand eine kleine Reisetasche, in der Redaktion im zweiten Stock des Zeitungsverlags K in Yûrakuchô auftauchte, war es bereits kurz vor elf Uhr abends.

Als er die Lokalbahn in Yûrakuchô verlassen hatte und auf dem Bahnsteig stand, blickte er, Gewohnheit eines langen Reporterlebens, auf das Zeitungsgebäude, das hinter dem Bahnsteig aufragte. Alle Fenster im zweiten Stock waren hell beleuchtet, so als sei es noch früh am Abend. In diesem Moment spürte er, daß etwas passiert sein mußte; aber erst als er vom Eingang der Redaktion aus die zwanzig, dreißig Verlagsangestellten im hinteren Teil des Raums herumstehen sah, der den Redakteuren der Gesellschaftsnachrichten zugeteilt war, war ihm wirklich klar, daß etwas von größerer Tragweite geschehen sein mußte.

Er betrat die Redaktion, und angesichts der ernsten, für schwerwiegendere Zwischenfälle charakteristischen Atmosphäre dämmerte ihm, daß es ziemlich ernst sein mußte. Sein erster Gedanke war, daß die Gewerkschaften wegen des Stellenabbaus bei der Staatsbahn einen Streik ausgerufen hatten und die Regierung darauf mit der Verhängung des Ausnahmezustands reagiert hatte. Andernfalls war es kaum vorstellbar, daß sich immer noch so viele Mitglieder der Belegschaft in der Redaktion aufhielten.

Hayami legte seine Tasche auf den hintersten der Tische der Abteilung für Gesellschaftsnachrichten, die in einer langen Reihe nebeneinanderstanden, und fragte einen jungen Polizeireporter, der dort saß: »Was ist passiert?«

»Shimoyama, der Generaldirektor der Staatsbahn, ist spurlos verschwunden. Hast du nicht die Sonderausgabe gelesen?«

»Nein. Ich komme gerade aus Numazu zurück.«

Es war also etwas anderes geschehen, als er gedacht hatte. Ein düsteres Gefühl, ein Gefühl von Brutalität und Grauen breitete sich in ihm aus. Der junge Reporter durchwühlte die Zeitungen, die auf dem Tisch herumlagen, und zog ein Exemplar der Sonderausgabe heraus.

»Wir waren die einzigen. Die einzigen, die eine Sonderausgabe herausbrachten.«

Es hatte den Anschein, daß die Zeitung S, die Zeitung O wie auch die Zeitung U ein wenig gezögert hatten, eine Sonderausgabe zu veröffentlichen; der eigene Verlag hingegen hatte sich, gestützt auf das einsame Urteil von Yamana, dem Leiter der Abteilung, umstandslos zu einer Veröffentlichung entschlossen.

Hayami ließ seinen Blick über die Seiten gleiten, überflog dann die Artikel in den Druckfahnen der Morgenausgabe, die auf dem Tisch verstreut waren, und in dem Moment kam Abteilungsleiter Yamana mit leicht vom Alkohol geröteten Augen auf ihn zu und sagte: »Seit wann bist du wieder da?«

»Gerade zurückgekommen. Kaum bin ich zwei Tage weg, und schon passiert so etwas. Was für eine furchtbare Welt!«

Von der Seite her spähte Yamana zusammen mit Hayami beiläufig in die Zeitung, die Hayami in der Hand hielt.

»Was ist?! Hättest du nicht Lust, den Fall zu übernehmen?« fragte Yamana in dem für ihn typischen ausdruckslosen, ruhigen Ton und ließ seinen Blick, den er mittlerweile von der Zeitung abgewandt hatte, in einen Winkel des Redaktionsbüros wandern.

»Der Chefreporter für das Polizeipräsidium hält sich momentan leider in Hokkaidô auf, weshalb er ausfällt. Andererseits sind da ja Kakei und Tonomura, die sich um das Polizeipräsidium kümmern können, so daß wir schon irgendwie zurechtkommen. Worum ich dich bitten möchte, hat nichts mit dem Präsidium zu tun. Die drei von der Redaktion haben alle Hände voll zu tun, und wenn der Fall größere Dimensionen annehmen sollte, kann ich auch von dort niemanden abziehen«, sagte Yamana leise – wie immer, wenn er jemanden überreden wollte, mit einer hartnäckigen Umständlichkeit.

Es war tatsächlich so, wie Yamana sagte. Die Teigin-Affäre und der Taira-Zwischenfall waren nach wie vor ungelöst; hinzu kam das Problem, daß man in verschiedenen Landesteilen den aus der Sowjetunion Heimgekehrten den Transport in öffentlichen Verkehrsmitteln verweigerte, die gewalttätigen Auseinandersetzungen im Zusammenhang mit dem Stellenabbau bei der Staatsbahn und die darauf folgenden landesweiten unheimlichen Reaktionen der Gewerkschaften, Reaktionen, die äußerlich zwar gemessen wirkten, auf deren Grund sich jedoch Sturm zusammenbraute – seine Kollegen konnten kein einziges dieser Probleme ignorieren. Aber selbst ohne diese Probleme wäre es den drei Vizeabteilungsleitern der Redaktion praktisch unmöglich gewesen, diesen neuen Fall zusätzlich zu ihrer Arbeit zu übernehmen. Hinter der Aufforderung Yamanas, Hayami solle als Chefreporter die Berichterstattung in diesem Fall leiten, verbarg sich allerdings noch etwas anderes. Dies spürte auch Hayami mit einer gewissen Bitterkeit.

Hayami Takuo war über vierzig und wurde von der Abteilung für Gesellschaftsnachrichten in hektischen Zeiten oder bei schwierigen Problemen als Springer eingesetzt, und je nach Blickwinkel konnte man sein Berufsleben als spektakulär oder glanzlos bezeichnen. Die Tatsache jedoch, daß er in seinem Alter einen mit keinerlei Titel verbundenen Posten innehatte, einen Posten, auf den allmählich der Schatten der Einsamkeit zu fallen begann, erfüllte Yamana, der stets beiläufig für andere sorgte, mit menschlicher Anteilnahme, wie es für ihn typisch war. *Hör endlich auf zu träumen! Mach*

9

*aus der Situation und dir etwas!* Das wollte Yamana mit seiner Aufforderung sagen.

Hayami hatte von all seinen Kommilitonen am wenigsten Karriere gemacht. Einige von ihnen hatten es mittlerweile sogar zum Abteilungsleiter gebracht. Irgendwann begann ihn die Unauffälligkeit eines einfachen Reporters zu umgeben, eine Atmosphäre der Stagnation, die keinerlei Hoffnung auf baldige Änderung verhieß. Etwas an ihm vermittelte den Eindruck des Leidenschaftslosen, seltsam Ausgebrannten, dem die Entscheidung, ob er sein ganzes Leben als Zeitungsreporter verbringen sollte, ein wenig schwerfiel. Nachlässig trug er seinen karierten Anzug, der bei genauerem Hinsehen elegant wirkte; von weitem jedoch fiel nur auf, wie sehr er aus der Form geraten war. Wenn er Alkohol trank, sah er im Profil entsetzlich einsam aus. Aber selbst wenn er keinen Alkohol getrunken hatte, erzeugte die Rükkenansicht des am Ende des Bahnsteigs allein Wartenden einen Eindruck merkwürdiger Verlorenheit – so als stünde seine Gestalt im Wind. In einer Welt wie dem Zeitungsverlag, in der nicht eben zartbesaitete Menschen andere brutal zur Seite stießen, um arrogant ihren Weg zu machen, war ein derartiges Auftreten von beträchtlichem Nachteil.

Bei seiner Arbeit war Hayami genau und wurde mit allem fertig, aber ihm fehlte die leidenschaftliche Kraft, um sich physisch Bahn zu brechen. Irgend etwas in ihm blieb ständig nüchtern und kühl, wie ein Wind, der unablässig durch die Ritzen fährt. Und dieser Charakterzug war für einen Gesellschaftsreporter durchaus fatal. In seinen Zwanzigern hatte er einmal geheiratet, als seine Ehe jedoch nach einigen Jahren scheiterte, blieb er allein. Man konnte der Meinung sein, daß der Eindruck, ihm fehle irgend etwas, von dieser Erfahrung rührte, wie man der Meinung sein konnte, daß es umgekehrt dieses fehlende Etwas war, das es ihm unmöglich machte, eine ganz normale Familie zu gründen.

Auch in seiner Abteilung war er häufig isoliert. Er war zwar keineswegs abweisend, aber er zog nicht mit seinen jungen Kollegen in Yûrakuchô von einem Lokal zum anderen, und von den jugendlichen und rauhen Strudeln, die die Reporter seiner Abteilung wieder und wieder erzeugten, hielt er sich immer fern. Obendrein war er wortkarg. Aus diesen Gründen hielt ihn die Verlagsleitung wohl nicht für fähig, jüngere Kollegen zu führen.

Andererseits war offenbar irgend etwas an ihm in den Augen der jungen Reporter faszinierend, und bei den gemeinsamen Essen der Abteilung, die jährlich an den beiden Tagen stattfanden, an denen die Zeitung nicht erschien, war es sein Platz, um den sich die meisten versammelten. Einerseits hatten sie das Gefühl, nur bei dieser Gelegenheit mit ihrem etwas exzentrischen und glücklosen älteren Kollegen sprechen zu können, auf der anderen Seite war nicht zu bestreiten, daß sie auch von dem unbewußten Wunsch getrieben wurden, mit diesem irgendwie negativen, rätselhaften und kalten Etwas in Berührung zu kommen, das in ihm eingeschlossen war.

Einmal, es geschah vor zwei Jahren und war weder zuvor noch danach noch einmal passiert, plauderte er bei einem dieser Festessen etwas aus, das man seine Lebensanschauung nennen könnte.

»Als ich klein war, starrte ich eines Tages in den alten Brunnen in einer Ecke unseres Gartens, und dabei umarmte mich jemand von hinten – ich weiß nicht, ob es meine Mutter oder das Dienstmädchen war. Der Brunnen war fürchterlich tief, Wände und Boden von Farnkraut überwuchert, zwischen dem, auf dem Grund, klein die Oberfläche des Wassers zu sehen war. Ich hatte das Gefühl, jemand habe dort einen kleinen, rostigen Spiegel hingelegt. Heute erscheint das völlig belanglos, aber ich bin damals immerhin erst sieben gewesen. Es lief mir wirklich kalt über den Rücken. Angst hatte ich jedoch keine. Ich war zwar nur ein Kind, hatte aber das Gefühl, den Anblick nicht ertragen zu können. Wie soll ich es nur erklären – dort, tief unter der Erdoberfläche, lag ein Spiegel! Damals drang etwas in mein Herz, das für mein Leben von allergrößter Bedeutung ist.«

Je mehr Hayami trank, desto bleicher wurde er, und man wußte nie, ob er sturzbetrunken war oder nicht. Nachdem er diese besessen klingende Geschichte (was stimmte nur nicht mit ihm?) erzählt hatte, erhob er sich plötzlich. Er stand schwankend da, und dann stürzte er zu Boden, mitten hinein in den Kreis junger Reporter, die um ihn herumsaßen. Erst da begriffen alle, daß er schrecklich betrunken war.

»Hätte ich dieses Erlebnis nicht gehabt, hätte ich mit fünfundzwanzig einem Freund den Schädel eingeschlagen. Und mit dreißig hätte ich mich der linksradikalen Bewegung angeschlossen.«

Hayami fegte die vielen Hände beiseite, die ihm aufzuhelfen versuchten, und brüllte:

»Und mit fünfunddreißig hätte ich mich in eine Frau verliebt! Und mit vierzig wäre mein Name in der ganzen Stadt bekannt gewesen!«

Er brüllte, zweifellos. Gleichzeitig war in seiner Stimme ein seltsamer Klang – so als sänge er. Er hörte sich an wie die Studenten in der Zeit vor dem Krieg, die mit einer Mischung aus Sentimentalität und patriotischer Entrüstung mandschurische Lieder gesungen hatten, und die jungen Reporter hörten, wie er stoßweise weitersprach, inmitten des Gewirrs aus sprechenden und singenden Stimmen. Alle hatten das Gefühl, daß jeder einzelne Gedanke, den er – wortkarg wie er war – normalerweise insgeheim hegte, mit Hilfe seiner Trunkenheit einen Ausgang gefunden hatte und aus ihm hervorbrach. Hätte er auf diese Weise weitergeredet – was glücklicher- oder unglücklicherweise jedoch nicht der Fall war –, hätte sich herausgestellt, daß er in allem das Gegenteil war.

Tatsächlich konnte man ihn in gewissem Sinn als gewöhnlich träge bezeichnen, ebenso wie man ihn als kraftlos bezeichnen konnte. Zumindest war ihm die passive Haltung eines Menschen, der sich angesichts des Lebens mit der Rolle eines Zuschauers begnügt, in Fleisch und Blut übergegangen, und es schien unmöglich, ihn irgendwann noch einmal von dieser Haltung abzubringen.

Zwar war er nicht der Typ Journalist, der sich seinen Weg mit den Ellbogen bahnt, bei einmal übernommenen Aufgaben aber ließ er niemals locker. Die Verbissenheit, mit der er seiner Arbeit nachging, hatte zwar nichts Auffälliges an sich, war aber für Berufsanfänger unerreichbar. Die in einer harten Schule erworbene Ausdauer – nur altgediente Veteranen besaßen sie, die ihr Journalistenleben zur Zeit des Mandschurei-Krieges begonnen hatten – war ihm zur zweiten Natur geworden, ohne daß er sich darum bemüht hätte.

»Was ist?! Hättest du nicht Lust, den Fall zu übernehmen?«

Als Yamana ihn das gefragt hatte, hatte Hayami nicht geantwortet, sondern einfach, mit einer Zigarette im Mund, zwei, drei Male genickt. Er spürte zwar, daß Yamana ihm freundschaftliche Gefühle entgegenbrachte, doch so sehr, daß er ihm dafür gedankt hätte, berührte ihn das nicht.

Man beschloß, daß in dieser Nacht, neben den diensttuenden Reportern, Hayami und Vizeabteilungsleiter Ishii im Verlag bleiben sollten, während Yamana, die anderen aus der Redaktionsleitung und die Journalisten mit der letzten Straßenbahn nach Hause fuhren.

Hayami trat in das Zimmer im vierten Stock, das für Übernachtungen genutzt wurde, nahm das Bett am Fenster in Beschlag und legte sich hin, aber der Schlaf wollte nicht kommen. Der spurlos verschwundene Generaldirektor Shimoyama war zwar durchaus ein Fall, er konnte sich jedoch nicht vorstellen, daß im Zusammenhang damit noch irgend etwas passieren würde. Der düstere Schatten von Brutalität und Grauen, der plötzlich auf sein Herz gefallen war, als er vom Verschwinden Shimoyamas gehört hatte, war irgendwann verschwunden, und mittlerweile hatte er den Eindruck, daß die ganze Geschichte außerordentlich belanglos war. Seinem Gefühl nach würde Shimoyama am nächsten Tag wieder in seinem Privathaus in Ikegami sein, wo er selbst auch schon einmal gewesen war, und er fragte sich, ob seine Kollegen nicht ein wenig zu nervös reagiert hatten.

Hayamis Gedanken kreisten immer noch um den Eindruck von Härte, den ihm Satake Keiko vermittelt hatte, ihre Lippen aufeinandergepreßt, das Gesicht zur Seite gewandt. Er starrte in das enge Dunkel des Zimmers, in dem hier und dort die Atemzüge seiner schlafenden Kollegen vom Bereitschaftsdienst zu hören waren, und dachte abermals, daß noch keine fünf Stunden vergangen waren, seit er sich in Numazu am Strand von Senbonhama von Keiko verabschiedet hatte. Er fühlte, daß nun eine Zeit in seinem Leben anbrach, die in ein gänzlich neues Licht getaucht sein würde. Er wollte dafür sorgen, daß seine Liebe zu Keiko, die so unerwartet in seinem Herzen entstanden war, größer und größer wurde, in aller Aufrichtigkeit, mit allem Ernst. Er fühlte sich nicht froh und unbeschwert. Man könnte – wenn es denn sein muß – sagen, daß ihn düstere, jedoch stille Gefühle erfüllten, die einem Gebet glichen, Gefühle, die einen befallen, wenn man auf grünes Seegras starrt, das in der treibenden schwarzen Flut auftaucht und wieder verschwindet.

Im Mai des vergangenen Jahres hatte Hayami nach fast zwanzig Jahren Satake Usan wiedergesehen, als dieser in den Verlag zu Besuch kam. Kurz nach Mittag sagte man ihm, daß ihn jemand zu sprechen wünsche, und so ging er zur Rezeption in die Eingangshalle hinunter; Usan, der so sehr gealtert war, daß Hayami ihn fast nicht wiedererkannte, entdeckte ihn schon auf der Treppe und kam auf ihn zu, mit einer Jugendlichkeit, die sein Alter vergessen ließ, ein lautes ›Hallo!‹ auf den Lippen. Usan – Hayamis Zeichenlehrer in der Mittelschule – zeigte sich ihm nun erstmals mit jener Unbefangenheit, die Künstler auszeichnet; seine Erscheinung (er trug auf nachlässige Weise einen Anzug, dazu einen braunen, wasserdichten Hut) und seine offene Art zu sprechen (ohne daß er ihn zuvor begrüßt hätte) gaben ihm auch nach zwanzig Jahren noch das Gefühl, einen gewissenhaften alten Studenten der Malerei vor sich zu haben, der von aller Welt verkannt wurde.

»Entschuldige, daß ich dich so überfalle«, sagte Usan, »aber ich muß dich heute mit einer Bitte belästigen.«

Hayami schlug vor, die Angelegenheit bei einem Tee zu besprechen, und führte seinen betagten früheren Lehrer in ein Café in der Nähe des Verlags, wo er sich anhören wollte, um welch wichtige Sache es ging. Er wählte extra ein für seine Qualität bekanntes Café, aber Usan rührte den Kaffee kaum an.

»Hört sich wahrscheinlich verrückt an, aber ich habe mich mein Leben lang mit der Erforschung von Farben beschäftigt. Ich werde dieses Jahr sechzig, und das bedeutet, daß ich mich seit genau vierzig Jahren damit befasse«, sagte Usan und strich, wie junge Leute es tun, sein silbern schimmerndes weißes Haar nach hinten.

Entschlossen habe er sich dazu in dem Jahr, in dem er die Kunstschule absolvierte. Satake Usan hatte sich bis zum heutigen Tag in die Erforschung von Farben vertieft – sowohl in den Jahren, in denen er an der Mittelschule als Zeichenlehrer gearbeitet hatte, wie auch jetzt, da er nach Beendigung des Schuldienstes stundenweise an einigen Schulen seiner Heimat unterrichtete.

»Na ja, was heißt schon Erforschung der Farben! Genau gesagt, beschäftige ich mich mit der Erforschung der Kulturgeschichte der Farben in Japan.«

Hayami war das vollkommen neu. Die studentisch wirkende, nachlässige und verglichen mit anderen Lehrern exzentrisch anmutende Erscheinung Satake Usans, der im Schulhof der Mittelschule eines im Ostteil der Präfektur Shizuoka gelegenen Kurorts, der sich in der Sommerzeit in eine Kolonie Tôkyôs verwandelte, seine Schüler Skizzen anfertigen ließ, während er selbst, die Hände in den Hosentaschen, auf der dicht mit Klee bewachsenen Wiese hinter der Reckstange herumspazierte oder sich ins Gras setzte und nicht mehr aufstand, bis die Glocke den Unterrichtsschluß verkündete – diese Gestalt war alles, was er von Satake Usan vor zwanzig Jahren kannte. »Wirklich unaufmerksam von mir«, sagte Hayami, »aber das wußte ich nicht.«

»Wie solltest du das auch wissen! Das wußte keiner aus deiner Generation! Damals war ja noch völlig unklar, was einmal aus meiner Arbeit werden würde. Aber schon damals beschäftigten mich ausschließlich Farben, und den Zeichenunterricht ließ ich schleifen. Euch gegenüber war das ziemlich ungerecht.«

Während Usan dies erzählte, blickt er gelegentlich Hayami an – mit Augen, die schön waren. Sein ruhiger, wunderbarer Charakter ließ sich an seinen kleinen Augen ablesen, in denen ständig ein Lächeln zu liegen schien. Hayami hatte das Gefühl, diesem Menschen mit seinen arglosen, schönen Augen, die er sich bis ins Alter bewahrt hatte, zum ersten Mal zu begegnen, und das Bedürfnis überkam ihn, seine Meinung vom Charakter seines betagten Lehrers zu revidieren.

»Und meine Bitte hat natürlich auch genau mit diesem Thema zu tun. Meine ›Studien zur Kulturgeschichte der Farben in Japan‹ bestehen aus zwölf Teilen, und ich frage mich, ob sich nicht ein Verlag findet, der diese Arbeit in drei Bänden veröffentlicht. Nachdem du ja bei einem Zeitungsverlag arbeitest, dachte ich mir, ich sollte zunächst dich einmal darauf ansprechen – daher diese heutige Unterredung, und das ist schon alles«, sagte Usan.

Hatte er diese Worte gewählt, um Hayami mit seiner Bitte nicht zu belasten? Er hatte das Gesamtinhaltsverzeichnis dabei und einen Teil des Manuskripts, aber Hayami, völliger Laie auf diesem Gebiet, sah sich außerstande zu beurteilen, welchen Wert die lebenslangen Studien seines alten Lehrers wohl hatten.

Nachdem Hayami an diesem Tag ein Teil des Manuskripts anvertraut worden war, verabschiedete er sich von Usan. Die ungewöhnliche gute Konjunktur, die im Verlagsgeschäft unmittelbar nach dem Krieg geherrscht hatte, war zu Ende gegangen, in der Verlagswelt brach eine Phase der Konsolidierung an. Es war eine Zeit, in der die Verlage, die nach dem Krieg zu Geld gekommen waren, wie auch die alteingesessenen Verlage, die über ein beträchtliches Kapitalvermögen verfügten, ums Überleben kämpften in dem Versuch, die bedrohlich heraufziehende Flaute zu überwinden. Hayami führte in einigen Verlagen, zu denen er Beziehungen hatte, Gespräche über die ›Studien zur Kulturgeschichte der Farben in Japan‹, das Lebenswerk Satake Usans, aber es war natürlich von vornherein nicht zu erwarten gewesen, daß sich jemand ernsthaft auf ihn einließ. Und auch er selbst führte diese Gespräche nicht in dem Glauben, man würde sich ernsthaft mit ihm auseinandersetzen. Er fühlte sich entsetzlich, ohne jedes Selbstvertrauen – sollte es einen Verlag geben, der kühn genug war, um Interesse an einem derartigen Buch zu zeigen, dann würde man sich von Verlagsseite mit Usan treffen wollen, zudem würde man ein Gutachten verlangen, ob die Forschungen Usans eine Publikation lohnten oder nicht.

Es war bereits Ende Oktober, als Hayami mit dem Teil des Manuskripts in der Aktentasche, der ihm anvertraut worden war, Usan in dessen Haus am Fuß des Kanukiyama in Nu-

mazu besuchte. Bisweilen hatte er an das Manuskript gedacht, um das er sich seit fast sechs Monaten kaum geküm-
mert hatte; das Manuskript hatte ihm schon zuvor keine
Ruhe gelassen, doch am Vorabend hatten fünf, sechs enge
Freunde aus der Oberschulzeit vereinbart, sich in Atami zu
treffen, und da auch er dabei sein sollte, entschloß er sich –
wenn er schon in Atami wäre –, die Gelegenheit zu nutzen
und am nächsten Tag zu Satake Usan in Numazu weiterzu-
reisen, um ihm das Manuskript zu bringen.

Umgeben von einer Atmosphäre großer Stille, stand Satake
Usans Haus außerhalb der Stadt Numazu, auf halbem Weg
nach Shizu'ura, etwas abseits der alten Überlandstraße, und
in seinem Rücken stieg der Hügel Kanukiyama empor. Ging
man von der fast menschenleeren Straße einige niedrige
Steinstufen hinauf, gelangte man auf einen schmalen, hek-
kengesäumten Pfad, der zum weiter hinten gelegenen Haus-
eingang führte. Von hier aus war Usan zu sehen – er trug
einen Kimono und saß in einem Korbsessel auf der Veranda.

Das Haus mit seiner Vorderfront von etwa sechs bis acht
Metern Länge war einstöckig, klein und doch gemütlich,
und in seinem ordentlichen Aussehen spiegelte sich Usans
Wesen wider. Als Hayami auf dem zementierten Fußboden
des kleinen, gründlich geputzten Eingangs stand und ihn die
stille, kühle Atmosphäre des Hauses umfing, aus dem kein
einziger Laut drang, erinnerte er sich wieder an Wohnungen
als Orte menschlichen Lebens – eine Vorstellung, die er seit
Jahren vergessen hatte. Früher einmal, wenngleich in ferner
Vergangenheit, hatte er sich selbst an einem derartigen Ort
befunden; an genau so einem Ort hatte er, wie er dachte, ge-
lebt.

Nach seinem Universitätsabschluß hatte er mehr als zehn
Jahre lang nur ein Zimmer, das ihm lediglich zum Schlafen
diente. Zusammen mit seiner verstorbenen Frau Harumi

hatte er zwar drei Jahre lang ein Haus am Stadtrand von Ôsaka bewohnt, aber, angestellt bei einer kleinen Abendzeitung, war er in dieser Zeit von morgens bis abends ständig unterwegs gewesen und war fast immer nur zum Schlafen nach Hause gekommen. Seit seinem Wechsel zur Zeitungsgesellschaft K lebte er gänzlich allein, wobei er von einer Mietwohnung oder Pension in die nächste zog. Aber genaugenommen konnte von einem Umzug keine Rede sein, denn in seinem Fall änderte sich nur der Ort, an dem er sein Bett aufstellte. Er kehrte nur zum Schlafen allabendlich in sein Zimmer zurück. Selbst wenn man seinen Fall als Ausnahme betrachtete, besaß doch kein einziger seiner Arbeitskollegen einen Haushalt, wie Satake Usan ihn unterhielt – ein Umstand, der Hayami gelegentlich bewußt wurde, seit er Usan häufiger in dessen Haus besuchte. Ihm schien in diesem Unbehaustsein eine Verlorenheit zu liegen, die den Zeitungsreportern selbst nicht auffiel; gleichzeitig sah er darin ein mit der modernen Gesellschaft untrennbar verbundenes Schicksal, wie es früher oder später auf alle Gehaltsempfänger in den Städten zukam.

Auf jeden Fall waren vierzig Jahre vergangen, seit Satake Usan in den Besitz eines Hauses gekommen war, und an diesem einen Ort aß, schlief und arbeitete er, zusammen mit seiner Frau Masuyo und seiner Tochter Keiko. Dies war der Ort, wo ihn Freude erfüllte, wo ihn Trauer befiel, wo er in Wut geriet, wo er als menschliches Wesen lebte. Hayami, der seit dem Scheitern seines kurzen Ehelebens ein leeres Flußbett durchschritt, in dem schon lange kein Wasser mehr floß, registrierte dies alles mit Erstaunen in Satake Usans Haus – mit einem Erstaunen, als hätte er sich wieder an seine längst vergessene Heimat erinnert.

Um Hayami in seinem acht Matten großen Arbeitszimmer, von dem aus der Blick auf einen kleinen Innenhof ging, den Inhalt seiner Forschungen zu erklären, stand Usan gelegentlich auf und kam mit einem Buch zurück oder öffnete einen Schrank, aus dem er mehrere Kartons mit Materialien holte und zum Tisch brachte. Das Zimmer unterschied sich völlig von den Arbeitszimmern oder Instituten anderer Forscher, die Hayami bislang gesehen hatte. Im Raum waren lediglich eine große Bücherkiste und ein kleiner Tisch ordentlich aufgestellt – sonst nichts. Es schien, daß Usan außer den Büchern, die er für seine Arbeit benötigte, kein anderes Buch aufbewahrte.

Obschon völliger Laie auf diesem Gebiet, fand Hayami die Karteikarten und Notizen wunderbar. Angefangen beim ›Kojiki‹ und einer Einzelausgabe des ›Nihon shoki‹, angefangen bei den großen historischen Darstellungen wie dem ›Rikkokushi‹, dem ›Fusô ryakki‹, dem ›Hyakurenshô‹, dem ›Honchô seiki‹ und dem ›Eiga monogatari‹ bis hin zum ›Man'yoshû‹, zum ›Kaifûsô‹ und den verschiedenen, auf kaiserlichen Befehl kompilierten Waka-Sammlungen (allen voran das ›Kokinshû‹), seit der Heian-Zeit entstandenen Prosatexten (allen voran das ›Taketori monogatari‹), des weiteren vollständigen Ausgaben des ›Daihôryô‹, des ›Engi shiki‹, des ›Ruiju sandaikyaku‹, des ›Hossô shiyôshô‹ und des ›Seiji yôryaku‹ und schließlich den Tagebüchern von Hofadeligen – Usan hatte aus all diesen geschichtlichen Dokumenten der Vergangenheit sämtliche Stellen exzerpiert, die in irgendeiner Beziehung zu Farben standen, und diese Exzerpte unter Berücksichtigung verschiedener Arbeitsziele geordnet und klassifiziert.

Um es mit Usans Worten zu sagen: Farben sind mit dem menschlichen Leben derart eng verbunden, daß man sie ohne weiteres als den Spiegel menschlichen Lebens bezeichnen kann. Farben stellen als Element der Kultur einen bedeutsamen Aspekt der Kultur dar. Und genau dieser Punkt ermöglichte seine Studien auf dem Gebiet der Kulturgeschichte der Farben. Wenn es etwas gab, auf das er im Rahmen seiner Forschungen mehr oder weniger stolz sein konnte, dann die Tatsache, daß er sich bemühte, mit seinen Studien die Farben des Altertums wieder zum Leben zu erwecken. Es war der Versuch, sich einen Begriff vom tatsächlichen Aussehen der Farben zu machen, die im Altertum in enger Verbindung mit dem Leben der Japaner gestanden hatten. Um das geistige Verhältnis der Menschen des Altertums zu den Farben zu verstehen, um – in umfassenderem Sinne – das Seelenleben der Menschen des Altertums und die gesellschaftliche Mentalität dieser Zeit zu verstehen, war es absolut notwendig, sich einen konkreten Begriff von den Farben des Altertums zu machen. Und dafür gab es selbstredend nur eine Möglichkeit: Man mußte die Farbtöne des Altertums mit den Färbetechniken des Altertums neu herstellen.

»Weißt du, es gibt eine Farbe namens Suôzome. Und bereits die Herstellung auch nur dieser einen Farbe ist schon ziemlich schwierig. Natürlich hat man dazu Sappanholz verwendet, aber es ist nicht einfach, dieses Holz zu finden. Heutzutage nennt man in Japan einen Strauch Sappan, der im Frühling roten Bohnen gleichende Blüten treibt, noch ehe seine Blätter zu sehen sind. Für gewöhnlich würde man auf den Gedanken verfallen, daß zur Suôzome-Färbung Blüten oder Rinde dieses Strauchs verwendet wurden, aber du mußt wissen, daß das ein Irrtum ist! Das Sappanholz, das man im Altertum als Farbstoff verwendete, stammte von mächtigen Bäumen, die man aus Birma importierte und zu feinen Spänen verarbeitete! Oder nimm die sogenannte Chôjizome-Färbung! Was man dabei verwendete, war nicht der im Frühjahr stark duftende Baum, den man im heutigen Japan Gewürznelkenbaum nennt. Nein, man benützte die Knospen eines mächtigen Baumes, der zur damaligen Zeit aus der Südsee importiert wurde. Nimm den Steinsamen oder die Spitzeiche, nimm, was du willst – die Bezeichnungen sind immer noch dieselben, meinen jedoch im Altertum und in der Gegenwart völlig verschiedene Pflanzen.«

Usan hatte einen nicht unbeträchtlichen Teil seines vierzigjährigen Forscherlebens auf die Bestimmung von Farbstoffen und Beizmitteln verwandt und war, nachdem er diese Probleme endlich gelöst hatte, auf die schwierige Frage gestoßen, welche Methoden und Verfahren bei der Herstellung der Farben zum Einsatz kamen. Sein einziger Anhaltspunkt war das ›Engi shiki‹, in dem zwar Angaben über die zu verwendenden Mengen an Farbstoffen, Beizmitteln und Entwicklern zu finden waren, nicht jedoch zu den Methoden und der Abfolge der Verfahren. Einen Farbton unter Verwendung eines Farbstoffs herzustellen war relativ problemlos; wenn es jedoch darum ging, einen Farbton mit Hilfe von zwei Farbstoffen herzustellen, wurde es schwierig, da man nicht wußte, ob der Stoff mit einer Mischung aus den beiden Farben gefärbt werden mußte oder ob er nacheinander mit jeweils einer Farbe eingefärbt wurde. So blieb Usan nur eine Möglichkeit: er mußte sich genaue Kenntnisse von der Beschaffenheit der einzelnen Farben aneignen und dann rationale Methoden entwickeln. Und er hatte den größten Teil seines Lebens damit verbracht, bei mühe-, jedoch wenig ruhmvollen Experimenten herauszufinden, welche Wirkung Beizmittel, die im Altertum verwendet wurden, auf einzelne Farben hatten und welche Phänomene dabei zutage traten.

»Es braucht sehr viel Zeit, um aus einer Pflanze den Farbstoff zu extrahieren. Mit Kochen allein erreicht man nichts. Karmesin, zum Beispiel, gewinnt man aus Färberdisteln, aber die Gewinnung und Weiterverarbeitung des Farbstoffs ist sehr, sehr mühselig. Ich besorgte mir aus dem Dorf Dewamura in der Präfektur Yamagata Samen der Färberdistel, pflanzte diese im Garten an, und bis ich sie verarbeitet hatte und das Endprodukt in Händen hielt, waren sechs Jahre vergangen. Nicht anders erging es mir mit Indigoblau, auch das hat mich sechs Jahre gekostet. Samen von Steinsamen habe ich in der Präfektur Iwate gesucht – drei Jahre lang ein Fehlschlag nach dem anderen. Dann habe ich die Wurzel dieser Pflanze, sie stammte aus der Präfektur Miyagi, in meinem Garten angepflanzt. Wieder ein Fehlschlag. Die Pflanze keimte zwar, verdorrte aber bald darauf«, sagte Usan in einem Ton, als unterhielten sie sich über banale Dinge des Alltags. Aber Hayami fand Usans Erzählung durchaus interessant. Während Usans Bericht hatte seine betagte Frau Tee gebracht.

»Sie können mir glauben«, sagte sie zu Hayami, »dieses Steckenpferd ist wirklich aufreibend. Ich war gezwungen, mein Leben lang einem Färber zur Hand zu gehen.«

Das Lächeln der schlicht gekleideten Frau, sie war in Usans Alter, war nicht weniger schön als das Lächeln ihres Mannes.

»Angeblich wird gesagt, daß ein Färber erst dann seinen Mann steht, wenn er in der Lage ist, Indigoblau herzustellen, und so gesehen stehe auch ich mittlerweile meinen Mann«, sagte Usans Frau.

Um die Worte seiner Frau zu erklären, warf Usan ein, daß es schwierig sei herauszufinden, in welchem Ausmaß ein Farbstoff extrahiert werden müsse, und er im Fall von Indigoblau Hunderte von Versuchen unternommen habe. Dann lachten beide, auf dieselbe stille Weise – Usans Frau Hayami zugewandt, während Usan selbst in den Garten blickte.

Als das Gespräch zu einem gewissen Abschluß gekommen war, sagte Usan:

»Dann sollte ich dir vielleicht mal meine Werke zeigen.«

Er stand auf und verließ das Zimmer, und als er nach einer Weile zurückkam, trug er auf den Armen mehrere zusammengerollte Stoffbahnen, die in verschiedenen Farben gefärbt waren. Hinter ihm tauchte Keiko auf, auch sie mit Stoffbahnen auf den Armen.

»Das ist meine Tochter!« sagte Usan.

Keiko verneigte sich wortlos, aber das Lächeln, das auf ihrem Gesicht erschien, als sie den Kopf wieder hob, war rein und unschuldig – sie ähnelte ihrer Mutter.

Wörter sprudelten aus Usans Mund: Violett, Krapprot, Karmesin, Stilblütengelb, Korkbaumgelb, Indigoblau, Rapsblau – und Keiko zog bei jedem Wort einen entsprechend gefärbten Stoff heraus und überreichte ihn Hayami oder drapierte den Stoff, wie bei einer Begutachtung von Kimonos, kurz auf ihrer Schulter.

»Na, was meinst du!? Schön, oder!?« sagte Usan, und in dem Moment legte Keiko gerade einen Stoff, der ihr bis zur Brust reichte, über die Schulter, einen Stoff in violettem Ton, bei dessen Einfärbung Usan, wie er sagte, Eichenrinde als Beizmittel verwendet hatte. »Im ›Makura no sôshi‹ heißt es an einer Stelle, daß bei der Einfärbung der Obergewänder des zweiten und dritten Ranges Eichenrinde verwendet wird, und genau das ist die Farbe«, rief Usan; von dem tiefen Violett ging tatsächlich eine würdevolle Eleganz aus. Lag es an der violetten Farbe? – Keikos ungeschminktes weißes Gesicht schwebte im Dämmerlicht des Raums und spiegelte sich bei Usans letzter Bemerkung in Hayamis Augen mit einer solchen Schönheit wider, warm und erfüllt von Leben, daß er sich fragte, ob mit der Bemerkung nicht Keiko selbst gemeint war.

Aufgehalten von Usan, zog sich Hayamis Besuch (er hatte an diesem Tag nur kurz bleiben wollen) bis zum Abend hin, er wurde zum Essen eingeladen und kehrte dann mit dem Nachtzug nach Tôkyô zurück.

Seit diesem Tag machte sich Hayami gelegentlich frei, fuhr nach Numazu und besuchte Satake Usan. Wegen der Veröffentlichung der ›Studien zur Kulturgeschichte der Farben in Japan‹, die Usan so wichtig war, wandte sich Hayami, versehen mit dem Empfehlungsschreiben eines ihm bekannten Professors, noch an mehrere große Verlage; er gewann jedoch den Eindruck, daß an diese ungewöhnliche Publikation überhaupt nicht zu denken war, ehe sich nicht die chaotischen Verhältnisse in der Verlagswelt beruhigt hatten, und schließlich schien ihm, sie würden sich aufgrund der äußeren Umstände die nächsten zwei, drei Jahre gedulden müssen.

Tatsächlich war jede Hoffnung auf eine Publikation vergeblich, wenn sich nicht ein opferbereiter Verlag mit beträchtlichem Verständnis fand, den in diesem Fall Verluste nicht kümmerten. Usan beabsichtigte, verschiedenenfarbige Musterstücke – ihre Einfärbung hatte ihn den Großteil seines Lebens gekostet – von etwa zehn Quadratzentimetern Größe zurechtzuschneiden und diese den Büchern beizugeben. Die gefärbten Stoffe, die sich bislang in seinem Besitz befanden, würden genügen, um fünfhundert Bücher mit Mustern zu versehen. Selbst Hayami, Laie in diesen Dinge, hatte den Eindruck, daß bei einer limitierten Auflage von fünfhundert Exemplaren die Herausgabe der drei Bände mit ihrer gewaltigen Seitenzahl eine Reihe von Problemen mit sich bringen würde.

»Aber das spielt überhaupt keine Rolle! Mir genügt es, wenn die Bücher nur irgendwann veröffentlicht werden – von mir aus in fünf Jahren, von mir aus in zehn Jahren«, meinte Usan bei einem von Hayamis Besuchen. »Und falls ich sterben sollte, möchte ich, daß du dich zusammen mit Keiko um alles kümmerst!«

Es war gerade Zeit für das Abendessen, und so saßen außer Hayami und Usan auch Usans Frau und Keiko am Tisch. In diesem Moment blickte Hayami unwillkürlich auf, und sein Blick traf sich mit dem von Keiko, die still lächelte, ohne ihre Augen abzuwenden.

Als Hayami Keiko zum ersten Mal begegnet war, hielt er sie für eine junge Frau von vielleicht vier- oder fünfundzwanzig Jahren, er erfuhr jedoch später, daß sie bereits auf die Dreißig zuging und eine unglückliche Geschichte hinter sich hatte – während des Krieges hatte sie einen Militärarzt geheiratet, der nach einmonatiger Ehe in den Krieg zog und bald darauf den Tod fand. Keikos für eine junge Frau seltene Gefaßtheit und Ruhe, von der etwas Kaltes ausging, schien weniger mit ihrem Alter zu tun zu haben als mit ihrer unglücklichen Vergangenheit. Dennoch bestimmte ihr Wesen nicht die Düsternis einer Frau, die ein derartiges Unglück zu ertragen hatte, sondern der lichte Schein von Porzellan, in dessen Helligkeit etwas Kaltes lag.

Möglicherweise war mit den letzten Worten Usans keine besondere Absicht verbunden gewesen, es wäre aber auch nur zu natürlich und durchaus möglich gewesen, daß Usan und seine Frau der Wunsch bewegte, Hayami, mit seinen vierzig Jahren immer noch ledig, und Keiko, deren Ehe zerstört worden war, würden in Zukunft gemeinsam durchs Leben gehen.

Und wenn Hayami – seine Besuche bei der Familie Satake begannen sich allmählich zu häufen – seine Gefühle eingehend überdachte, konnte er nicht behaupten, er sei sich der Existenz Keikos nicht bewußt. Zutreffender war allerdings, daß Hayami – angezogen von der ruhigen familiären Atmosphäre im Hause Satake, deren Bestandteil Keikos Existenz war, einer Atmosphäre, die ihn jedes Mal sehr bewegte – Satake Usan und die Seinen, angezogen von dem Verlangen nach einem hellen Licht, besuchte. Vielleicht lag es aber überhaupt nicht an der familiären Atmosphäre, vielleicht hing der Grund für seine Besuche mit dem eigentümlichen Zauber zusammen, der von Usans Persönlichkeit ausging und sich jeder Beschreibung entzog.

»Und wenn wir von Krapp sprechen, dann ist Krapp auch nicht gleich Krapp. Dieses Beispiel hier ist nämlich sehr verschieden von der Farbe, die ich hergestellt habe«, sagte Usan eines Tages. Vor ihm lag das aufgeschlagene Buch eines namhaften Farbenforschers, und Usan wies auf die Unterschiede zwischen der Abbildung in diesem Buch, welche die Farbe zeigte, und dem purpurnen Stoffstück hin, das er selbst mit der Farbe gefärbt hatte, die er gewonnen hatte, nachdem er die Wurzeln wilder Krapp-Pflanzen verschiedenen Verfahren unterzogen hatte. Tatsächlich unterschieden sich die beiden Farben so sehr, daß kaum von derselben Farbe die Rede sein konnte.

Eine Weile schien Usan die Erläuterung in diesem Buch zu studieren, doch plötzlich legte er es zurück und rief:

»Das hier ist Krapprot! Nur das hier! Krapprot, das ist diese Farbe! Und zwar in ihrer endgültigen Form.«

Als Hayami plötzlich zu Usan aufschaute, der mit einem für ihn außergewöhnlichen Nachdruck gesprochen hatte, bemerkte er, daß sein alter Lehrer, eine Zigarette im Mund, mit verlorenem Blick in einen Winkel des Gartens hinausblickte – wie nach einer momentanen Erregung, die schon wieder erloschen war.

Keiko saß an diesem Tag ebenfalls bei ihnen, und sie betrachtete ihren Vater mit kalten Blicken, so als wollte sie ihn von sich stoßen.

Zwar hatte Usan vermutlich nie an Ruhm und Geld gedacht, aber Zorn schien auch ihm nicht fremd zu sein. Vielleicht, dachte Hayami, vielleicht komme ich nur in dieses Haus, weil mich, ohne daß ich es bemerkt hätte, der Zorn meines alten Lehrers oder seine Trauer angezogen hat. Vielleicht nehme ich den weiten Weg nach Numazu nur auf mich, um einem Menschen namens Usan gegenüberzusitzen, der derartige Gefühle auf dem Grund seines Herzens verbirgt.

Seit ihn allerdings Usans Worte Keiko in einem neuen Licht sehen ließen – sie war tatsächlich eine Frau, zu der er in einer bestimmten Beziehung stand –, wünschte sich Hayami, daß sich sein Interesse für Keiko von selbst zu etwas entwickelte, das den Namen Liebe verdienen würde. Leidenschaftliche Gefühle, die ihn befähigt hätten, eine Frau zu treffen und sich Hals über Kopf in sie zu verlieben – derartige Gefühle waren irgendwann aus seinem Leben verschwunden, und irgend etwas an Keikos Wesen hätte dies auch nicht zugelassen. Wie gut wäre es, dachte Hayami, wenn sich seine Gefühle für sie auf ganz natürliche Weise in Liebe verwandelten. Andererseits war ihm ziemlich deutlich seine Befürchtung bewußt, niemals wieder für jemanden Leidenschaft empfinden zu können.

Normalerweise jedoch war ihm Usan näher als Keiko.

Manchmal stellte sich Hayami vor, daß Keiko ihm gehörte, daß er eine Familie besaß, morgens zur Arbeit ging und abends nach Hause zurückkehrte. Und diese Vorstellung schien ihm durchaus Freude und Glück zu versprechen. Doch auch bei diesen Gelegenheiten sah er sich selbst wie in ein Segeltuch gehüllt. Wenn er sich bei solchen Gedankenspielen ertappte, befiel ihn ein seltsam ödes Gefühl, als wäre er aus einem Rausch erwacht. Und so machte er schließlich weiter, wie bisher, und ließ sich für eine Nacht mit einer Frau ein. Anschließend war er wieder allein, keine Skrupel, kein Gefühl für Verantwortung, und ihm schien, daß dies die Lebensweise war, die ihm am meisten entsprach.

Nachdem Hayami jedoch seinen zweitägigen Urlaub bei Usans Familie in Numazu verbracht hatte, und nun, nach Tôkyô zurückgekehrt, im Bereitschaftszimmer des Verlags ruhte, war er nicht mehr derselbe wie am Tag zuvor. Er spürte, daß jetzt etwas Neues in seinem Herzen Gestalt annahm. Eine Mischung aus Staunen, Ratlosigkeit und Befürchtungen – verwickelte Gefühle, als beobachtete er, wie ein Samenkorn, von dem er angenommen hatte, es würde unter keinen Umständen keimen, durch eine unerwartete äußere Kraft zum Leben erwachte und langsam und geduldig die Erde über sich anhob.

Am Ende seines zweitägigen Aufenthalts hatte ihm Keiko überraschend vorgeschlagen, ihn zum Fünfuhrzug zu begleiten, mit dem er nach Tôkyô zurückfahren wollte, und zusammen mit ihm das Haus verlassen.

Sie gingen über die Onari-Brücke, und als sie in die Stadt hineinkamen, sagte Hayami:

»Wie wär's – ich nehme den nächsten Zug, und wir machen einen Spaziergang am Strand?!«

Die Idee war Hayami auf der Onari-Brücke gekommen, beim Anblick der Flußlandschaft am Kanogawa, über der der Geruch von Meerwasser lag. Es war Sommer, eine jener hellen, weißen Abenddämmerungen, die es nur in kleinen Provinzstädten gibt, Dämmerungen, die von einer gewissen Erwartung erfüllt sind.

»Gut!« antwortete Keiko, ohne zu zögern.

Die beiden bogen in eine Straße, die vom Bahnhof wegführte, durchquerten die Stadt und liefen weiter in Richtung Strand. Irgendwann hörte die Asphaltstraße auf und ging in einen mit feinem Sand bedeckten Weg über, und plötzlich umgab sie ein Kiefernwald. Sie durchquerten den Wald und gelangten zum Sandstrand, der – ebenso wie die sich daran anschließende rauhe, steinübersäte Küste der Suruga-Bucht – in einer sanften Neigung hinunter zum ruhigen abendlichen Meer führte.

Von Menschen kaum eine Spur. Doch bei genauerem Hinsehen erkannten sie, daß unten am Wasser, auf kleinen Sandhügeln und bei den Strandhütten, die hier und dort in der Gegend standen, die kleinen Gestalten von zwei, drei Sommerfrischlern zu sehen waren, und bis hinüber zur fernen Mündung des Kanogawa fand sich eine alles in allem doch beträchtliche Anzahl von Menschen über den Strand verstreut.

Hayami und Keiko gingen eine Weile am Wasser entlang und setzten sich dann nebeneinander auf einen kleinen Sandhügel.

Sie hatten sich so gut wie nichts zu sagen. Über der Meeresoberfläche lag noch dünnes Licht, um sie herum jedoch begann sich die Abenddämmerung auszubreiten.

Hayami spürte, wie sich in ihm allmählich ein bedrückendes Gefühl breitmachte angesichts der Tatsache, daß er neben Keiko saß. Nichts, absolut nichts kam ihm in den Sinn, worüber er mit ihr reden konnte. Und Keiko schien nicht weniger bedrückt zu sein. Es war, als hätten sie den Spaziergang unternommen, um sich zu vergewissern, daß sie einander nicht das geringste bedeuteten.

In diesem Moment schrie Keiko plötzlich erschrocken auf. Aber Hayami hatte, noch bevor Keiko darauf aufmerksam geworden war, zu einer Stelle unweit des Wassers geblickt, wo, hundert Meter von ihrem Sitzplatz entfernt, auf einmal elf, zwölf Gestalten wild durcheinanderrannten. Das Handgemenge mußte von einem Moment auf den anderen ausgebrochen sein. Eine Gruppe von Jungen – Mittelschüler aus der Gegend vermutlich – war lauthals debattierend an Hayami und Keiko vorbeigezogen, als eine aus der entgegengesetzten Richtung kommende Gruppe von Jungen – wahrscheinlich ebenfalls Mittelschüler, doch aus einer anderen Gegend – an der ersten Gruppe vorbeimarschierte, und kaum waren die beiden Gruppen zwei Meter voneinander entfernt, machten sie halt. Im nächsten Augenblick löste sich ein Junge von seinen Kameraden und stapfte auf die andere Gruppe zu, und als sei dies das Signal gewesen, warfen sich die Jungen in wildem Tumult aufeinander. Mützen flogen von den Köpfen, Gürtel beschrieben Kreise in der Luft, und Kieselsteine landeten vor den Füßen von Hayami und Keiko. Drei der Jungen – zu welcher der beiden Gruppen sie gehörten, war nicht zu auszumachen – stürzten zu Boden. Und dann vereinigten sich – Verfolger oder Verfolgte? – die elf, zwölf Raufbolde zu einer Gruppe und rannten, ein einziges Gewirr ineinanderverschlungener Körper, über die Steine davon und die Dünen hinauf, hinter denen sie dann weiter auf den Kiefernwald zujagten. Auch die drei Gestürzten erhoben sich flink und rannten den anderen nach.

Der völlig unerwartete tumultartige Zwischenfall am Strand war ein, zwei Minuten später vorüber. Nachdem die Jungen weggelaufen waren, hatte man das Gefühl, etwas unendlich Wertvolles sei über der gesamten Umgebung ausgestreut worden. Und als sei nichts geschehen, herrschte bald darauf am Strand wieder die vorherige Stille.

Plötzlich bemerkte Hayami Keiko, sie war ganz dicht an ihn herangerückt. Mit einem Blick, als sehe er etwas Seltsames, schaute er auf ihre Hand, die auf seinem Knie lag. Dann blickte er auf ihre Nackenlinie –: die Beine seitlich untergeschlagen, saß Keiko im Sand, als sei sie zusammengebrochen. Nicht lange (war ihr bewußt geworden, wie sie dasaß?), und sie richtete sich auf und rückte weg von Hayami; sie streckte die Beine aus, die Knie zusammengepreßt, und wischte dann Sand vom Saum ihres Kimonos.

Hayami spürte, wie ein merkwürdiges Gefühl tiefer Trauer, deren Ursache ihm völlig unverständlich war, ihn dichter und dichter zu umhüllen begann. Ein Gefühl, das ihm das wüste Durcheinander eines sinn- und nutzlosen jugendlichen Feuerwerks hinterließ. Er stand dieser Trauer, die geboren war aus seinem Neid auf die Jugend, ohnmächtig gegenüber, ohne Aussicht auf Rettung. Hayami fragte sich, ob er aufstehen sollte. Er stand nicht auf. Plötzlich beherrscht von einem Willen, der fast etwas von höherer Gewalt hatte, legten sich seine Hände auf Keikos Schultern. Er zog sie heftig an sich und suchte mit seinem Gesicht das ihre. Mit zusammengepreßten Lippen (so empfand er es in diesem Moment) wandte Keiko das Gesicht ab und verweigerte sich ihm, aber schon im nächsten Augenblick wandte sie ihm ihr Gesicht zu und verbarg es auf ungeheuer sanfte und kindliche Weise an seiner Brust.

Hayami unternahm keinen zweiten Versuch, sie mit Gewalt

31

zu küssen. Sie klammerte sich immer noch an ihn, und er spürte, daß er sie jetzt tatsächlich liebte. Ebenso wie er spürte, daß er sie auch in Zukunft würde lieben können. Er wußte, daß er sie schon lange liebte und daß er nach ihr gesucht hatte. Und erfüllt von seltsamen Gefühlen – einer Mischung aus jener Trauer, die immer noch feuchte Kälte in ihm hinterließ, und der Erregung, die ihn blindlings ergriffen hatte –, spürte er, daß in seinem über Jahre hinweg verdüsterten Leben ein Licht zu scheinen begann, an das er bis zu diesem Augenblick nicht einmal zu denken gewagt hatte.

Verdammter Regen! dachte Hayami, als er erwachte. Vom Sturm getriebene Wassermassen schlugen unablässig gegen die Fensterscheiben, aber ihm wurde umgehend klar, daß er nicht vom Prasseln des Regens geweckt worden war.
Der diensthabende Wachmann stand neben seinem Bett.
»Ein Anruf für Sie aus dem Presseclub im Polizeipräsidium.«
Hayami hatte im Unterhemd geschlafen, und so schlüpfte er nun lediglich in seine Hose und ging in Slippern auf den Flur. Am Telephon war Kakei. Er atmete leise, und seine Stimme drang von ferne gedämpft aus dem Hörer.
»Es scheint, daß die Leiche von Shimoyama entdeckt worden ist. Ich habe das Fahndungsdezernat I überwacht; die Leiter von Dezernat I und Abteilung II sind gerade weggefahren. Es scheint, daß Shimoyama –«
Hayami fragte zwei-, dreimal nach, konnte aber nichts verstehen. ›Shimoyamas Leiche‹ – es dauerte, wenn auch nur einen kurzen Moment, bis sich in Hayamis vom Schlafmangel benommenem Kopf die Bedeutung dieser ohne jede Modulation geflüsterten Worte herauskristallisierte.
»Wo? Wo wurde er gefunden?« fragte Hayami, verstand die Antwort aber wieder nicht recht. Kakei schien dies zu spüren, denn er fuhr mit etwas deutlicherer Stimme fort:

»Wie dem auch sei – komm bitte mit einem Wagen zum Polizeipräsidium und stell ihn an der Seite des Gebäudes ab. Und bring einen Fotografen mit! Hast du mich verstanden? Der Wagen soll an der Seite abgestellt werden – ich verlasse mich auf dich!«

Hayami legte auf, bat den Fuhrpark um die Bereitstellung eines Wagens und überließ es dem Wachmann, das Bereitschaftszimmer der Photoabteilung zu benachrichtigen; er zündete sich eine Zigarette an und ging zum Ende des Seitengangs, wo sich eine Tür befand, die auf einen kleinen Balkon hinausführte. Er wollte die Tür ein wenig öffnen, um frische Luft zu bekommen, da es aber hereinzuregnen drohte, ließ er es sein und spähte durch die Scheibe, die wie ein Guckfenster in die Tür eingelassen war. Hayami befand sich im vierten Stock, zu sehen war nichts als pechschwarze Finsternis.

Eine Weile stand er vor der Tür. Er hatte das Gefühl, daß sich etwas wie ein Lavastrom von unbekannter Form und Größe, irgendwo aus der Ferne oder vielleicht auch ganz in seiner Nähe, mit entsetzlicher Langsamkeit, doch unaufhaltsam heranwälzte und alles unter sich begrub. Er wußte nicht recht, worum es sich dabei handelte. Aber er spürte, daß dieses Etwas jedenfalls Generalpräsident Shimoyama zermalmt und verschlungen hatte. Das Gefühl, daß geschehen war, was geschehen mußte – ein Gefühl, das ihm bis vor wenigen Minuten völlig fremd gewesen war –, ließ ihn reglos und benommen an der Tür verharren, bis er ein Fünftel seiner Zigarette geraucht hatte.

Hayami kehrte in das Bereitschaftszimmer zurück und weckte Vizeabteilungsleiter Ishii auf, der zur selben Zeit wie er in den Verlag eingetreten war und ihm von allen am nächsten stand. Nachdem er ihm vom Anruf aus dem Polizeipräsidium berichtet hatte, sagte er:

»Ich fahre hin.«

»Willst du jemanden mitnehmen?«

»Dürfte kaum nötig sein«, wehrte Hayami ab. Kakei und sechs weitere Reporter übernachteten im Presseclub des Polizeipräsidiums, für den Fall, daß sich eine unerwartete Entwicklung ergeben sollte.

Hayami machte sich rasch fertig, warf sich irgend jemandes Regenmantel über, der hier hing, und ging dann mit Nakahashi, dem Fotografen, der genau in diesem Moment eintraf, über die dämmrige Treppe, die sich wie eine Spirale in die Tiefe wand, ins Kellergeschoß. Dort durchquerten sie die Druckerei und verließen den Verlag durch den Hinterausgang.

Der Wagen wartete bereits. Nur an dieser Stelle, im Licht der Scheinwerfer, war der auf den Asphalt prasselnde Regen zu sehen.

»Was für ein verfluchter Schlamassel!« sagte Nakahashi und rannte, die Kameratasche an die Brust gepreßt, zum Wagen, gefolgt von Hayami, der den Kragen seines weißen Sommeranzugs hochgestellt und sich den Regenmantel über den Kopf gezogen hatte. Er sah auf die Uhr: dreißig Minuten nach vier. Draußen herrschte tiefste Dunkelheit.

Sie fuhren über Hibiya, vorbei am Palastgraben und parkten dann unter den Bäumen an der Seite des Polizeipräsidiums; kurz darauf kamen Kakei und S, ein junger Reporter, taumelnd über den Asphalt auf sie zugerannt. Die beiden stiegen ein, und der Wagen setzte sich wieder in Bewegung.

»Senju! Nach Senju, wenn ich bitten darf!«

Nachdem Kakei dem Fahrer ihr Ziel mitgeteilt hatte, fuhr er fort:

»Ich bin mir fast sicher, daß es Shimoyama ist. Die anderen Zeitungen haben bislang nichts gemerkt. Als ich dich vorhin anrief, habe ich das Telephon im Büro des Dezernats I benutzt.«

In seiner Stimme schwang tatsächlich ein wenig Aufregung mit.

Da das Bereitschaftszimmer des Presseclubs im Polizeipräsidium in dieser Nacht voll belegt war, hatte Kakei die Nacht, in eine Wolldecke gewickelt, auf einem Tisch verbracht; nachdem er von M, einem jungen Reporter, der letztes Jahr in den Verlag eingetreten war und sich die letzten Stunden im Fahndungsdezernat aufgehalten hatte, geweckt worden war, hatte er sich umgehört und erfahren, daß die Leiter von Dezernat I und Abteilung II soeben das Haus verlassen hatten. Er sei dann, wie er sagte, umgehend ins Dezernat I im Erdgeschoß hinuntergegangen und habe sich an einen Kriminalbeamten gewandt, der dort die Stellung hielt. Von diesem erfuhr er, daß unter der Stahlbrücke Senju Ôhashi eine Leiche lag, bei der es sich um Shimoyama zu handeln schien. »›Irrtum ausgeschlossen?‹ habe ich nachgefragt, und er antwortete, das scheine der Fall zu sein. Das Präsidium sei telephonisch von der Polizeiwache in Nishi-Arai benachrichtigt worden. Und da die Leiter von Dezernat I und Abteilung II dorthingefahren sind, denke ich, daß es stimmt.«

Kakei wand sich im engen Wagen, um sich eine Zigarette anzuzünden.

»Es könnte sein, daß der verdammte Kerl von der Zeitung O Wind von der Sache bekommen hat. Er tauchte nämlich gerade, als ich hinausging, im Dezernat I auf!«

Kakeis rundliches, energisches Gesicht mit seinem hellen Teint war ein wenig gerötet. Stets adrett und elegant gekleidet, trug Kakei auch jetzt ein zweireihiges weißes Jackett, die Knöpfe ordentlich geschlossen; mit einer Haltung, die vage an ausländische Schauspieler erinnerte, hielt er seine Zigarette zwischen Zeige- und Mittelfinger. Der Wagen durchquerte Ogawamachi, erreichte Ueno und fuhr durch Kurumazaka. Um sich zu vergewissern, wo sie sich gerade befanden, versuchten Kakei, Nakahashi und S von Zeit zu Zeit die

Dunkelheit, in die der Wagen hineinfuhr, mit ihren Blicken zu durchdringen, oder sie wischten die Fensterscheiben frei. Auf sie schien lediglich ein Fall zu warten. Hayami saß am rechten Seitenfenster, zurückgelehnt in die Polster, die Augen geschlossen. Er dachte daran, daß an dem Ort, den ihr Fahrer ansteuerte, die Leiche eines Menschen lag, unabhängig davon, ob es sich um Generaldirektor Shimoyama handelte oder nicht. Er sah den nassen, vom Regen gepeitschten Körper, in dem alles Leben zum Stillstand gekommen war, deutlich vor sich – aus irgendeinem Grund als weißen, gebleichten Fleischklumpen, nackt von Kopf bis Fuß. Ein seltsames, weißes und weiches Objekt, das man an eine enge und dunkle Stelle voller Kälte geworfen hatte, zwischen die Klippen, wo das unaufhörliche Anschwappen der Flut zu hören war – ein Objekt, an dem Algen klebten, so als habe jemand ein Messer hineingerammt! Er erinnerte sich, daß er schon einmal an einem stürmischen Tag mit heftigem Regen, vom Auto ebenso durchgerüttelt wie jetzt, ziellos durch eine Nacht gefahren war, die vielleicht in Ewigkeit nicht zu Ende ging. Er hatte das Gefühl, daß die sechzehn Jahre seither sich verflüchtigt hatten und die Zeit nun nahtlos an jene Nacht anschloß. Zum Teufel damit! dachte Hayami und richtete sich auf, um diese Bilder aus seinem Kopf zu verjagen. Dann fragte er: »Wo sind wir?«

»Wir fahren gerade über die Senju Ôhashi«, antwortete der Fahrer. Draußen regnete und stürmte es noch immer.

Kaum hatten sie die große, neue Stahlbrücke überquert, hielt der Fahrer an. S, für das Gebiet des Kommissariats von Nishi-Arai zuständig, sagte, er würde sich bei der Polizeiwache nach dem Fundort der Leiche erkundigen, und stürzte in den Regen hinaus; nach einer Weile kam er zurück, am ganzen Körper triefend. Wie er erfahren hatte, lag der Fundort in der Nähe des Gefängnisses von Kosuge. Der Wagen setzte sich abermals in Bewegung.

Kurz darauf fuhren sie langsam an einem massiven, dunklen Gebäude vorbei, das sie für das Gefängnis von Kosuge hielten. Reisfelder erstreckten sich zur Rechten, links schien sich ein zwei Meter breiter Wassergraben hinzuziehen. Ihr Wagen schwankte fürchterlich. Bald bog der Weg nach links ab, und nach einigen Minuten stießen sie auf eine kleine Brücke, deren Fahrbahn aus Lehm bestand. Die Brücke zu überqueren schien nicht ungefährlich, aber irgendwie gelangten sie auf die andere Seite; nach zweihundert Metern hielt der Wagen an, und das heftige Schwanken nahm ein Ende.

»Der Weg ist einfach miserabel! Ich frage mich wirklich, ob wir hier weiterkommen«, sagte der Fahrer und öffnete die Tür. Er stieg aus, hinein in den Regen, um den Zustand der Straße zu überprüfen.

»Sollten wir nicht besser umkehren!? Fahren Sie doch einfach nach Gotanno an der Tôbu-Linie! Können Sie nicht irgendwo wenden?« rief Nakahashi, der Fotograf, in das Dunkel vorm Wagen.

»Dort drüben ist es! Dort drüben!« brüllte Kakei im selben Moment und hatte sich bereits halb von seinem Sitz erhoben, die Hand an der Wagentür. Tatsächlich leuchteten in der Dunkelheit vor ihnen, in drei-, vierhundert Metern Entfernung, die Lichter mehrerer Laternen auf und erloschen wieder. Während sie hinübersahen, zerriß ein Blitzlicht immer wieder das Dunkel. Kein Zweifel, sie waren am Ziel.

Sie ließen den Wagen stehen und gingen zu viert, die Regenmäntel über die Köpfe gezogen, hinein in den Regen. Unterwegs reichte Kakei Nakahashi seinen Regenmantel, damit dieser die Kameratasche einwickeln konnte, und sagte dann, obwohl ihm das alles in Wirklichkeit nichts auszumachen schien: »Da haben wir uns ja auf eine schöne Geschichte eingelassen.« Völlig durchnäßt stolperte er an der Spitze der Gruppe weiter, ohne zu wissen, ob sich unter seinen Füßen ein Weg befand oder ein morastiges Feld. Journalistische Aufregung – er war es ja, der als erster von dem Fall Wind bekommen hatte – ließ diesen jungen, unkomplizierten und ausgezeichneten Reporter eine Spur geschwätziger werden als sonst – und eine Spur mutiger.

»Die blitzen ja wie verrückt!« meinte Nakahashi besorgt.

»Keine Sorge! Das sind die Kollegen von der Spurensicherung!« sagte Kakei und begann, als sei er sich doch nicht so sicher, fast zu laufen. Als sie wenig später auf ein Gleis stießen, liefen Kakei und S, die anscheinend ihre Ungeduld nicht mehr beherrschen konnten, wirklich los, immer die Schienen entlang, auf die Lichter der Laternen zu.

Hayami folgte zusammen mit Nakahashi, der die Kameratasche trug, wobei sie über die Schwellen liefen. Sie hatten kaum einige Schritte getan, als der Bahndamm aufhörte und nur noch das Gleis mit den Schwellen über einen Fluß führte. Hayami fragte sich, ob sie kurzentschlossen hinübergehen sollten, war sich jedoch nicht sicher, ob sie heil auf die andere Seite gelangen würden. Auch Nakahashi meinte, es sei zu gefährlich. Wie Kakei und S es geschafft hatten, wußten sie nicht.

Sie stiegen die Böschung des Damms hinunter, machten auf ihrer Suche nach einer Straße einen weiten Umweg, überquerten eine kleine Brücke, und nachdem sie den Damm hinaufgeklettert waren, standen sie wieder auf dem Gleis.

Am Fundort der Leiche befanden sich, verstreut über das Gelände, vierzehn, fünfzehn Angehörige der Polizei – Beamte des Dezernats I und der Spurensicherung, darüber hinaus schien man, vom Leiter des Kommissariats von Nishi-Arai angefangen, sämtliche Beamten dieser Dienststelle mobilisiert zu haben –, und unter den Polizisten waren noch andere Personen zu sehen, offenbar Angestellte der Staatsbahn. Die Blitzlichtaufnahmen waren tatsächlich von der Spurensicherung gemacht worden.

Nicht lange nachdem Hayami am Fundort eingetroffen war, begann es hell zu werden.

»Ich sehe wohl nicht recht! Wenn das nicht Kakei ist! Ihr habt hier nichts zu suchen, überhaupt nichts! Solange die Untersuchung nicht abgeschlossen ist, habt ihr hier nichts zu suchen!«

Das bekamen sie zwar zu hören, da sie aber fast alle Beamten des Dezernats I und der Spurensicherung vom Sehen kannten, verschafften sich die vier rücksichtslos Zutritt zum Fundort, wobei sie ihrerseits die ein oder andere Bemerkung fallen ließen.

Der Fundort lag dort, wo sich die Tôbu-Linie und die Jôban-Linie kreuzten – die Tôbu-Linie verlief auf dem Damm, in etwa vier Metern Höhe, während die zwei Gleise der Jôban-Linie in Richtung Norden bzw. Tôkyô unter der Überführung der Tôbu-Linie hindurchliefen, so daß sich die beiden Linien hier überschnitten, in der Form eines fast perfekten Kreuzes. Die Leiche war über eine Strecke von annähernd fünfzig Metern auf dem nach Norden führenden Gleis der Jôban-Linie verstreut.

»Bei der Leiche handelt es sich tatsächlich um Shimoyama. Die Polizei ist sich sicher, auf Grund seines Ausweises und der Visitenkarten«, sagte Kakei, der das soeben irgendwo aufgeschnappt hatte, zu Hayami. Sie beschlossen, daß Hayami einen Artikel über den Fundort schreiben und Kakei eine Skizze anfertigen sollte.

Etwa fünfzehn Minuten nachdem Hayami und seine Kollegen den Schauplatz erreicht hatten, tauchte Tonomura in Begleitung zweier junger Reporter auf, die im Polizeipräsidium das zweite Lager der Zeitung aufgeschlagen hatten. Weitere fünf Minuten später sahen sie die Autos der Zeitung S und der Zeitung O aus der entgegengesetzten Richtung herankommen, sie hatten die Straße vom Bahnhof Gotanno genommen.

Nakahashi rannte mit dreckverschmierter Jacke und Hose in der Gegend herum und drückte wie wild auf den Auslöser seiner Kamera. Und Kakei, seine Haare klebten ihm an den Wangen, hielt ein kleines Notizbuch in der Hand und mühte sich mit der Anfertigung einer Skizze des Fundorts ab, dann ging er zu Hayami hinüber und bat ihn um einen Bleistift, da die Tinte im Regen verlief. Kurz nach Verlassen des Wagens war er in den Dreck gefallen und hatte dabei seine Bleistifte und Drehbleistifte und selbst die Hülle mit seiner Monatskarte verloren.

Hayami beauftragte S, den Verlag zu verständigen, starrte so lange auf den Fundort mit den herumliegenden Leichenteilen, bis sich die Szene seinem Gedächtnis eingebrannt hatte, und stand dann im Regen da.

»War es Mord?« fragte er Ôkida vom Dezernat, der sich neben ihm befand.

»Gute Frage«, antwortete Ôkida und fuhr nach einer kurzen Pause fort: »Wie es aussieht, könnte es Selbstmord gewesen sein. Allerdings tappen wir immer noch im dunkeln. – Ich wäre also gar nicht glücklich, wenn Sie mich zitieren würden.«

Hayami empfand eine gewisse Sympathie für diesen Mann, der seit einigen Minuten etwas abseits vom Fundort stand, schweigend und mit einer Miene, als wollte er sagen, daß alles, was hier untersucht werden konnte, bereits untersucht worden war.

»Wissen Sie, ich bin neunundvierzig, so alt wie Shimoyama«, sagte Ôkida plötzlich. Hayami wußte nicht, worum die Gedanken dieses Mannes gerade kreisten, der mit einem ruhigen, kalten und düsteren Ausdruck dastand, als starrte er in die Fluten eines Flusses. Dieser Kommissar hatte – angefangen bei der Teigin-Affäre – mit fast allen aufsehenerregenden Fällen zu tun und galt im Fahndungsdezernat I als erfahrener Beamter; Hayami war ihm einmal bei einer von seiner Zeitung veranstalteten Podiumsdiskussion begegnet, aber der andere schien sich nicht an ihn zu erinnern.

Zusammen mit Nakahashi, der wollte den Fundort von oben fotografieren, kletterte Hayami den vier Meter hohen Damm hinauf und stand dann oben, dort, wo das Gleis der Tôbu-Linie verlief.

Irgendwann hatte der Regen nachgelassen. Unter ihnen erstreckten sich nach Osten und Westen, nach Norden und Süden ausgedehnte, in der Dämmerung des Regenmorgens hell schimmernde Felder, in ihrem Zentrum der Fundort der Leiche. Charakteristisch für dieses Gebiet am Rande Tôkyôs waren über die weite Ebene einzelne Häuser und kleine Fabriken verstreut, und im Süden, bei den Gleisen der Jôban-Linie, war das große, überraschend moderne Gebäude des Gefängnisses von Kosuge zu sehen.

Unterhalb der Stelle, an der Hayami und Nakahashi standen, bewegte sich, in der Umgebung des Fundorts und auf beiden Seiten des Damms, eine beträchtliche Anzahl von Menschen auf eine seltsame Weise. Mit langsamen Bewegungen, ohne Ziel und doch gehetzt, durchstreiften sie ein eng umgrenztes Gebiet in allen Richtungen. Ein Mann, dem Anschein nach Bahnbeamter, hielt auf dem Gleis einen Schirm über einen abgetrennten Teil der Leiche Shimoyamas. Er war der einzige, der sich nicht von der Stelle rührte.

Nakahashi sagte, er wolle ein Photo von dem Mann machen, und kletterte, halb rutschend und fallend, die Kamera hoch in der Luft, durch das Unkraut die Dammböschung hinunter, die er gerade erst hinaufgestiegen war.

Hayami verließ als erster den Schauplatz und kehrte allein zum Verlag zurück, es war kurz nach neun. Abteilungsleiter Yamana war bereits an seinem Platz. Ishii hatte sich um sechs telefonisch mit ihm in Verbindung gesetzt, und so wußte er, daß sie es nun mit einem Fall in der eigentlichen Bedeutung des Wortes zu tun hatten.

»Ich habe einstweilen zwei Mann mit einer Kamera zum Anwesen von Shimoyama geschickt. Und die Leute, die sich um die Eisenbahn kümmern werden, habe ich ebenfalls eingeteilt. Nun mach schon, gönn dir eine Pause. Du bist sicher müde«, sagte Yamana.

Abgesehen von den Reportern vom Bereitschaftsdienst fuhr die Mehrzahl der anderen Journalisten direkt von zu Hause zu ihren verschiedenen Einsatzorten, und so herrschte, trotz des sensationellen Falls, während der Vormittagsstunden Stille an den Tischen der Abteilung für Gesellschaftsnachrichten.

»Irgend etwas sagte mir, daß die Angelegenheit nicht belanglos sein würde, und jetzt haben wir es tatsächlich mit einem Riesenfall zu tun«, sagte Yamana, während er raschelnd in seiner mit alten Manuskripten und Briefen vollgestopften Schublade für Ordnung sorgte. Yamana, ein reines Verlagsgewächs mit einem langjährigen Ruf als Sensationsreporter, zeigte nichts von seiner Kampfeslust und Schlagfertigkeit; doch wenn er auf einen Fall stieß, begann er stets eine fast abstoßende Gelassenheit auszustrahlen und – plötzlich auf seltsame Weise empfindlich für seine Umgebung geworden – seine Sachen aufzuräumen. Lediglich das unterschied ihn von den anderen Reportern.

Hayami nahm an, daß er den restlichen Tag über entsetzlich beschäftigt sein würde, und beschloß, als erstes zumindest die Artikel über den Fundort zu Papier zu bringen; er zog lediglich sein nasses Jackett aus und setzte sich an den Schreibtisch. Nachdem die beiden Artikel für Seite eins und zwei geschrieben waren, legte er sie auf den Redaktionstisch von Ishii, und ging dann in die Kantine hinunter, um etwas zu essen. Mittendrin rief Kakei an. Zusammen mit Reportern von anderen Zeitungen war er den Beamten des zuständigen Dezernats gefolgt, die nach der Untersuchung des Fundorts zum Kommissariat von Nishi-Arai zurückgekehrt waren. Die inoffizielle Erklärung, die der Leiter des Fahndungsdezernats dort abgab, war außerordentlich schlicht. Die Leiche war am Sechsten um null Uhr fünfundzwanzig entdeckt worden. Bei dem Toten wurden seine Visitenkarten gefunden, eine Fahrkarte der Staatsbahn, ein Freifahrtschein der Tôbu-Bahngesellschaft und sein Namensstempel – aufgrund dieser Dinge und anderer Beweismittel wurde die Leiche um fünf Uhr identifiziert. Es war unklar, ob es sich um Selbstmord oder Mord handelte. Im großen und ganzen war das alles.

Nach dem Essen ging Hayami zur Redaktion hinauf, wo ihn ein weiterer Anruf erwartete, dieses Mal von Tonomura aus dem Bahnhof Gotanno. Er berichtete, daß die Leiche am Nachmittag in der Universität Tôkyô obduziert werde.

Auch der junge Reporter, der aus dem Polizeipräsidium die erste Nachricht von dem Leichenfund geschickte hatte und gerade im Bahnhof von Ayase recherchierte, rief kurz darauf an. Wie er meldete, hatte er sich sowohl mit dem stellvertretenden Bahnhofsvorsteher wie auch mit dem Bahnbeamten getroffen, der die Leiche entdeckt hatte, von beiden jedoch kaum brauchbare Antworten erhalten.

Kurz vor elf tauchten Kakei, Tonomura und andere Reporter in derangiertem Zustand wieder im Verlag auf. Sie teilten die Artikel für die erste Ausgabe unter sich auf und machten sich an die Arbeit, zwischendurch aßen sie Reisklöße, die man ihnen besorgt hatte; anschließend fuhren sie in ihren halbtrockenen Anzügen wieder zum Polizeipräsidium.

Yamana und Hayami hatten die Absicht, sich bei der nächsten Ausgabe der Zeitung auf das Ergebnis der Leichenobduktion der Universität Tôkyô zu konzentrieren. Solange sich das zuständige Fahndungsdezernat nicht aufgrund der Obduktion klar zu der Frage geäußert hatte, ob es sich um Mord oder Selbstmord handelte, konnten sie den Reportern weder sagen, in welcher Richtung sie recherchieren sollten, noch einen Plan für einen großen Aufmacher schmieden.

Kurz nach zwei trafen bei Hayami aus allen möglichen Richtungen eine Unzahl von Artikeln ein. Er ordnete die Manuskripte, die sich in der Redaktion ansammelten, und studierte sie ganz objektiv hinsichtlich ihres Neuigkeitswerts: Ein kurzer Artikel berichtete über die eintausendfünfhundert Protestschreiben gegen die Massenentlassungen, die Tag für Tag bei Shimoyama eingegangen waren; ein Artikel, der aus der Abteilung für Politik stammte, beschrieb die erhöhten Sicherheitsmaßnahmen, die für Kabinettsmitglieder getroffen wurden, und die angespannte Stimmung in der Bevölkerung angesichts der von der Regierung eingeleiteten Maßnahmen zur Aufrechterhaltung der öffentlichen Sicherheit, und ein weiterer Artikel setzte sich mit dem Streikkomitee der Bahngewerkschaft auseinander und dessen Kampf gegen die negative Propaganda. Blieb noch die Illustration. Hayami wählte zwei Fotos unter den zahllosen Bildern aus, die Nakahashi an diesem Morgen gemacht hatte, und entschloß sich, zusätzlich ein Foto zu verwenden, das den gewaltigen Stapel von Protestschreiben zeigte, der sich in Shimoyamas Anwesen angesammelt hatte.

Um vier Uhr teilte ihm der für die Universität Tôkyô zuständige Reporter das Ergebnis der Obduktion mit: Shimoyama war zwar nach seinem Tod von einem Zug überfahren worden, man schien aber nicht mit Bestimmtheit aus dieser Tatsache seine Ermordung ableiten zu können; zu dieser Frage sollte es um sieben Uhr abends eine detaillierte Verlautbarung seitens des zuständigen Fahndungsdezernats geben.

Hayami verständigte umgehend Kakei, der sich im Presseclub des Präsidiums aufhielt. Im Gegensatz zu seinem Telefonat in den frühen Morgenstunden, bei dem Kakei mit gedämpfter Stimme gesprochen hatte, um Reporter anderer

Zeitungen nicht auf sich aufmerksam zu machen, hallte seine Stimme nun schrill im Hörer wider, mit einem leichten Unterton von Trunkenheit.

»Das weiß ich bereits! Ich bin wahnsinnig müde und hab mir zusammen mit den anderen mehrere Schnäpse genehmigt. Nebenan sitzen die Kerle von der Zeitung S beim Bier zusammen – getränkemäßig können wir also nicht so recht mit ihnen konkurrieren. Aber eins sage ich dir – bei den Artikeln werden wir bestimmt nicht den kürzeren ziehen! Den Artikel für die Siebenuhr-Ausgabe schreibe ich, wenn ich wieder im Büro bin. Uns hier geht's gut. Mach dir bloß keine Sorgen.«

Sagte Kakei – es klang wie die Nachricht vom Mitglied eines Todeskommandos, das mit wichtigem Auftrag seinem Einsatzort entgegeneilte.

Die Verlautbarung des zuständigen Fahndungsdezernats würde jedenfalls für die erste Ausgabe zu spät kommen, weshalb man sich entschloß, in der nächsten Ausgabe weder der Selbstmord- noch der Mord-Theorie den Vorzug zu geben, und Yamana teilte der Schlußredaktion mit, welche Haltung die Abteilung für Gesellschaftsnachrichten derzeit zu dem Fall einnahm, denn erst in der Schlußredaktion nahmen die einzelnen Artikel ihre endgültige Gestalt an. Dies war auch der Grund, warum Hayami, als er zur Durchsicht der Korrekturfahnen in die Druckerei ging, entdeckte, daß man die Topmeldung auf Seite zwei mit der bei einem derart sensationellen Fall seltenen und kühlen Schlagzeile ›Der rätselhafte Tod von Generalpräsident Shimoyama‹ versehen hatte.

Um fünf Uhr nachmittags kamen mit Ausnahme der Reporter, die sich im Polizeipräsidium befanden, alle Mitarbeiter der Abteilung für Gesellschaftsnachrichten zu einer außerplanmäßigen Sitzung zusammen, die dazu diente, das weitere journalistische Vorgehen festzulegen, sowohl im Hinblick auf die Möglichkeit eines Mordes wie im Hinblick auf die Möglichkeit eines Selbstmordes. Journalisten in der Probezeit, die in diesem Jahr die Einstellungsprüfung des Verlags bestanden hatten und derzeit auf alle Redaktionen verteilt waren, sollten in der Abteilung für Gesellschaftsnachrichten zusammengezogen und auf den Fall angesetzt werden. Des weiteren sollten die fünfzehn Kandidaten, welche die Prüfung nicht bestanden hatten, als Aushilfskräfte beschäftigt und auf die städtische Polizei angesetzt werden. Andererseits sollte die Hälfte der jungen Journalisten, die für die mehr als siebzig Polizeistationen in der Hauptstadt zuständig waren, abgezogen und auf die Abteilungen verteilt werden, die mit dem Fall beschäftigt waren. Diese wichtigen Sofortmaßnahmen wurden von Yamana bekanntgegeben.

Es folgte eine Bekanntmachung, die Hayami betraf, den hauptverantwortlichen Redakteur für den Fall, und anschließend gab Hayami selbst den einzelnen Reportern detaillierte Anweisungen.

Kakei wurde zum Chef der für das Polizeipräsidium zuständigen Reporter bestimmt, und was die Recherchen am Leichenfundort anlangte, sollte Tonomura die Untersuchungen der Polizei verfolgen, während parallel dazu die ihm unterstellten Reporter in Eigenverantwortung gesonderte Untersuchungen anstellen sollten. Weiterhin wurde beschlossen, daß Shirakawa, einer der führenden Journalisten des Verlags, der an diesem Tag von seiner Dienstreise aus Hokkaidô zurückgekehrt war, die Leitung der Berichterstattung über die Staatsanwaltschaft übernehmen sollte, während mehrere junge, herausragende Reporter, in einer Sondereinsatztruppe zusammengefaßt, damit beauftragt wurden, in der Umgebung des Kaufhauses Mitsukoshi Recherchen anzustellen.

»Nun denn, ich bitte jeden von Ihnen, unverzüglich in seinem neuen Tätigkeitsbereich die Arbeit aufzunehmen. Ich zähle auf Sie!« sagte Yamana am Ende der kurzen Versammlung und erhob sich.

Um sieben Uhr dreißig trafen Kakei und Tonomura ein. Kakei schrieb seinen Artikel über die Verlautbarung des Leiters des Fahndungsdezernats, während sich Tonomura in einem Artikel mit der Einrichtung eines zentralen Sonderfahndungsdezernats befaßte.

Die Bekanntmachung des Obduktionsergebnisses seitens der Leitung des Fahndungsdezernats umfaßte vier schlichte Punkte: Die Todesursache war unbekannt, und man ging davon aus, daß Shimoyama erst nach seinem Tod von einem Zug überrollt worden war, da er kaum geblutet hatte. Da sein Magen leer war, mußten zum Zeitpunkt seines Todes mindestens vier, fünf Stunden vergangen sein, seit er zum letzten Mal etwas gegessen hatte. Die Frage einer etwaigen Vergiftung mußte unbeantwortet bleiben, solange die medizinischen Untersuchungen nicht abgeschlossen waren.

Tonomura wiederum berichtete in seinem Artikel, daß im Polizeipräsidium ein Zentrales Sonderfahndungsdezernat eingerichtet worden war, mit dessen Hilfe das Präsidium unter Bündelung der Mitarbeiter der Fahndungsdezernate I, II und III die umfassendste Fahndung seit der Teigin-Affäre eingeleitet hatte.

Genau in diesem Moment wurde aus dem Presseclub des Polizeipräsidiums per Telefon ein weiterer Artikel durchgegeben. Er befaßte sich mit der Pressekonferenz des Büros der Staatsanwaltschaft, die fast zeitgleich mit der Verlautbarung des Polizeipräsidiums stattgefunden hatte. »Aufgrund des Befunds der Verletzungen des Leichnams wird bestätigt, daß Generalpräsident Shimoyama nach seinem Tod von einem Zug überrollt worden ist.« Dies war die erste amtliche Bekanntmachung, in der sich die Ansicht widerspiegelte, es handle sich um Mord.

Hayami verglich die Verlautbarungen des Präsidiums und

der Staatsanwaltschaft miteinander – letztere war um einiges konkreter und die in ihr vertretene Ansicht des Falles wesentlich klarer, weshalb er sich entschloß, den Artikel über die Verlautbarung des Präsidiums herauszunehmen und statt dessen in der ersten Ausgabe das Statement der Staatsanwaltschaft zu bringen.

Kurz darauf kam Onigawa, der stellvertretende Leiter der Schlußredaktion, und rief: »Mordtheorie gewinnt an Gewicht! – Was meinst du, können wir das nehmen?« Auch in der Schlußredaktion hielt man bei den Schlagzeilen Vorsicht für angebracht. Onigawa wollte den Artikel wegen seines speziellen Inhalts groß herausbringen – auf Seite eins.

Bei Redaktionsschluß holte Hayami erleichtert Atem und blickte zur anderen Seite des Raums hinüber, wo Kakei gerade am Telefon mit dem Fuhrpark über die Bereitstellung eines Autos verhandelte.

»Wohin fährst du?« fragte Hayami.

»Ich will zusammen mit Tonomura einigen Leuten Privatbesuche abstatten.«

»Welchen Leuten?«

»Überlaß das nur mir! Im Presseclub halten ohnehin vier von uns die Stellung. Und die Nacht werden Tonomura und ich selbstverständlich im Club verbringen. Aber bis dahin möchte ich noch zwei oder drei Besuche machen.«

Kakei und Tonomura planten, mit einem Auto Mitarbeiter des Fahndungsdezernats zu Hause aufzusuchen, um ihnen irgendwelche Fragen zu stellen. Weder in Kakeis Gesicht, dessen Wangen von bläulich schimmernden Bartstoppeln bedeckt waren, noch an Tonomuras Körper, der spindeldürr war wie eine Gottesanbeterin, mit diesen aus den kurzen Ärmeln herausragenden dünnen Armen, ließ sich eine Spur von Erschöpfung erkennen.

Nach der Korrektur der Druckfahnen für die zweite Ausgabe setzten sich Yamana und Hayami ans Fenster des menschenleeren mitternächtlichen Redaktionsbüros und öffneten eine Flasche Whisky. Der Regen hatte kurz zuvor aufgehört, die Nacht war schwül.

»Ich bin gespannt, mit welchen Artikeln die Zeitungen S und O morgen aufwarten werden«, sagte Yamana.

»In den heutigen Ausgaben wird ja kaum ein Unterschied zu bemerken sein! Es ist einfach nicht möglich, das Thema anders zu behandeln.«

»Sicher, sicher! Aber nun riecht der Fall plötzlich nach Mord, und ab morgen werden die Fetzen fliegen!«

Auch Hayami konnte sich ohne weiteres vorstellen, wie brutal der Konkurrenzkampf zwischen den Zeitungen werden würde.

»Was für eine Bescherung!« meinte Hayami wortkarg und hob das Whiskyglas langsam an die Lippen.

Yamana leistete Hayami eine Weile Gesellschaft, dann sagte er: »Sieh zu, daß du munter bleibst! Schließlich wird uns nicht alle Tage ein derartiger Fall serviert«, und zog sich, mit seiner abgewetzten Aktentasche in der Hand, in eine Pension unweit des Verlags zurück.

Hayami war so erschöpft, daß es ihm zu mühselig war, sich ins Bereitschaftszimmer zu schleppen. Er blickte sich in der Redaktion um, ob sich nicht jemand fand, mit dem er trinken konnte, außer einer Telefonistin jedoch war niemand zu entdecken. Er trank den starken Whisky allein, Schluck für Schluck, und plötzlich hatte er das Gefühl, in der Luft, die durch das Fenster drang, den Geruch der Flut zu riechen. Im selben Moment erinnerte er sich wieder an die weiße Nackenlinie Keikos, an die er den ganzen Tag nicht gedacht hatte. Keiko, die sich, wie man sagen konnte, brüsk von ihm abgewandt hatte, nachdem sie zuerst ihr Gesicht an seiner Brust verborgen hatte, er erinnerte sich an ihren Nacken wie an etwas Wertvolles, das man verloren hat.

Zeitung S machte am nächsten Tag mit einer Schlagzeile auf,

die sich über vier Spalten hinzog: ›Definitive Bestätigung der Mordtheorie‹. Weitere Schlagzeilen erstreckten sich über jeweils drei Spalten: ›Mitternächtliches Phantomauto‹, ›Der Mann, den ich bei Mitsukoshi traf‹, ›Vier Gründe für die Mordtheorie‹. Und auf Seite zwei, nun, auf Seite zwei fand sich unter der Schlagzeile ›An Selbstmord kann ich nicht glauben‹ eine Aussage der Ehefrau Shimoyamas, die in die Form eines Gespräches mit der Witwe gebracht worden war; schon eine flüchtige Lektüre zeigte jedoch, daß der Artikel lediglich aus einer Zusammenfassung der Aussagen von Bewohnern des Hauses Shimoyama bestand, die weitgehend auf Vermutungen basierten. Des weiteren brachte die Zeitung, versehen mit der Schlagzeile ›Von Mord überzeugt‹, Mutmaßungen eines Schriftstellers und die Aussage eines hohen Beamten, die beide die Sichtweise vertraten, man habe es mit einem Mordfall zu tun.

Zeitung O wiederum brachte auf Seite eins die Schlagzeile ›Generalpräsident Shimoyama – Definitiv Mord!‹ – sie zog sich über fünf Spalten hin; daneben fanden sich auf Seite eins und zwei weitere sensationelle Überschriften: ›Opfer eines politischen Attentats‹, ›Bereits zahlreiche Drohungen in der Vergangenheit‹, ›Identifizierung des Täters in wenigen Tagen?‹, ›Tatort und Fundort nicht identisch?‹, ›Vorbereitungen für die Ausrufung des Ausnahmezustands und die Erklärung des Ministerpräsidenten abgeschlossen‹. Aber nicht nur diese beiden Zeitungen behandelten den Tod von Shimoyama als sensationellen Mordfall mit beträchtlichen Folgen für die Gesellschaft, sondern auch die meisten anderen Morgenblätter.

In der Hand eine Zeitung, richtete sich Hayami auf dem Bett des Bereitschaftsraumes auf, und plötzlich war ihm, als wiche das Blut aus seinem gesamten Körper. Unter allen Morgenausgaben wirkte tatsächlich nur eine Zeitung, wirkte unbestreitbar nur die K-Zeitung lahm und unscheinbar.

Hayami hatte weder einem Schriftsteller noch irgendeinem Prominenten die Gelegenheit zu einer privaten Meinungsäußerung gegeben. Kollegen aus seiner Abteilung und aus anderen Abteilungen hatten ihm zwar dazu geraten, als er sich jedoch vor Augen hielt, wie groß die gesellschaftlichen Auswirkungen dieses Falls waren, war er zu der Ansicht gelangt, es sei noch zu früh für derartige Meinungsäußerungen, weshalb er auch keinen Artikel drucken ließ, der auch nur eine auf Mutmaßungen basierende Zeile enthielt. Er hatte dafür gesorgt, daß in der Morgenausgabe wahrheitsgetreu ausschließlich Fakten erschienen, die er mit ebenso wahrheitsgetreuen Schlagzeilen versehen ließ.

Sowohl Hayami wie auch Yamana hielten es für möglich, daß es in diesem Fall um Mord ging. Allerdings wünschten sie sich das nicht, genausowenig wie sie sich wünschten, daß es sich um Selbstmord handelte.

Als Hayami verschiedene Morgenausgaben aufgeschlagen hatte, war ihm allerdings sofort klargeworden, daß Yamana und er scharfe Kritik zu erwarten hatten. Wenn man wollte, konnte man die Ausgabe, die er zu verantworten hatte, durchaus als uninteressant bezeichnen. Und wenn man ihm vorwarf, daß hinter seinen Direktiven keinerlei Plan stand, dann war auch dieser Vorwurf zweifellos berechtigt. Was sich jedoch in der Morgenausgabe fand, war eine Fülle von verläßlichen Informationen.

Kurz darauf rief Hayami Kakei im Presseclub des Polizeipräsidiums an und bat ihn, beim zuständigen Fahndungsdezernat bis ins Detail zu klären, welche Gründe die anderen Zeitungen für ihre Mordtheorie hatten.

»Alles in schönster Ordnung, Hayami! Es war Selbstmord! Hörst du, Selbstmord! Ich habe nämlich –«

Kakei zählte die Namen einiger Beamter auf, die er, wie er sagte, letzte Nacht getroffen hatte, und fuhr dann fort:

»– diese Herrschaften in der vergangenen Nacht genauestens

befragt! Sag mir, ich soll etwas für dich schreiben, und ich kann dir problemlos einen Artikel mit dem Titel schreiben: ›Vier Gründe für die Selbstmordtheorie‹! Alles, was bisher ans Licht kam, spricht für Selbstmord. Unsere heutige Morgenausgabe ist völlig in Ordnung. Hörst du, völlig in Ordnung!«

Kakei betonte jedes einzelne Wort, als wollte er Hayami Mut machen.

Yamana war an diesem Tag etwas bleich im Gesicht, Hayami hingegen wirkte völlig unverändert. Die verlagsinterne Kritik an der Morgenausgabe dieses Tages schien ziemlich heftig zu sein, Yamana aber erwähnte gegenüber Hayami dieses Thema mit keinem Wort. An der täglich um elf stattfindenden Konferenz der Verlagsleitung nahm auch Yamana teil. Heute jedoch stand er bereits nach wenigen Minuten wieder in der Redaktion und sagte zu Hayami:

»Wäre es dir vielleicht möglich, den Herren von der Firmenleitung einmal den bisherigen Emittlungsstand im Fall Shimoyama zu erklären?! Ich denke, du bist dafür geeigneter als ich.« Seinem Tonfall war anzuhören, daß er bislang allein mit der beträchtlichen Kritik seitens der Verlagsleitung konfrontiert gewesen war.

Bei der Konferenz waren nicht nur die Herausgeber anwesend, sondern auch die Leiter der Geschäftsabteilung, der Verwaltung und der Druckerei. Die Mehrzahl von ihnen schien der einhelligen Auffassung zu sein, daß die Mitarbeiter ihrer Zeitung im Hinblick auf den Fall keinerlei Weitblick bewiesen hatten. Hayami jedoch, der unmittelbar zuvor von Kakei die Information erhalten hatte, er könne, zumindest für den Augenblick, die Argumente für die Mordtheorie zurückweisen, welche die anderen Zeitungen angeführt hatten, griff die einzelnen Artikel der Konkurrenz auf und zeigte, daß letztendlich keiner von ihnen auf handfesten Daten basierte. Abschließend meinte er:

»In der Abteilung für Gesellschaftsnachrichten vertreten wir den Standpunkt, daß man eine Zeitung nicht auf der Basis von optimistischen Erwartungen und Spekulationen machen sollte.«

Die Konferenz dauerte nur kurz, lediglich dreißig Minuten, ihrer Form nach war sie jedoch nichts anderes als ein Verhör von Yamana und Hayami. Hayamis Erläuterungen schienen die Runde der Verlagsleiter einstweilen zu überzeugen, in ihren Gesichtern aber spiegelten sich Zweifel, die sich bis zum Schluß nicht vertreiben ließen.

Um ein Uhr nachmittags fand eine Besprechung der für den Fall Shimoyama zuständigen Journalisten statt, in ihrem Mittelpunkt Hayami. Bei dieser Versammlung, an der Kakei und Tonomura nicht teilnehmen konnten, schärfte Hayami seinen Kollegen ein, unter keinen Umständen den Ergebnissen vorzugreifen, sondern unbedingt den polizeilichen Untersuchungen auf der Spur zu bleiben.

Als ein junger Reporter fragte: »Aber wenn wir so vorgehen, wie Sie sagen, und der Fall stellt sich als Mord heraus, wie stehen wir dann da?«, entgegnete Hayami: »Wir stehen überhaupt nicht da! Wenn sich abzeichnen sollte, daß es sich um Mord handelt, dann behandeln wir den Fall als Mord; und wenn sich abzeichnen sollte, daß es sich um Selbstmord handelt, wird der Fall als Selbstmord behandelt! Reicht das vielleicht nicht!?« Das war tatsächlich seine Meinung.

»Aber sollen wir denn nicht generelle Mutmaßungen anstellen, in welche Richtung sich der Fall entwickeln könnte?«

»Ich will von Mutmaßungen – von keiner einzigen Mutmaßung – weder hören noch sehen!« sagte Hayami und wurde ungewöhnlicherweise ein wenig blaß. Sein Tonfall war so heftig, daß sich für einen Moment eine peinliche Atmosphäre unter den Anwesenden breitmachte. Aber du bist ja direkt aufgeregt, dachte Hayami. Nachdem er sich seiner Aufregung bewußt geworden war, spürte er hilflos und bitter, daß seine Erregung keineswegs die Folge der unverblümten Kritik des jungen Reporters an der Zeitung war, vielmehr rührten dessen Worte an eine andere Stelle, vielleicht an die innerste Mitte seiner Gefühle. Aber erregt, wie Hayami war, fiel es ihm schwer, sich wieder zu beruhigen.

Nach dem Ende der Besprechung ging er in die Redaktion zurück und teilte Yamana noch einmal mit, wie sie prinzipiell bei den Recherchen vorgehen wollten. In seinem Ton lag eine gewisse Schärfe. »Wir werden vorläufig den polizeilichen Untersuchungen auf der Spur bleiben. Den Untersuchungen!«

»Gut, warum auch nicht. Du kannst tun und lassen, was du willst. Ich übernehme die Verantwortung in allen Punkten.« Es war ungewiß, was Yamana in diesem Moment insgeheim von Hayami dachte, aber in seinem Blick, der auf Hayami gerichtet war, lag eine Spur von Schmerz, und sein Tonfall war noch ruhiger als gewöhnlich. Hayami hatte plötzlich das Gefühl – oder war es nur Einbildung? –, daß in diesem Tonfall etwas schwang, mit dem Yamana ihn von sich stieß.

Hayami ging zu den Kollegen aus der Schlußredaktion und teilte ihnen dasselbe mit, was er Yamana soeben mitgeteilt hatte, dann stieg er zum Dach des Verlagsgebäudes hinauf. Das Dach war menschenleer. In der Nordostecke stand, Wind und Wetter ausgesetzt, eine Bank. Er setzte sich und zog ein Bündel der soeben erschienenen Zeitungen dieses Abends heraus, die er beim Verlassen der Redaktion in seine Tasche gestopft hatte. Schon ein kurzer Blick zeigte ihm, daß alle Zeitungen in reißerischer Aufmachung erschienen waren und wie auf Verabredung den Fall Shimoyama als Mord behandelten.

Hayami erhob sich und ließ seinen Blick ziellos über die unterschiedlich gestalteten oberen Stockwerke der riesigen Hochhäuser schweifen, die ringsherum über ihm aufragten. Ihre spitzen Türme, ihre Kamine, die rätselhaften Stahlkonstruktionen, die Dachgärten und die unzähligen kleinen Fenster – sie brannten und glänzten und wanden sich vor Schmerzen in der Julisonne, jetzt, da der Regen aufgehört hatte. Von seinem Standort aus konnte Hayami weder Straßen noch Geschäfte sehen. Nur die riesige, seltsam farblose Trümmerlandschaft weit hinten am Horizont der Stadt füllte sein Blickfeld aus.

Alle nur denkbare Arten von Klängen, Geräuschen und Tönen vermischten sich zu brüllendem Lärm, der zwischen den Häusern aufstieg, und dieser Lärm brandete mit größerer Heftigkeit um ihn, als wenn er sich unten auf der Straße befunden hätte.

Hayami stand wie erstarrt auf dem sonnenverbrannten Zement. Einen Moment lang hatte er das Gefühl, auf dem Grund eines ungewöhnlichen Tals zu stehen. Ihm war, als hätte er vor langer Zeit tatsächlich einmal genau auf diese Weise, im erbarmungslosen Licht eines Hochsommers, an einem solchen Ort gestanden, vor sich ein riesiges Ruinenfeld. Und ihm war, als hätte er einmal – in dem Bewußtsein, daß es in dieser Welt keinen Platz mehr für ihn gab – endlos in glühender Hitze gestanden, während ihn unzählige Pfeile durchbohrten.

Hayami spürte, daß er sich in diesem Moment in unversöhnlichem Gegensatz zu etwas befand.

Allerdings, damals war es keinesfalls Juli gewesen, dachte Hayami, und er hatte sich nicht auf dem Dach eines hohen Gebäudes befunden. Vor sechzehn Jahren war etwas geschehen, und in Folge davon hatte er in seinem kleinen Haus am Stadtrand von Ōsaka auf dem Absatz in der dämmrigen Eingangsdiele gesessen, Stunde um Stunde, allein und umfangen von einem Gefühl, das ihm jede Bewegung unmöglich machte. Er spürte, wie der heftige Zorn, der ihn in jenen Stunden befallen hatte, wieder in ihm erwachte, brennend und so lebendig wie damals. Er spürte, daß die Zeitspanne von sechzehn Jahren in sich zusammenfiel und die qualvollen Tage von damals sich nahtlos an die Gegenwart anschlossen.

Es hatte mit ihm nichts zu tun, ob es Mord oder Selbstmord war. Aber er haßte die Blicke der Öffentlichkeit, mit denen diese den Fall betrachtete, er haßte die Denkweise der Öffentlichkeit, ihre Gefühle und ihre Sichtweise der Dinge – all diese Vermutungen, die mit einer Tatsache in keinerlei Verbindung standen, er haßte sie aus tiefster Seele. So wie er sie an jenem Tag vor sechzehn Jahren gehaßt hatte –

2

Ende September 1933 ging Hayamis Frau Harumi zusammen mit Kisaragi Masahiko, einem zweitklassigen Schlagersänger, am Kap Shionomisaki in den Tod. Kisaragi Masahikos Leiche wurde am übernächsten Tag zwischen zwei Klippen angespült, unweit der Stelle, von der sie sich ins Meer gestürzt hatten – Harumis Leiche aber wurde niemals gefunden. Hayami Takuo, damals fünfundzwanzig, traf die Brutalität dieses unerwarteten Unglücks vollkommen unvorbereitet. In späteren Jahren versuchte er, dieses Unglück mit Ruhe und aus einer gewissen Distanz, die allerdings nie besonders groß war, zu betrachten, wie ein verletztes Tier, das auf einer dahintreibenden Eisscholle seine klaffenden Wunden leckt, doch fragte er sich in solchen Augenblicken unweigerlich, ob ihm die Grausamkeit des ihm zugedachten Schicksals – eines Schicksals, das nur einem unter Zehn- oder Hunderttausend widerfährt – nicht schon in den Ahnungen seiner Kindheit als seine ureigene Bestimmung erschienen war.

Hayami verbrachte die Volksschulzeit und die erste Hälfte

der Mittelschulzeit in Hamamatsu, wo sein Vater, ein kleiner Provinzbeamter, stationiert war, und eines Tages, er war noch Volksschüler, überkam ihn – wenngleich ihm das zu jener Zeit nicht bewußt war – etwas wie eine Vorahnung des düsteren Unglücks, das ihn in späteren Jahren heimsuchte. Damals wurde in der Volksschule fast täglich nach Unterrichtsschluß mit den Kindern, die eine weiterführende Schule besuchen wollten, für die Aufnahmeprüfung geübt, und wenn Hayami, er ging in die sechste Klasse, zusammen mit den anderen aus dem Schultor trat, begann es an kurzen Wintertagen bereits zu dämmern. Verließ man die Schule durch das hintere Tor und nahm den schmalen Pfad durch die Reisfelder, stieß man auf ein kleines, altes Schlachtfeld, das Saigagake-Steilhang genannt wurde. Der Ort wurde von allen gefürchtet, es hieß nämlich, bei Sonnenuntergang tauchten hier Sichelwiesel auf. Ein tiefes Tal befand sich hier, über dem sich selbst am Tag ein dichtes, dunkles Dach aus Zweigen und Blättern wölbte, und über das Tal führte eine kleine, halbverfallene Holzbrücke. Sah man von dieser Brücke nach unten, erblickte man stets auf der Sohle des sich nach unten verengenden Tals eine Wasserlache und unter ihrer kalten Oberfläche abgefallene Blätter.

Kamen Hayami und die anderen an diesem Steilhang vorbei, dann nahmen sie normalerweise ihre Segeltuchtaschen von der Schulter, klemmten sie sich unter den Arm und rannten, während die Pausenbrotschachteln und Pinselkästchen schepperten und klapperten, über die Brücke, als wäre der Teufel hinter ihnen her. Freilich, noch niemand hatte jemals ein leibhaftiges Sichelwiesel gesehen, und niemand hatte seine Schritte gehört, aber man sagte, es komme in unerwarteten Momenten wie ein Windstoß über einen und schneide die Menschen mit scharfen Klingen in Wangen und Schenkel. In seiner Phantasie malte sich Hayami Sichelwiesel aus – dämonische Wesen, nicht eindeutig als Vierbeiner oder Vögel zu bestimmen, Wesen, deren schwarze, unheimliche Gestalt, ohne feste Kontur und Form, sich ausdehnte oder schrumpfte wie ein Protozoon und fliegen konnte. Passierten Hayami und die anderen diesen Ort, schrie unweigerlich einer von ihnen: »Ein Sichelwiesel!« Dann ertönte der Schrei reihum, und sie rannten, erschreckt von den eigenen Stimmen und erfüllt von einer Angst, die sich von Augenblick zu Augenblick steigerte, mit einem Ernst über die Brücke, als hätten sich tatsächlich Sichelwiesel an ihre Fersen geheftet.

Eines Tages jedoch erklärte ihnen ihr junger Klassenlehrer das Phänomen mit einer naturwissenschaftlichen Theorie. Hayami wußte nicht mehr, welche Worte der Lehrer damals benutzt hatte, aber nach seiner Erinnerung lief die Theorie ungefähr auf folgendes hinaus. Wenn sich in der Atmosphäre Vakuumzonen von begrenztem Umfang bilden, fällt der Luftdruck urplötzlich auf Null, wobei sich dieses Phänomen auf den Körper eines zufällig anwesenden Menschen so auswirkt, als schnitte man ihn mit einer scharfen Klinge. Und vielleicht begünstigte die geographische Lage des Saigagake-Steilhangs die Entstehung dieses atmosphärischen Phänomens.

Von diesem Tag an war zwar in Hayamis Kopf kein Platz mehr für seine Angst vor dem Sichelwiesel, diesem unheimlichen, dämonischen Wesen, dessen wirkliches Aussehen niemand kannte, dafür kamen ihm nun erstmals verzweifelte Gedanken, wenn er an das Leben dachte. Natürlich war er voll jungenhafter Bewunderung für diese naturwissenschaftliche Erkenntnis, gleichzeitig aber ergriff ein Gefühl unerträglicher Hilflosigkeit von ihm Besitz. Ein Gefühl, als liege plötzlich ein Schatten quer über einem hellen Weg, ein Schatten, an dessen Existenz er bis dahin nicht einmal im Traum gedacht hatte. Erstmals mißtraute er dem Leben. Die Möglichkeit zufälligen Unglücks, von dem er nichts wissen oder ahnen konnte, gegen das er folglich auch wehrlos war, diese Möglichkeit zufälligen Unglücks, deren Ursache und Folgen er in allem und jedem dem Schicksal überlassen mußte, kam erstmals über den Jungen Hayami in Form einer düsteren Einsamkeit voller Kälte, wie sie das Leben mit sich bringt, und ließ ihn erstarren.

Wenn Hayami an den Selbstmord seiner Frau Harumi dachte, erinnerte er sich aus irgendeinem Grund wieder deutlich an die Angst und das Mißtrauen, die ihn an jenem Tag seiner Kindheit befallen hatten. Diese ebenso wie Sichelwesen ohne Vorzeichen und zufällig auftretenden Luftlöcher, denen ein Mensch unvermittelt im Lauf seines Schicksals begegnen kann, diese brutalen und grauenhaften Schnittwunden – sie standen hinter Hayamis kindlicher Angst, sie waren es, deren Angriff Hayami viele Jahre später tatsächlich ausgesetzt war, als seine Frau sich tötete.

Ende September – die Hitze des in diesem Jahr ungewöhnlich langen Sommers hatte bereits jegliche Kraft verloren, und plötzlich mehrten sich die Zeichen für den Anbruch des Herbstes –, es war Ende September, gegen Mitternacht, als man Hayami per Ferngespräch von der Polizeistation Kushimoto in der Präfektur Wakayama um Auskunft zu dem Vorfall bat. Damals, Hayami war noch nicht zur Zeitung K gewechselt, arbeitete er für die Abendzeitung eines kleinen Verlags, dessen Stammsitz sich in Yotsubashi befand, und auch an diesem Tag übernachtete er – wie an jedem dritten Tag – im Bereitschaftszimmer des Verlags. Er saß in diesem Moment in einem kleinen Zimmer im ersten Stock, das die Bezeichnung ›Redaktionsbüro‹ trug, aber den Namen kaum verdiente, und spielte am Tisch mit drei Kollegen Mah-Jongg.

Niemand hatte ihm gesagt, daß der Anruf ihm galt, und so war es reiner Zufall, daß Hayami den Hörer vom Tisch nahm. Polizeistation Kushimoto, Präfektur Wakayama, sagte eine Stimme. Gibt es in Ihrem Verlag einen Mitarbeiter namens Hayami Takuo. Durchaus, antwortete Hayami, Sie sprechen mit ihm! Die Stimme fragte, ob er eine Frau namens Harumi kenne, und Hayami entgegnete, er kenne sie, sie sei seine Frau. Diese Frau habe zusammen mit einem Mann namens Funada Atsushi am Kap Shionomisaki Selbstmord begangen, er möge doch morgen mit dem Schnellzug nach Kushimoto kommen. Das war alles, was die entsetzlich geschäftsmäßige Stimme ihm mitteilte. Dann wurde das Gespräch abrupt unterbrochen.

Hayami traute seinen Ohren nicht. Er hob noch einmal den Hörer ab, den er bereits auf die Gabel gelegt hatte, begriff dann, daß das Gespräch tatsächlich zu Ende war, legte wieder auf, es verlangte ihn nach Wasser, und er ging ins Erdgeschoß zur Toilette. Seine Hände zitterten, es gelang ihm nicht, den Wasserhahn aufzudrehen. Ohne einen Schluck getrunken zu haben, stieg er abermals in den ersten Stock und spürte plötzlich die teilnahmsvollen Blicke seiner drei Kollegen auf sich ruhen. Sie schienen bemerkt zu haben, daß das Telefonat nicht belanglos gewesen war, und saßen rauchend da, mit einer seltsamen Miene, als hätte man ihnen die Stimmung verdorben. Dann sah er, daß sie die Mah-Jongg-Steine auf dem Tisch bereits weggeräumt hatten.

Er hob die rechte Hand und winkte, ein Zeichen für seine acht, neun Meter entfernten Kollegen, während er selbst bemerkte, daß sein Verhalten nicht ganz normal war, und ihm kam wieder der Gedanke, daß er Wasser trinken mußte, und er ging abermals nach unten. In der Toilette gelang es ihm umgehend, den Hahn aufzudrehen. Er fing das Wasser mit hohlen Händen auf und trank, kehrte zur Treppe zurück und setzte sich auf die unterste Stufe. Am Eingang der Toilette nebenan brannte nur ein Licht, und dessen Strahlen reichten nicht bis zu seinem Platz.

»Hayami!« Nach einer Weile hörte er von oben jemanden rufen, einmal, dann noch einmal, die Stimme hallte wider im

Inneren des armseligen Gebäudes, in dem eine Unordnung herrschte wie hinter den Kulissen eines Theaters.

Als er bemerkte, daß man nach ihm rief, antwortete er: »Jaaa!«

Seine Stimme klang wahnsinnig gedehnt, er spürte, daß ihm die Kontrolle über sich abhanden gekommen war. Kurz darauf kam einer seiner Kollegen herunter, mit angespannter Miene, als stünde ihm eine Auseinandersetzung bevor.

»Es ist spät, so schlaf doch! Na, was meinst du?!« Die Worte klangen sanft in Hayamis Ohren, so sanft, es paßte nicht zu der angespannten Miene. Er überließ sich seinem Freund, legte den Arm um dessen Schulter und ging mit ihm die Treppe in den zweiten Stock hinauf, wo er sich im engen Bereitschaftszimmer rücklings auf die Tatami legte. Nachdem sein Freund ihn untergebracht hatte, verließ er das Zimmer.

Erst da kam Hayami wieder zu klarem Bewußtsein und blickte auf die Uhr: es war zwei vorbei. Ich sollte jedenfalls, dachte er, nach Suita zu meiner Wohnung fahren – drei Stunden noch, bis der erste Zug ging. Er hatte kaum eine Erinnerung daran, wie er diese drei Stunden verbrachte. Er hatte das Gefühl, auf dem Boden gesessen zu haben, mit offenen Augen, die ganze Zeit. Kurz vor fünf verließ er den Verlag. Er wußte nicht, ob seine drei Kollegen im Redaktionsbüro schliefen, auf jeden Fall hatte sich bis zum Morgen keiner mehr im Bereitschaftszimmer blicken lassen.

Mit der ersten Bahn fuhr er zu seinem Haus in Suita zurück, doch die Tür war verschlossen. Harumi hatte den Schlüssel bei der Nachbarsfamilie hinterlegt, wie immer, wenn sie aus dem Haus ging. Hayami erfuhr, daß sie vor drei Tagen gesagt hatte, sie wolle für zwei, drei Tage in ihre Heimat, und dann mit einem männlichen Besucher das Haus verlassen hatte. Die Wohnung war aufgeräumt. Nichts war anders als sonst. Lediglich der Pfandschein für Hayamis Mantel, den sie versetzt hatten, lag auf seinem Schreibtisch unter einem Briefbeschwerer.

Hayami war die letzten fünf Tage nicht zu Hause gewesen. Nicht, daß es dafür einen besonderen Grund gegeben hätte. Er hatte in seinem Verlag mit den wenigen Mitarbeitern schon an normalen Tagen alle Hände voll zu tun, als jedoch zwei Kollegen krankheitshalber ausfielen, wurde sein Arbeitspensum noch größer, da er der jüngste von allen war. Tagsüber arbeitete er im Außendienst, am Abend wurden ihm zudem Korrekturarbeiten aufgebürdet, und als sei dies nicht genug, mußte er anstelle der beiden Abwesenden auch noch deren Nachtdienst übernehmen. Hayami war zur Arbeit gegangen mit der Bemerkung, er komme vielleicht in den nächsten drei, vier Tagen nicht zurück. Es war äußerst ungewöhnlich, daß er fünf Tage lang nicht zu Hause gewesen war, doch Monat für Monat kam er des öfteren zwei, drei Tage lang nicht zurück. Es kam vor, daß er an mehreren Tagen hintereinander Nachtdienst hatte, und gelegentlich schlief er auch im Verlag, wenn er nach einem Nachtdienst Alkohol trank oder mit Kollegen bis spät am Abend Mah-Jongg spielte. Hayami war nicht der Meinung, daß sein Lebenswandel besonders unsolide war, und sonderlich unnatürlich fand er ihn auch nicht. Sein Leben wurde unter der Überlastung begraben, die er seinem Beruf verdankte, und unter einer nicht ernst zu nehmenden Rücksichtslosigkeit, die seiner Jugend entsprang.

Und Harumi – nun, Harumi schien überzeugt, daß ein derartiges Leben für einen Journalisten nicht unnormal war, und wenn Hayami nach mehrtägiger Abwesenheit in der Nacht zu ihr zurückkehrte, dann sagte sie gelegentlich: »Sieh zu, daß du schnell Karriere machst!« und drängte sich im Bett voller Heftigkeit mit ihrem warmen, kleinen Körper an ihn.

Sie hatte in Shikoku in der Provinz eine Mädchenschule besucht. Ihre Ehe mit Hayami war durch einen Heiratsvermittler arrangiert worden, aber ihr gemeinsames Leben war dennoch kein Fehlschlag; es gab auch keinen Grund, warum es fehlschlagen sollte. Man kann sagen, daß Hayami seine zwar durchschnittliche, doch fügsame junge dreiundzwanzigjährige Frau mit ihrem hellen Teint durchaus liebte. In den Nächten, die er nicht zu Hause, sondern im Verlag verbrachte, verschaffte ihm ein wohlwollender älterer Kollege einen Nachtzuschlag, selbst wenn er keinen Nachtdienst hatte, und in Fällen, in denen dies unmöglich war, erhielt er am nächsten Tag den Zuschlag für die Frühschicht. Dieses Extragehalt wurde jeden Monat am Zwanzigsten ausbezahlt, ein außerplanmäßiges Einkommen, mit dem er für Harumi Kleider und andere Dinge kaufte, von denen er annahm, sie wünsche sie sich. Und Harumi – nun, auch Harumi betrachtete ihren jungen Ehemann mit durchaus liebevollen Blicken, nicht zuletzt aufgrund dieser Geschenke.

Dennoch – wenn es irgendeinen Grund gab, dachte Hayami in späteren Jahren, irgendeinen Grund, der das gemeinsame Leben des jungen Paares zum Scheitern verurteilt hatte, dann war es zweifellos ihre Jugend. Der Ehemann mit seinen fünfundzwanzig Jahren war sich weder hinreichend darüber im klaren, was es hieß, für seine Frau zu sorgen und ein Leben zu zweit zu lieben, noch hatte er jemals den geringsten Gedanken daran verschwendet. Und die dreiundzwanzigjährige Ehefrau schien ebensowenig zu wissen, wie sie ihren Mann lieben und eine Familie gründen sollte. Die drei Jahre ihres Ehelebens spielten sich noch vor jenem Stadium ab, in dem die Liebe zwischen einem Mann und einer Frau Gelegenheit erhält, sich zu entwickeln und zu wachsen. Ihre innere Unreife, ihre Unerfahrenheit und ihre Schwäche, ihre – wenn man so will – Jugend rächte sich an dem jungen Paar. Funada Atsushi, der Mann, mit dem Harumi Selbstmord begangen hatte, war für Hayami kein Unbekannter. Als er beim Anruf von der Polizeistation Kushimoto den Namen Funada Atsushi hörte, konnte er sich im ersten Moment nicht erinnern, wer das sein könnte – so sehr war auch für ihn der Künstlername Kisaragi Masahiko mit diesem Mann verbunden, der Name, unter dem er in der Öffentlichkeit berühmt war.

Kisaragi Masahiko stammte wie Hayami aus Izu. Er war der Sohn eines Arztes, der in einem Kurort an der Westküste der Halbinsel praktizierte, fünf, sechs Wegstunden von seinem eigenen Heimatort entfernt. Hayami fing bei einer Zeitung zu arbeiten an, und als er über einen Vortragsabend berichtete, eine gemeinsame Veranstaltung der Stadtpräfektur Ôsaka und seiner Zeitung, bei der es um den Fremdenverkehr in der Präfektur ging, war die Attraktion des Abends ein Künstler, der mehrere Lieder sang – Kisaragi Masahiko. Der Sänger arbeitete zwar ausschließlich für eine kleine Konzertagentur, gerade damals jedoch begannen seine von Natur aus strahlende Stimme und die betörenden Melodien aus seinem Repertoire in der Unterhaltungsbranche für Gesprächsstoff zu sorgen, selbst ein oder zwei Schallplatten hatte er bereits aufgenommen. Die Attraktion des Abends war ein größerer Erfolg, als Hayami und seine Kollegen gedacht hatten, und wenngleich man nicht sagen konnte, daß dies der Grund war, so war es doch eine der Ursachen dafür, daß Kisaragi Masahiko es in den folgenden zwölf Monaten zu beträchtlicher Berühmtheit brachte und in der Region Kansai zahllose Male auf den Bühnen erstklassiger Häuser stand. Daß er und Hayami aus derselben Gegend stammten, spielte auch eine gewisse Rolle dabei, daß Kisaragi Hayami in der Folge gelegentlich zu Hause besuchte.

Er war zwei Jahre jünger als Hayami, die Welt jedoch, in der er lebte, hatte dafür gesorgt, daß sein Gesicht das eines weitaus älteren Mannes war, und sein Wesen ebenfalls. Schon auf den ersten Blick fiel auf, daß er, wie viele Unterhaltungskünstler, einen leicht verdorbenen Eindruck machte, und gelegentlich benützte er Wörter aus dem kriminellen Milieu; im Grunde seines Wesens aber war er von einer Ernsthaftigkeit, die an Sturheit grenzte, obendrein neigte er dazu, sich für alles und jedes zu begeistern. Sein schwarzes Haar und die Gewohnheit, Dinge mit durchdringendem Blick anzustarren, ließen ihn manchmal düster erscheinen. Dennoch, er war die Großzügigkeit in Person. Es war ihm anscheinend unmöglich, mit leeren Händen in Hayamis Haus aufzutauchen, und sogar in Zeiten, in denen er selbst beträchtliche Geldprobleme zu haben schien, kam er nie ohne Geschenk.

Daß sich zwischen Harumi und Kisaragi Masahiko eine Beziehung entwickelt hatte, die schließlich zum gemeinsamen Selbstmord führte, überstieg Hayamis Begriffsvermögen völlig. Soviel er wußte, behandelte Harumi Kisaragi Masahiko durchaus mit Sympathie, einer Sympathie, die der Tatsache galt, daß er aus derselben Gegend stammte wie ihr Ehemann, aber Hayami konnte sich nicht vorstellen, daß sie ihm besondere Gefühle entgegenbrachte. Es wollte ihm einfach nicht gelingen, Harumi an der Seite dieses Mannes zu sehen. Wenn Kisaragi zu Besuch bei ihnen war, war er häufig nicht zu Hause. Allem Anschein nach war Kisaragi in diesen Fällen niemals lange geblieben, sondern hatte dreißig Minuten oder eine Stunde lang von ihrer gemeinsamen Heimat erzählt und sich dann wieder verabschiedet.

Eine einzige, etwas sonderbare Szene, in der Hayami Harumi und Kisaragi Masahiko zusammen angetroffen hatte, war ihm immer noch in Erinnerung. Eines Tages – er wußte nicht mehr, wann – hatte ihn Harumi im Verlag angerufen und gebeten, früher von der Arbeit nach Hause zu kommen, Kisaragi sei nämlich da. Aufgrund dieses Anrufs fuhr Hayami eher als sonst nach Hause, und als er im Begriff war, die Eingangstür zu öffnen, hörte er aus dem Inneren des Hauses die betörende, strahlende Stimme Kisaragi Masahikos, der lauthals einen Schlager sang, ohne sich um die Nachbarschaft zu kümmern. Er ging ins Haus und öffnete die Schiebetür des Wohnzimmers, doch Kisaragi hörte auch jetzt nicht zu singen auf. Kisaragi Masahiko stand – als befände er sich auf einer Bühne – auf der Veranda, die auf den kleinen Innenhof hinausging, und sang, die Hände in die Hüften gestützt, wie von sich selbst berauscht, mit ernstem Gesicht, den Blick auf einen Punkt an der Zimmerdecke geheftet.

Harumi saß unmittelbar vor der Schiebetür, etwa acht Meter von Kisaragi enfernt, und als Hayami das Zimmer betrat, bedeutete sie ihm mit einem Blick, leise zu sein; sie zuckte kurz die Schultern und lächelte ihn an, wurde aber umgehend wieder ernst und schien verzückt Kisaragi Masahikos Gesang zu lauschen.

In dieser Nacht, Kisaragi war bereits gegangen, sagte Harumi:

»Ich weiß wirklich nicht, was ich tun soll! Was werden die Nachbarn nur von mir denken! Weißt du, er fragte, ob er etwas singen soll, und ich sagte zwar, bitte, nur zu, aber ich hätte doch niemals gedacht, daß er allen Ernstes singen würde – und derart laut!«

Diese Szene berührte Hayami keineswegs unangenehm. Er hatte lediglich den Eindruck, daß ihn irgend etwas an Kisaragi Masahiko abschreckte, verbunden mit dem leicht sonderbaren Gefühl, daß sein zum Frösteln stilles Haus, in dem man, abgesehen von außergewöhnlichen Anlässen, kaum je ein Lachen vernahm, von etwas okkupiert worden war, das nicht dahingehörte.

Von seinem Haus in Suita fuhr Hayami noch einmal zum Verlag, ließ sich von der Buchhaltung einen Vorschuß in Höhe von zwei Monatsgehältern aushändigen und machte sich dann mit der Hanwa-Bahn, die um zehn beim Tennôji abfuhr, auf den Weg nach Kushimoto. Ab Higashi-Wakayama, wo er in einen Zug der Kisei'nishi-Linie umstieg, regnete es. Am Bahnhof Minabe, der Endstation, stieg er aus und fuhr mit einem Linienbus bis Tanabe, wo ein mit Bauholz beladener Lastwagen stand, dessen Ziel – wie es der Zufall wollte – Kushimoto war, so daß Hayami mitfahren konnte. Er zwängte sich auf den Sitz, wo schon Fahrer und Beifahrer saßen, weshalb er die Fahrt in drangvoller Enge verbrachte, unfähig sich zu bewegen – davon spürte er selbst jedoch fast nichts. Sie kamen an Shirahama und Tsubaki vorbei, dann tauchte das Meer im kleinen rechten Seitenfenster auf – der Wind blies heftiger, und draußen vor der Küste schien sich ein Sturm zusammenzubrauen. Das Meer mit seinen für die Region Nanki charakteristischen zahlreichen Klippen in Küstennähe war in Aufruhr. Immer wieder wurde ein Schwall feiner Regenspritzer zwischen den Scheiben des Frontfensters hindurch auf den Vordersitz geweht.

Kurz vor sieben Uhr erreichten sie Kushimoto. Auf der dunklen, menschenleeren Hauptstraße, auf die der Regen niederprasselte, machte sich Hayami, den Schirm gegen den Wind gestemmt, auf den Weg zur Polizeistation der Fischereistadt. Dort saßen im trüben Licht elektrischer Birnen einige Polizisten an ihren Tischen. Hayami erklärte den Grund für sein Erscheinen. Aber keiner der Polizisten wußte Näheres über den Fall, obwohl sie von dem Doppelselbstmord gehört hatten. Man erklärte Hayami, daß sie zwar Unterlagen erhalten hätten, wenn er aber Einzelheiten wissen wolle, müsse er zur Polizeiwache von Shionomisaki. Der dortige Polizist sei bis vor kurzem dagewesen, mittlerweile aber mit dem letzten Bus zurückgefahren. Da ihm nichts anderes blieb, entschloß sich Hayami, umgehend nach Shionomisaki zu fahren, sobald er, wie es die Vorschriften verlangten, als Bürge für die beiden Toten seinen Namen und Wohnort in einige Schriftstücke eingetragen hatte. Einer der Polizisten rief für ihn bei der Polizeiwache von Shiono-misaki und bei der Autohandlung am Bahnhof an.

Der Wagen fuhr durch die dunkle, stürmische Nacht, während der Fahrer ab und zu auf die dumpf klingende Hupe drückte. Draußen, vorm Fenster, herrschte vollkommene Finsternis, und es war nicht zu sehen, durch welche Gegend der Wagen gerade raste. Es schien allerdings, als führen sie unentwegt eine schmale und ziemlich steile Straße hinauf. Etwa dreißig Minuten später hielten sie vor der Polizeiwache, über deren Eingang ein rotes Licht brannte. Aber Polizeiwache war ohnehin zuviel gesagt. Es war ein ganz normales kleines Haus – lediglich den Eingangsbereich hatte man geringfügig umgebaut und dort einen Tisch und Stühle hingestellt, und so sah er nun wie eine Polizeiwache aus.

Ein knapp fünfzigjähriger kahlgeschorener Mann, der einen Kimono trug und auf Hayami einen sanften Eindruck machte, trat aus der Tür und sagte: »Was für ein fürchterlicher Regen! Tut mir leid, daß Sie bei diesem Wetter kommen mußten! Da Sie die Nacht sowieso in einem der hiesigen Gasthöfe verbringen müssen, sollten Sie den Wagen noch nicht zurückschicken, sondern zu Ihrer Unterkunft fahren. Ich komme mit Ihnen.« Er verschwand im Inneren des Hauses, erschien jedoch kurz darauf wieder, mit einem Regenmantel über dem Kimono, eine schwarze Aktentasche in der Hand, und stieg in den Wagen.

Sie fuhren etwa fünf Minuten auf einer Straße, die ebenso dunkel war wie die Straße zuvor, und hielten vor einem Gasthaus. Sie stiegen aus, standen am Eingang, auf dessen Glastür ›Gasthof zur Schwarzen Flut‹ geschrieben war, und in diesem Moment sahen sie, daß der kreisende, grellweiße Lichtstreifen des Leuchtturms wie eine Zunge draußen über die nachtschwarze Meeresoberfläche strich, und Hayami erkannte, daß das Gasthaus, vor dem er stand, etwa fünfzig Meter von der steilen Felswand des Kaps entfernt war.

Nachdem man sie in ein Zimmer im ersten Stock geführt hatte, saß Hayami bald dem Polizisten gegenüber; der wies ihn auf den vom Gasthof bereitgelegten Yutaka hin, und Hayami zog sich um. Sein Jackett und seine Hose waren durch und durch naß, er hätte sie auswringen können.

Der Polizist hieß Yamada, und nach seinen Worten waren Harumi und Kisaragi Masahiko zwei Abende zuvor im ›Haus Nanki‹ abgestiegen, einem Gasthof, der sich ebenso wie Hayamis Bleibe am vorderen Ende des Kaps befand. Unbemerkt von allen, hatten sich die beiden mitten in der Nacht aus dem Haus geschlichen und waren von einem Felsen unterhalb der Steilwand, die den Namen Topana trug und sich auf der andere Seite der Klippe befand, an welcher der Leuchtturm stand, in die Tiefe gesprungen.

Die Nachricht, daß sich die zwei vermutlich ins Meer gestürzt hatten, war in der Polizeiwache am Morgen danach eingetroffen, also am Vortag um acht Uhr früh; auf dem Tisch in ihrem Zimmer lag ein Herrenportemonnaie mit achtzig Yen, die weitere Hinterlassenschaft bestand aus einem kleinen Bündel, in dem sich eine Handtasche und ein dünnes Notizbuch befanden. Das Notizbuch enthielt keine Eintragungen, und auch in der Handtasche entdeckte man nichts, das Ähnlichkeit mit einem Abschiedsbrief gehabt hätte.

Hinsichtlich der Identität der beiden hatte man nur einen Anhaltspunkt, ihre Angaben im Fremdenbuch des Gasthofs; da aber die meisten Selbstmörder ihren tatsächlichen Namen angeben, war man davon ausgegangen, daß dies möglicherweise auch hier der Fall sein könnte – und mit dieser Annahme hätten sie ja tatsächlich richtiggelegen, sagte der Polizist. Der Mann hatte ins Fremdenbuch lediglich den Namen Funada Atsushi eingetragen, während die Angaben im Fall der Frau an Deutlichkeit nichts zu wünschen übrigließen: Harumi, Ehefrau von Hayami Takuo, Mitarbeiter der Abendzeitung T.

»Wir stellten dann verschiedene Nachforschungen an, aber die beiden waren ja erst am Abend zuvor im Gasthof eingetroffen, und so hatte sie, außer dem Personal des Gasthofs, niemand aus dem Dorf gesehen – abgesehen vom Omnibusschaffner und der Inhaberin der Gemischtwarenhandlung, die zufällig im selben Bus saß. Wir hatten nicht die leiseste Ahnung, wo sie ins Meer gesprungen waren; am Nachmittag aber ging ein junger Kerl zum Fischen zur Topana-Steilwand und entdeckte die Schuhe des Mannes und die Geta der Frau, fein säuberlich auf einem Felsen abgestellt. Ziemlich übel das Meer unterhalb der Steilwand. Ich persönlich rechne nicht unbedingt damit, daß die Leichen wieder zum Vorschein kommen. Irgendwann – Sie werden's nicht glauben! – geriet ein Schiff an der Stelle, etwas weiter auf dem Meer draußen, in Seenot, und das trieb dann bis nach Hachijôjima!« sagte der Polizist, während er sich mehrfach Tee nachschenkte.

»Aber es ist sicher besser, wenn sie nicht mehr zum Vorschein kommen, und es dürfte sowieso ausgeschlossen sein, daß sie wieder auftauchen«, fuhr er fort. »Die Flut treibt alles weg. Sie sind noch jung! Sie werden sich also wieder tatkräftig an Ihre Arbeit machen, ohne sich von dieser Sache unterkriegen zu lassen!«

Anschließend holte er aus seiner Aktentasche das Bündel, das Harumi hinterlassen hatte, und legte es auf den Tisch, sagte, er werde das Herrenportemonnaie den Eltern des Mannes übergeben und es in der Zwischenzeit in der Polizeiwache aufbewahren und alles weitere solle morgen in aller Ruhe besprochen werden. Etwa eine Stunde war vergangen, als Polizist Yamada sich erhob und durch den Regen nach Hause fuhr.

Nachdem der Beamte fort war, aß Hayami eine Kleinigkeit. Es war das erste Mal an diesem Tag, daß er etwas aß und seinen leeren Bauch mit Essen füllte, er schmeckte nichts. In der Nacht trank er drei Flaschen Sake hintereinander, dann ging er zu Bett. Schlafmangel und seine fürchterliche geistige und körperliche Erschöpfung sorgten dafür, daß er unerwartet leicht in den Schlaf hinüberglitt. In der Morgendämmerung quälte ihn ein Alptraum, und stöhnend erwachte er mehrmals für einen kurzen Moment. Bei jedem Erwachen stürzten die Wellen vorm Kap donnernd über ihm zusammen, und Gischt brach sich auf seinem Körper. Seltsamerweise breitete sich in diesen Momenten eine wüste, öde Welt vor seinen Augen aus, vergleichbar den weißen, kalten Steppen Sibiriens, eine Welt, in die er hineintaumelte, als stieße ihn jemand von hinten. Doch bald glitt er wieder, am ganzen Körper mit Schweiß bedeckt, in peinigenden Schlaf.

Am Morgen herrschte strahlendes Wetter. Am Frühstückstischchen, das man in sein Zimmer gebracht hatte, griff Hayami lediglich der Form halber zu. Ich sollte den Anzug anziehen und zur Polizeiwache gehen, um Yamada für den gestrigen Abend zu danken, dachte er bei sich, doch im selben Augenblick kam Polizist Yamada in Uniform in den Gasthof gestürzt. Eines der Dienstmädchen meldete seine Ankunft, und Hayami ging nach unten.

Noch immer am Eingang stehend, sagte Yamada:

»Die Leiche des Mannes ist aufgetaucht.«

»Und die Frau?« fragte Hayami reflexartig.

»Die Frau ist nicht aufgetaucht. Es ist der Mann. Die Gemeindeschwester und der Dorfarzt sind momentan bei ihm. Sie machen eine Leichenschau, auch wenn es nur eine Formalität ist. Also, kommen Sie?«

»Eigentlich möchte ich ihn nicht sehen«, sagte Hayami.

Yamada dachte kurz nach, dann meinte er: »Ich denke, Sie sollten trotzdem mitkommen. Und sei's nur, daß Sie den Leuten vom Gemeindeamt guten Tag sagen.«

Hayami folgte dem Polizisten und stieg hinter ihm das – wie es ihm schien – hundert Meter hohe Kliff zum Ufer hinunter, auf einem Pfad, der im Zickzack in die Wand eingehauen war. Die Leiche, sie lag noch halb im Wasser, war unweit der Steilwand, von der die beiden gesprungen waren, zwischen Felsbrocken angespült worden, die dort herumlagen. Überall auf dem Strand standen Leute aus dem Dorf, sie bildeten einen weiten Kreis um die Leiche herum. Hayami ging zur Leiche, warf jedoch nur einen kurzen Blick auf sie, dann wandte er sich ab. Dieser elende Klumpen Fleisch, an dem grüne Algen hingen, die Haut so weiß, als wäre sie gebleicht! Hayami spürte nichts: keine Wut, keinen Haß, kein Mitleid. Hier war nur Stille zu finden und Häßlichkeit. Seit dem Augenblick, in dem er das Wort ›Doppelselbstmord‹ gehört hatte, war er von einer Vorstellung gepeinigt: zwei Körper, mit einer Schnur aneinandergebunden. Aber als ihm nun ein Gemeindebeamter sagte, wenn man sich die Leiche dort ansehe, spreche nichts dafür, daß die zwei auf diese Weise ins Meer gesprungen seien, fühlte er sich so erleichtert, als sei er gerettet worden.

Da die Leiche des Mannes aufgetaucht war, schloß man nicht aus, daß auch die Leiche der Frau irgendwo an Land gespült worden sein könnte, und so suchte die Jugendgruppe des Dorfes jeden Winkel der unwirtlichen Küste am Fuß des Kaps ab, deren Felsen eingekerbt wie Sägeblätter waren – Harumis Leiche entdeckten sie jedoch nirgends. Wie die Leute aus dem Dorf erzählten – und Yamada, der Polizist, hatte vergangene Nacht nichts anderes gesagt –, war es eher die Ausnahme, daß jemand, der sich von der Topana-Steilwand gestürzt hatte, wieder zum Vorschein kam.

Kisaragi Masahikos Leiche wurde noch am selben Tag eingeäschert, die Urne stellte man auf den Altar des kleinen Dorftempels. Hayami, Yamada und zwei, drei Beamte vom Gemeindeamt opferten Weihrauch. Kisaragis Familie in Izu war an diesem Morgen von der hiesigen Polizei unter Einschaltung der dortigen Dienststelle um Informationen zu dem Vorfall gebeten worden; im günstigsten Fall würde man von den Eltern in den Morgenstunden des folgenden Tages Antwort erhalten, spätestens am Abend des nächsten Tages. Bis die Antwort eintraf und man sicher sein konnte, daß ein Angehöriger die Asche des Verstorbenen abholte, sollte Hayami auf Wunsch des Gemeindeamts an Ort und Stelle bleiben.

In dieser Nacht öffnete Hayami das von Harumi hinterlassene Bündel, das er, so wie es ihm von Yamada am Abend zuvor übergeben worden war, im Tokonoma abgelegt hatte. Das braune Einwickeltuch aus Köper hatte er oft genug in ihrer Wohnung gesehen, und auch die darin eingewickelte Handtasche und der Kleinkram, den sie enthielt, waren ihm alles andere als unbekannt. Die Handtasche aus gemustertem Brokat war von bester Qualität, er hatte sie ihr letztes Jahr mit den zusammengesparten Nachtzuschlägen von zwei, drei Monaten gekauft. Mit dieser Tasche war etwas verbunden, von dem nur Hayami und Harumi wußten. Während er die Tasche ansah, fühlte er, wie ihn plötzlich ein Gedanke streifte: Konnte es nicht sein, daß Harumi ihm die Tasche hinterlassen hatte als Zeichen für Gefühle, die nur er kannte? An das Notizbuch allerdings, den letzten Gegenstand aus ihrer Hinterlassenschaft, konnte er sich nicht erinnern. Vielleicht hatte sie es gekauft, um einen Abschiedsbrief oder etwas ähnliches hineinzuschreiben, und es dann liegen lassen, ohne ihre Absicht zu verwirklichen.

Hayami blätterte das Notizbuch achtlos durch, doch plötzlich entdeckte er, daß in der Mitte des Buches einige Wörter standen. Er suchte, bis er die Seite wiederfand. Da stand, mit Bleistift geschrieben: »Ich liebe dich! Leb wohl!« Geschrieben waren die Wörter in Harumis eigentümlicher Handschrift. Möglicherweise hatte sie die Absicht gehabt, diesem Satz noch andere folgen zu lassen, auf jeden Fall stand er auf der ersten Zeile der Seite.

(Ich liebe dich! Leb wohl!)

Wie unter Schock starrte Hayami auf diese Worte. Worte, die so entsetzlich unbestimmt waren, daß man sie, je nach Auffassung, durchaus verschieden interpretieren konnte. Meinten sie Kisaragi Masahiko? Meinten sie Hayami? Oder waren sie, ohne besondere Bedeutung, an jemand anderen gerichtet?

Doch Hayami hatte seit dem Moment, in dem sein Blick auf die Worte gefallen war, nicht den geringsten Zweifel, daß Harumi sie an ihn gerichtet hatte. Sein Gefühl sagte ihm, daß die Worte Ausdruck der heftigen Liebe waren, die Harumi ihm entgegengebracht hatte, einer Liebe, die sie ihm zu Lebzeiten niemals gezeigt hatte.

Er war froh, das Bündel geöffnet zu haben, das Harumi ihm hinterlassen hatte. Als ihm am Abend zuvor Yamada, der Polizist, das Bündel übergeben hatte, war er der Meinung gewesen, er würde es mit eigenen Händen in alle Ewigkeit nicht öffnen können. Einen Tag später jedoch hatte er, aus einer zufälligen Anwandlung heraus, den Wunsch verspürt, Harumis Hinterlassenschaft zu durchsuchen, und er war froh darüber.

Die Handtasche und das Notizbuch sagten ihm mit einer Gewißheit, die keinen Zweifel zuließ, daß Harumi – gleichgültig in welcher Form sie den Tod gewählt hatte – ihn bis zum letzten Augenblick ihres Lebens geliebt hatte. Seit er von dem Vorfall gehört hatte, war es ihm ohnehin unmöglich gewesen, Harumi in Verbindung mit Kisaragi Masahiko zu sehen. Dahin führte einfach kein Weg, und Harumi war jetzt noch überzeugter als zuvor. In seiner Überzeugung bestärkt hatte ihn auch der furchtbare Klumpen aus häßlichem Fleisch, den er am Morgen an der Küste gesehen hatte.

Dennoch fand Hayami in dieser Nacht keinen Schlaf. Seine Überzeugung war das eine, das andere waren die Qualen, die eine Frau ihrem Mann zufügt, die zusammen mit einem

74

anderen in den Tod geht, und diese Qualen begannen ihn nun – es war die dritte Nacht, seit er von Harumis Selbstmord wußte – erstmals in ihrem ganzen Ausmaß zu peinigen. In dieser Nacht spürte er zum ersten Mal die Qualen, die ihn noch Jahre später beharrlich verfolgten.

Hayami wurde die ganze Nacht hindurch vom Toben hoher Wellen, das in bestimmten Abständen zu hören war, von einer Seite auf die andere geworfen. Er rollte hin und her in seinem schmalen Bett, so wie Harumis Leiche, deren Trugbild er mit den Armen umschlang, über den Meeresboden rollte.

Er wußte nicht, was er für Harumi empfand – Wut? Haß? Oder Mitleid? Nur eines stand unumstößlich fest: Zwischen Kisaragi und Harumi mußte etwas vorgefallen sein, von dem er keinerlei Ahnung hatte, etwas, das den beiden keine andere Wahl ließ, als gemeinsam Selbstmord zu begehen. Als Hayamis Gedanken diesen Punkt erreichten, begann sich diese eine Frau namens Harumi plötzlich endlos weit von ihm zu entfernen. Drei Jahre gemeinsamen Lebens – und in seiner Erinnerung wußte er nichts von Harumis Gefühlen und begriff sie auch kaum; diese Gefühle, die nichts gewesen zu sein schienen als eine unheimliche Lüge. Wie jemand, der auf den Grund des Meeres geworfen wird und mit verzweifeltem Strampeln die Wasseroberfläche zu erreichen versucht, so tauchte er nun, die Gliedmaßen ineineinander verschlungen, strampelnd und sich von einer Seite auf die andere wälzend, aus dem Wasser auf, um Atem zu holen. Und starrte auf den Satz »Ich liebe dich! Leb wohl!«, starrte auf ihn wie auf das kleine Stück Himmel, das er von hier aus entdecken konnte, und preßte den Mund darauf, mit gequältem Atem, und gönnte sich einen Moment ebenso quälender Ruhe.

Bei Tagesanbruch öffnete Hayami das Fenster und setzte sich auf den Fenstersims. Die kalte Morgenluft, die Meerwasser mit sich trug, drang durch die schweißbedeckte Haut in seinen erschöpften Körper. Die gegen die Steilküste schlagenden Wellen waren leiser geworden, das Meer weit draußen – glatt wie ein nachtschwarzes Tuch. Plötzlich, er wußte nicht, warum, erinnerte sich Hayami, daß er mit Harumi nicht einmal eine Hochzeitsreise gemacht hatte. Erinnerte sich daran mit dem Gefühl, einen unverzeihlichen Fehler gemacht zu haben, und endloses Mitleid mit Harumis kurzem Leben überkam ihn. Er schloß das Fenster und saß dann eine Weile auf dem Bett, wo er, den Blick auf seine Arme gerichtet, zu weinen begann. Es war das erste Mal seit dem tragischen Unglück, daß er in Tränen unverfälschter Liebe ausbrach, Tränen eines Ehemanns, mit denen er den Tod Harumis betrauerte. Er überließ sich seinen Tränen, und Trauer erschütterte ihn. Er fiel in einen Schlaf, eine Stunde lang, einen Schlaf, der ihm die Widerstandslosigkeit verlieh, mit der er die Trauer hinnahm.

Vormittags traf bei der Polizeiwache ein Telegramm von Kisaragi Masahikos Vater aus Izu ein – des Inhalts, er sei an diesem Morgen von Izu abgereist und unterwegs nach Shionomisaki. Aus Angst vor einer weiteren Nacht der Schlaflosigkeit, in der er, umtost von der Flut, im Bett hin und her geworfen würde, entschloß sich Hayami, mit der Nachimaru, die abends um sechs Uhr dreißig von Kushimoto ablegte, nach Ôsaka zurückzukehren.

Er ging zur Polizeiwache und zum Gemeindeamt, um sich zu verabschieden; am frühen Abend, während er auf den Bus wartete, schlenderte er über das Plateau des Kaps. Die Sonne war bereits untergegangen.

In Küstennähe war das Meer um die zahllosen im Wasser verstreuten Klippen herum von weißen Wellen gesäumt, wie eine Spitzenstickerei, doch weiter draußen, soweit der Blick reichte, eine einzige spiegelglatte Bläue. Hayami sah genauer hin: In beträchtlicher Entfernung waren in einem engumgrenzten Gebiet kleine Wellen in schäumender Bewegung. Er hatte das Gefühl, daß in der Tiefe, unter diesem kleinen Gebiet mit seinen wogenden Wellen, Harumis Leiche lag. Vor seinen Augen tauchte ihr nackter weißer Körper auf, der in der Strömung schwankte. Ein wahnsinniger Wunsch ergriff von ihm Besitz – er wollte zu dieser Meeresstelle. Er ging bis zur Spitze des Kaps, wo die Steilwand in die Tiefe fiel, und blickte hinunter. Zu seinen Füßen, dort, wo das Plateau des Kaps im jähen Schnitt der Steilwand endete, sah er, daß weit unter ihm Wellen wie verstreute Fetzen aus weißem Papier gegen die unzähligen Klippen spritzten. In diesem Moment sprach ihn jemand von hinten an. Wollten Sie nicht mit dem Bus fahren? Der letzte fährt gleich ab! Es war ein Mann in mittleren Jahren, dem Anschein nach aus der Gegend. Hayami kam mit einem Schlag zu sich, verließ das Kap und ging langsam zur Bushaltestelle.

In einem Wirtshaus am Kai kaufte er eine Dreiviertelliterflasche Sake der Marke Masamune und nahm sie mit aufs Schiff. In der Kabine setzte er sich ans Fenster, lehnte sich mit dem Rücken dagegen und schloß die Augen. Von Zeit zu Zeit, als sei ihm die Existenz des Sake wieder eingefallen, setzte er die Flasche an den Mund und kippte einen kräftigen Schluck hinunter, während seine Kehle geräuschvoll arbeitete.

Es war sechs Uhr dreißig am folgenden Morgen, als das Schiff beim Tenpôzan in Ôsaka eintraf. Er fuhr zu seinem Haus in Suita und trat in den Eingang: Es hatte hereingeregnet, und auf dem feuchten Boden lagen die Zeitungen mehrerer Tage. Er ging ins Wohnzimmer, in dem niemand war, öffnete das Fenster und schlug, sobald er saß, eine Zeitung auf, ohne sich etwas dabei zu denken.

Mit einem Gefühl, als sehe er etwas Merkwürdiges, blickte er auf die zufällig aufgeschlagene Seite. Schlagersänger Kisaragi Masahiko – Gemeinsamer Selbstmord mit verheirateter

Frau. Die Schlagzeile, in großen Lettern gesetzt, war die Topnachricht auf Seite drei. Und hier fanden sich auch, nebeneinander abgedruckt, ein Foto von Kisaragi Masahiko und eines von Hayamis Frau, der Himmel mochte wissen, woher sie es hatten. Im ersten Augenblick begriff er nicht, was das Abgedruckte zu bedeuten hatte, und starrte eine Weile benommen auf die Wörter vor sich.

An diesem Tag und weiter am nächsten und übernächsten Tag berichteten die Zeitungen in Kansai über den Selbstmord von Kisaragi Masahiko und Harumi. Im Paradies geschlossener Liebesbund, Doppelselbstmord am Shionomisaki, Liebesreise in den Tod – diese und andere Wörter, die das Interesse der Leser befriedigen sollten, reihten sich groß gedruckt (und gelegentlich auch kleiner) in den Zeitungen. Hätte sich Harumi nicht gemeinsam mit Kisaragi Masahiko umgebracht, sondern mit irgendeinem anderen Mann, hätten die Zeitungen vielleicht, aus Rücksicht auf die Abendzeitung T, bei der Hayami beschäftigt war, auf eine Berichterstattung verzichtet; aber den Tod von Kisaragi, eines wenn auch zweitklassigen, doch populären Schlagersängers, konnten die Zeitungen Kansais nicht mit Schweigen übergehen.

Am nächsten Tag fuhr Hayami um die Mittagszeit in den Verlag. Weder seine Kollegen noch seine Vorgesetzten berührten den Vorfall mit einem Wort. Sie behandelten ihn – wenngleich mit einer gewissen Gezwungenheit –, als wäre nichts geschehen. Hayami erledigte die Formalitäten, die es ihm ermöglichten, seinem Arbeitsplatz eine Woche lang fernzubleiben. Soviel Zeit benötigte er, um in Harumis Heimat nach Shikoku zu fahren und dort die Totenfeier auszurichten.

Eine Stunde später verließ er den Verlag und kehrte nach Suita zurück. Als er von der staubigen Hauptstraße in die Gasse vor seinem Haus einbog, sah er drei ehrbare Frauen aus der Nachbarschaft auf sich zukommen. Doch schon im nächsten Augenblick waren sie nicht mehr auf der Straße. Sie verschwanden in ihren Häusern oder bogen ab, um durch Hintertüren zu verschwinden, und die Art ihres Verschwindens hatte etwas entsetzlich Unnatürliches.

Er trat ins Haus und ließ sich auf dem Absatz im Eingang nieder; ungeheuer erschöpft blieb er eine Weile sitzen. Seine Schuhe, er hatte sie in fünf Tagen nicht einmal geputzt, waren dreckverschmiert. Plötzlich fiel ihm auf, wie jämmerlich seine Kleidung aussah – sogar seine zerknitterte Hose war bis zur Hüfte hinauf mit Schmutz bespritzt.

Er blickte sich um in dem Wunsch, sich an etwas festzuhalten, aber da war nichts. In seinem Körper schienen unzählige Pfeile zu stecken, die noch nicht bereit waren, ihn endgültig zu durchbohren.

Ich liebe dich! Leb wohl!

Hayami sprach die unbeholfenen Worte aus, die ihm seine dreiundzwanzigjährige ungebildete Frau hinterlassen hatte. Vor sich sah er die Stelle im Meer beim Kap Shionomisaki, wo die kleinen Wellen sich in schäumendem Aufruhr befunden hatten, und starrte auf diese Szene, die außer ihm niemand kannte, Wellen nur und sonst nichts.

Es waren weder Kisaragi Masahiko noch Harumi, denen sich Hayami vor sechzehn Jahren haßerfüllt entgegenstellte, als sich die beiden völlig unerwartet töteten und ihm den grausamsten Schlag seines Lebens versetzten. Was er haßte und bekämpfte, waren die Augen der Öffentlichkeit, die auf diesen Fall gerichtet waren. Die Augen von allen anderen Menschen. Die Augen von Menschen, die an jenem Tag das engumgrenzte Meeresgebiet beim Kap Shionomisaki mit seinen schäumenden Wellen nicht gesehen und auch nie einen Gedanken daran verschwendet hatten. Die Augen von allen Menschen, und das schloß auch seine Eltern, Geschwister und Freunde ein. Er haßte diesen schwarzen, riesigen

Strom, gebildet aus unzähligen anmaßenden Augen, der in keiner Beziehung zur Wahrheit stand, diese aber fest in seiner Gewalt hatte und mit sich fortriß.

Hayami hatte die seltsame Angewohnheit, den Sakebecher zwischen Daumen und Zeigefinger zu halten und, ehe er einen dieser kleinen, bis an den Rand gefüllten Becher an den Mund führte, in die Flüssigkeit zu starren, als wollte er sie mit seinen Blicken durchdringen. Eine seltsame Gewohnheit? Nein, so einfach war es nicht. Es kam auch jetzt noch vor, daß ihm mit einem Schmerz, der beim Berühren alter Wunden entsteht, plötzlich der Gedanke durch den Kopf ging, daß in der ihm irgendwann zur Gewohnheit gewordenen Art und Weise, einen Sakebecher zu halten, eine kleine Wahrheit verborgen war. Er wußte nicht, welche Beziehung zwischen dem Gedanken, hierin liege eine kleine Wahrheit verborgen, und der Flüssigkeit bestand, die den Becher füllte, auf jeden Fall war es das unmittelbarste Relikt aus den bitteren Tagen und Nächten in den Jahren nach Harumis Selbstmord. Tatsächlich hatte er diese kleine, nur für einen Ehemann wahrnehmbare und dennoch machtlose Wahrheit in den hintersten Winkel seines Herzens verbannt, jene Wahrheit, die auf dem Grund ihres Selbstmords zu finden war sowie in der eigentlich belanglosen Art und Weise, den Sakebecher zu halten.

Als er nun allerdings im Fall des Todes von Generalpräsident Shimoyama in die Lage geriet, sich mit diesem in der Zeitung auseinandersetzen zu müssen, und bemerkte, daß er eine Richtung einschlug, die sich von der aller anderen unterschied, lebte in seiner Erinnerung diese spezielle Haltung wieder auf. Er spürte, daß er jetzt denselben Problemen gegenüberstand, mit denen er auch bei Harumis Selbstmord konfrontiert gewesen war. Und er spürte, daß er allein im Schatten in einem kalten Sessel saß, unter dem der Boden sich senkte. Es war dieser Sessel – er gehörte nur ihm –, in dem er vor Jahren das Gesicht zu etwas Kaltem erhoben hatte, wenn er mit seinem Blick den Sake im Becher zu durchdringen versuchte.

Vielleicht ging es im Fall von Shimoyamas Tod um Mord, vielleicht auch um Selbstmord. Aber wie auch immer – sowohl die Auffassung, es handle sich um Mord, wie die Auffassung, es handle sich um Selbstmord, standen, solange es sich um Auffassungen handelte, mit der Tatsache des Todes eines Menschen in keinerlei Verbindung. Und wenn Hayami sich Dingen zuwandte, die zur Wahrheit in einem bestimmten Fall keine Beziehung hatten, kristallisierte sich, kalt und knirschend, in seinem Herzen etwas heraus, vergleichbar dem Eis, das Wasser bedeckt.

Nach der Besprechung hatte Hayami in einem Ton, von dem plötzlich etwas Drohendes ausging, zu Yamana, dem Abteilungsleiter, gesagt: »Wir werden den polizeilichen Untersuchungen auf der Spur bleiben. Den Untersuchungen, hörst du!« In seinen leicht unruhigen, verdrossenen Augen las Yamana jenes spezielle Gefühlsgemisch aus Abwehr und Trauer, das keinem altgedienten Journalisten fremd ist, Gefühle eines Mannes, der wie Hayami zwar für bestimmte Artikel die Verantwortung trug, aber bereits für die Berichterstattung am ersten Tag Kritik in Kauf nehmen mußte – Hayami aber hatte in diesem Moment überhaupt nicht an die Zeitung gedacht. Er haßte lediglich mit derselben Intensität wie früher gewisse Dinge, die er vor Jahren schon gehaßt hatte.

Von den verschiedenen Einsatzorten der Reporter traf ab ein Uhr eine erdrückende Anzahl von Artikeln, die einen Großteil der Seiten der morgigen Tagesausgabe für sich beanspruchen würden, in der Redaktion ein, wo sie auf den Tischen von Yamana und Hayami landeten. Der allererste Bericht, der sie erreichte, war ein Artikel des Inhalts, daß Generalpräsident Shimoyama den Safe in seiner Bank in Chiyoda geöffnet hatte. ›Generalpräsident am Tag vor dem Unglück ungewöhnlich erregt!‹, ›In seiner Tasche aufgefundenes Pulvertütchen als Schlafmittel identifiziert!‹, ›Lokomotivführer Yamamoto als Zeuge von der Polizei einbestellt!‹ – in ununterbrochenem Strom erreichten derartige und zahlreiche andere kurze Nachrichten telephonisch oder in Manuskriptform die Redaktion, Nachrichten, die auf Fahndungsmaterialien des Polizeipräsidiums beruhten oder auf Aussagen, die man Kriminalbeamten an den Einsatzorten abgetrotzt hatte.

Mehr als alles andere beschäftigte Hayami die Festlegung des Todeszeitpunkts, der mit Hilfe der Obduktion an der Universität Tôkyô ermittelt werden sollte, und so hatte er den für das Polizeipräsidum und die Universität zuständigen Reportern erhöhte Wachsamkeit eingeschärft und mit diesen zwei Posten dafür gesorgt, daß ihm die Nachricht nicht entgehen konnte. Schließlich aber erreichte ihn vom Universitätsreporter die Information, daß das Ergebnis erst am kommenden Tag vorliegen würde.

Für das Kaufhaus Mitsukoshi war ebenfalls Vorsorge getroffen. Einerseits hatte man die dort postierten Reporter beauftragt, auf eigene Faust zu recherchieren und sich um die polizeilichen Untersuchungen zu kümmern; andererseits hatte man dort zusätzlich junge Reporter postiert, die mit erhöhter Aufmerksamkeit die Arbeit von Ôkida beobachten sollten, einem Beamten des Fahndungsdezernats, der für das Kaufhaus zuständig war. Sowohl Yamana wie auch Hayami schätzten die Leistungen von Ôkida sehr, der in der Vergangenheit bei allen großen Fällen stets irgendeinen wichtigen Anhaltspunkt gefunden hatte. Aber die Reporter vom Mitsukoshi berichteten – als hätten sie sich abgesprochen – am Telefon lediglich, daß man bislang keinerlei Anhaltspunkte entdeckt hatte.

Es war zwei Uhr dreißig, als plötzlich ein Anruf von Tonomura kam, der am Fundort in Gotanno die Stellung hielt: Er hatte einen Augenzeugen gefunden. Das war an diesem Tag das erste Material, das seinem Wesen nach zur Exklusivmeldung taugte. Der Zeuge, ein Mann namens Nariki aus Gotanno, war am betreffenden Tag mit seinen Kindern zum öffentlichen Bad unterwegs und wollte in der Nähe des Tunnels einen Mann gesehen haben, der Shimoyama gewesen sein konnte.

»Seine Beschreibung der Gesichtszüge und der Kleidung stimmt hundertprozentig, selbst seine Vermutung hinsichtlich der Schuhe trifft zu – schokoladenbraune Halbschuhe«, sagte Tonomura.

Wie er berichtete, hatte K, ein ihm unterstellter Volontär, an jeder Haustür im Viertel Minamichô geklopft und war dabei zufällig auf den Zeugen gestoßen.

»Im Zentralen Fahndungsdezernat weiß man doch sicherlich auch von diesem Mann, oder?« fragte Hayami.

»Ich denke schon. Immerhin durchkämmen hier sechzig Polizeibeamte das gesamte Viertel.«

»Dann sei so gut und frag einen von ihnen. Und sorge auf alle Fälle dafür, daß dein Artikel etwas länger ausfällt!« sagte Hayami und legte auf. Sobald er wußte, was man im Zentralen Fahndungsdezernat von Nariki hielt, würde er entscheiden, wieviel Platz man diesem Thema in der Zeitung einräumen konnte.

Eine halbe Stunde später rief Tonomura wieder an.

»Ich habe gerade Maruta erwischt«, sagte er. Maruta war der für den Fundort in Gotanno zuständige Kommissar. »Ich habe ihn ziemlich überrascht, als ich ihn ohne Umschweife fragte, wie verläßlich Nariki ist. Weißt du, der redet nämlich normalerweise nicht. Maruta schwieg eine Weile, meinte aber dann, daß es ganz gut aussieht.«

»Ich verstehe. Und?« fragte Hayami, um den Rest der Geschichte zu erfahren.

»Das war's schon, aber das reicht doch auch! – Wenn Maruta meint, daß es ganz gut aussieht, dann können wir dem Zeugen trauen! Bring seine Aussage! Den Artikel schreibt dann K im Verlag.«

Damit war das Telefonat beendet. Hayami war ein wenig ratlos angesichts des kurzen Gesprächs zwischen Tonomura und Maruta, das so kryptisch war wie der Dialog zwischen einem Zen-Meister und einem Schüler, hielt es jedoch für angebracht, den Bericht in großer Aufmachung zu bringen.

Es vergingen keine zehn Minuten, und Tonomura rief zum dritten Mal an.

»Shimoyama hatte sich in einem Gasthof namens S ein Zimmer genommen, ganz in der Nähe des Bahnhofs Gotanno. Ich fahre jetzt hin. Und du schickst mir umgehend einen Fotografen!«

Im Gegensatz zu den vorherigen Telefonaten klang seine Stimme nun fürchterlich aufgeregt und gehetzt. Auch in diesem Fall hatte sich ein junger Reporter, der erst im letzten Jahr in den Verlag eingetreten war, in allen Häusern in der Umgebung des Fundorts umgehört und zufällig gesehen, wie drei Polizisten den Gasthof S verließen, diesen dann unverzüglich betreten und auf seine Fragen die erhoffte Antwort bekommen.

Wie groß Tonomuras Erregung auch war, betroffen davon war lediglich seine Sprechweise, sein Denken aber wurde stets von einer seltsamen, für ihn jedoch überaus typischen Ruhe bestimmt, und so fügte er nun im Dialekt des Kansai-Gebiets hinzu: »Es war also doch Selbstmord! Und genau in diese Richtung werden sich unsere Recherchen bewegen müssen!«

Hayami teilte Yamana mit, was er gerade über den Gasthof S gehört hatte, und sorgte anschließend dafür, daß ein Reporter, der den Artikel schreiben konnte, und ein Fotograf zu Tonomura geschickt wurden, der, unweit der Fundstelle, das

Büro einer kleinen Fabrik zum Hauptquartier für seine Recherchen umfunktioniert hatte. Nachdem dies erledigt war, rief er Kakei im Club des Polizeipräsidiums an und befahl ihm, sich vertraulich nach dem Stand der Ermittlungen im Gasthof S zu erkundigen.

Es war bereits fünf vorbei, als Kakeis Antwort eintraf. Er hatte sich an den Leiter des Fahndungsdezernats gewandt und von diesem erfahren, daß im Gasthof S tatsächlich jemand abgestiegen war, der Shimoyama gewesen sein konnte – er könne jedoch nicht bestätigen, daß es wirklich Shimoyama war.

»Der war vielleicht anfangs perplex, als ich ihn fragte, ob es nicht stimme, daß Shimoyama zu Lebzeiten am Fundort aufgetaucht sei. ›Was seid ihr aber auch fix!‹ sagte er zu mir. Auf jeden Fall werden morgen die anderen Zeitungen ziemlich alt aussehen. Darauf werden wir einen trinken müssen!«

Kakei – seine Stimme klang gelassen, so als sei die Schlacht bereits vorüber – fügte hinzu, daß für den Abend eine Verlautbarung zum Fortgang der Ermittlungen angekündigt worden sei, es aber spät werden könne. Hayami bat ihn, seinen Artikel gleich nach der Verlautbarung des Fahndungsdezernats zu schicken, da er sie unbedingt in der Ausgabe für Tôkyô bringen wollte.

Anschließend setzten sich die drei Redakteure der Abteilung für Gesellschaftsnachrichten, verstärkt durch Yamana und Hayami, sowie die drei Redakteure von der Endredaktion mit den Artikeln, die hereingekommen waren, zusammen, um die morgige Ausgabe zu besprechen.

Sie beschlossen, auf Seite eins die Verlautbarung des Fahndungsdezernats zu bringen, wählten als Topnachricht für Seite zwei den Artikel über den Gasthof S aus und entschieden sich, Kakeis Artikel über die den Gasthof betreffende Äußerung des Leiters des Fahndungsdezernats genauso groß aufzumachen. Jemand fragte, wie es denn wäre, wenn sich die Zeitung definitiv auf die Seite der Selbstmordtheorie schlüge, aber Hayami vertrat die Meinung, die Wirkung sei dieselbe, wenn man das vorhandene Material auf zurückhaltende Weise präsentiere, weshalb man besser vorsichtig sein solle. Auch Yamana unterstützte diese Meinung.

Die Informationen und Daten, die sich bislang auf Hayamis Schreibtisch angesammelt hatten, liefen fast alle auf Selbstmord hinaus. Falls der Gasthof S eine zentrale Bedeutung bekommen sollte, würde der Fall Shimoyama eine jähe Wendung erfahren, denn dann spräche alles für Selbstmord. Hayami ging zum Tisch von Yabe, einem früheren Kommilitonen, der für die Leitartikel zuständig war, und fragte, ob er er sich nicht in einem Artikel kritisch mit den Vermutungen auseinandersetzen könne, die bislang im Fall Shimoyama angestellt worden waren. Dahinter stand die Absicht, den Fall im Gesellschaftsteil möglichst unspektakulär zu behandeln und dafür im Leitartikel einen indirekten, jedoch schmerzhaften Gegenangriff auf die anderen Zeitungen zu lancieren. Wird gemacht, antwortete Yabe munter und fischte sich eine Zigarette aus Hayamis Schachtel.

Nicht zuletzt auf Hayamis Direktive hin ging man in der Endredaktion, wie schon am vorhergehenden Tag, bei den Schlagzeilen mit Vorsicht ans Werk. Als Schlagzeile für Seite zwei wählte man ›Fall Shimoyama immer rätselhafter‹, der Artikel über den Gasthof S erhielt den Titel ›Der Mann, der dem Generalpräsidenten ähnelte‹, und den Artikel über die inoffizielle Äußerung des Leiters des Fahndungsdezernats betitelte man mit ›Zu früh für eine Bestätigung‹ – durchweg Schlagzeilen, die von extremer Zurückhaltung geprägt waren. Die Aussage von Nariki, dem Augenzeugen, erhielt eine Überschrift, die sich über drei Spalten hinzog: ›Der Gentleman in der Umgebung des Fundorts – Auch ich sah ihn‹. Als Illustration wählte man eine Gesamtansicht des in der Nähe der Tôbu-Linie gelegenen Gasthofs S und ein Porträt seiner Besitzerin und druckte die beiden Fotografien kurzentschlossen in einem auffällig großen Format ab.

Um elf Uhr kam Kakei mit der Verlautbarung des Zentralen Fahndungsdezernats in den Verlag zurück. Diese enthielt kein einziges neues Faktum, das der Rede wert gewesen wäre. Weder die Erklärungen zur Untersuchung des Fundorts, zur Befragung des Lokführers, zum Verbleib der Brille von Shimoyama und zur prinzipiellen Untersuchung der verschiedenen Punkte, die bei der Untersuchung der Umgebung des Mitsukoshi ans Licht gekommen waren, noch die gesonderten Untersuchungen im Hauptgeschäft von Mitsukoshi, in der Bank in Chiyoda, bei der Staatsbahn und im Haus des Generalpräsidenten, die in die Zuständigkeit von Abteilung II fielen, enthielten auch nur ein neues Faktum, das besonders erwähnenswert gewesen wäre.

Als Yamana, Hayami, Kakei und einige Reporter der Nachtschicht gerade die Korrekturfahnen der zweiten Ausgabe durchlasen, die soeben frisch aus der Druckerei kamen, tauchte Tonomura überraschend in der Redaktion auf. Er war zuvor aus Gotanno in den Club des Polizeipräsidiums zurückgefahren, wo er, wie er sagte, noch zwei Stunden geschlafen hatte.

»So schau doch! Das hier ist dein Artikel!« sagte Kakei zu ihm, aber Tonomura bat ihn, ohne zu antworten, lediglich um eine Zigarette, und ließ sich dann, etwas abseits von den anderen, auf einem Stuhl nieder. Sein Gesicht und die Arme, die aus seinem kurzärmligen Hemd ragten, waren sonnenverbrannt. Er hatte die ihm zugeteilten Reporter angewiesen, in jedem Haus in der Umgebung des Fundorts Nachforschungen anzustellen, gleichzeitig hatte er ihre Recherchen geleitet und nebenbei eine freie Stunde genutzt, um sich persönlich im Busdepot der Senju-Linie und in verschiedenen Bahnhöfen der Tôbu-Linie umzuhören.

Yamana erhob sich von den Korrekturfahnen, dankte Tonomura für seine Mühe und schien dann verschwunden – nur um kurz darauf mit zwei Zweiliterflaschen wieder aufzutauchen.

»Wir sollten uns jetzt auf alle Fälle einen Schluck genehmigen«, sagte er. Er selbst – ein eher seltener Fall unter Journalisten – vertrug so wenig, daß er bereits nach einem Glas Sake rot anlief. Aber auch wenn er persönlich nichts trank, wußte er besser als Hayami und die anderen, wann es Zeit für ein gemeinsames Glas war.

Und dann kehrte ein junger Reporter in die Redaktion zurück, der dem für Gotanno zuständigen Kriminalbeamten einen Privatbesuch abgestattet hatte.

»Und? Wie war es?« fragte Hayami.

»Er hat nichts gesagt. Der war so fürchterlich erschöpft, daß es nachgerade zum Erbarmen war«, antwortete der Reporter, der selbst noch wesentlich erschöpfter zu sein schien.

Kakei, der sich als letzter von den Druckfahnen trennte, ging zu dem Platz, an dem sich alle versammelt hatten, und trank einen Schluck Sake aus einer Tasse. Es war zwölf vorbei. Yamana – er hatte nur der Form halber nach seinem Sakebecher gegriffen – paßte einen günstigen Moment ab, um sich zu verabschieden, und kehrte vor den anderen in seine Unterkunft zurück.

Er hatte noch kaum den Raum verlassen, als ein Reporter vom Nachtdienst ins Zimmer trat, in der Hand die erste Ausgabe der Tagesausgaben der Zeitungen S und O, die er sich irgendwo beschafft hatte.

»Welche Ziele verfolgt der Täter? So sieht das aus!« sagte er und legte Zeitung S zwischen seine Kollegen, während er Zeitung O Hayami überreichte. Und tatsächlich prangte auf Seite zwei, gedruckt im Hochdruckverfahren, an prominentester Stelle horizontal über vier Spalten hinweg die Schlagzeile: ›Welche Ziele verfolgt der Täter?‹. ›Ein Freund mit einer besonderen Beziehung‹; ›Im Amt? Geheimes Einzelinterview‹; ›Auch ich hörte ein verdächtiges Auto‹ – die Seiten waren übersät mit derartigen Schlagzeilen.

»In jedem Punkt das Gegenteil von dem, was wir bringen«, meinte Tonomura kurz angebunden.

»Meine Güte, die Ziele des Täters! Wovon reden die denn überhaupt? Und was, bitteschön, ist mit dem Gasthof S?«

Kakei stand auf, holte die auf dem Tisch herumliegenden Fahnen der eigenen Zeitung und legte sie neben die anderen Seiten. Die beiden Zeitungen standen in schroffem Gegensatz zueinander; als wären in ihnen völlig verschiedene Fälle dargestellt.

Zeitung O behandelte unter dem Titel ›Fahndungsdezernate im Besitz neuer Fakten‹, dem weitere einschlägige Titel folgten (›Mehrere Personen dem Wagen entstiegen, der Shimoyama beschattete – Ermittlungen im Mitsukoshi zeitigen Ergebnisse‹, ›Todesursache bestätigt – Shimoyama wurde erschlagen. Beginn der Giftanalyse‹), den Fall wie am Tag zuvor – als Mord.

»Wenn ich das sehe, kann ich nur sagen, daß die überhaupt nichts Neues in der Hand haben. Dafür schweigen sie den Gasthof S tot. Wie sollen da die Leser noch irgend etwas verstehen!?«

Als könne er sich nicht länger beherrschen, sagte Tonomura in ruhigem Ton: »Sollte es Mord sein, haben wir verloren; sollte es jedoch Selbstmord sein, dann haben wir gewonnen. Es ist, als würde man eine Wette abschließen.«

»Hier geht es nicht um Wetten!« sagte Hayami, der seit einiger Zeit geschwiegen hatte. Dennoch, Tonomura hatte recht. Er fühlte sich hilflos bei dem Gedanken, auf welch entsetzlich unsicherem Grund er stand.

»Aber ich bitte dich! Findest du wirklich nicht, daß ich im Recht bin!? Sollte morgen ein Täter auftauchen, den man für den Mord verantwortlich machen kann, dann ist unser heutiger Gasthof S nicht nur keine Sondermeldung mehr, sondern völlig bedeutungslos.«

»Das würde ich nicht sagen«, entgegnete Hayami. »Tatsache ist, daß im Gasthof S jemand abgestiegen ist, der Shimoyama gewesen sein könnte. Und diese unumstößliche Tatsache hat weder mit Selbstmord noch mit Mord etwas zu tun!«

»Aber so wird man das in der Öffentlichkeit nicht sehen. Die Meldung über den Gasthof S deutet zumindest in Richtung Selbstmord.«

»Aber wenn es nun einmal die Wahrheit ist –«

»Wahrheit! Eine Zeitung ist kein Amtsblatt!«

Die Erschöpfung vom Tage sowie die Sondermeldung, die auf ihn selbst zurückging, und seine innere Leere, die ihm das Gefühl gab, von einer Woge verschlungen zu werden, ließen Tonomura schwieriger und hartnäckiger als sonst erscheinen.

»Sag mir, ich soll wetten, und ich wette! Ich wette, daß es Selbstmord war!« rief Kakei, ohne jemanden im besonderen zu meinen, und klopfte mit einer Zigarette auf sein Zigarettenetui.

»Aber es kann doch nur Selbstmord gewesen sein, oder?! Alle Daten, die bislang zum Vorschein kamen, verweisen auf Selbstmord!«

»Natürlich, das denke ich auch«, sagte Tonomura, nun etwas besser gelaunt, und entspannte sich.

»Hayami!« sagte Kakei. »Die Frage ist doch, ob sich Shimoyama in der Gegend, in der er gefunden wurde, ausgekannt hat oder nicht. Ich schicke morgen zwei, drei meiner Leute zu Tonomura, und die sollen dann jeden Zentimeter des Fundorts durchkämmen und sich auf die Suche nach Augenzeugen machen. Hörst du, nach Augenzeugen! Nächster Punkt: Ich selbst werde Ôkida im Auge behalten. Ôkida glaubt nämlich an Selbstmord. Und der täuscht sich so gut wie nie!«

Während Kakei redete, tauchte vor Hayamis Augen plötzlich Ôkidas Gestalt auf, der am ersten Tag des Falls einsam und verlassen am Fundort gestanden hatte, etwas abseits von Shimoyamas zerstückelter Leiche. Und ihm fiel ein, daß Ôkidas Augen den ruhigen Augen Satake Usans in Numazu glichen. Hayami hatte das Gefühl, daß Ôkidas Augen, die an jenem ersten Tag etwas wie das Leben selbst im Blick gehabt hatten, die einzigen Augen waren, die auf die Wahrheit im Fall Shimoyama starrten.

»Ich denke, wir sollten auf jeden Fall schlafen gehn, morgen ist schließlich auch noch ein Tag«, sagte Hayami, und die Anwesenden erhoben sich. Hayami war gerade dabei, sich zusammen mit den Reportern vom Bereitschaftsdienst in den vierten Stock zurückzuziehen, als sich Kakei und Tonomura, die zum Club im Polizeipräsidium fuhren, mit einem kurzen Gruß verabschiedeten und die entgegengesetzte Richtung einschlugen. Ihre Rücken spiegelten sich in seinen Augen wider, wie etwas, das völlig getrennt von ihm war, und ein leeres Gefühl breitete sich in ihm aus. Kakei redete eifrig in seinem typischen streitlustigen Ton auf Tonomura ein, und Tonomura schlug sich mit der Faust seines rechten, entblößten Armes in den Nacken.

Am folgenden Tag wurde die Morgenausgabe der Zeitung innerhalb des Verlags zur Zielscheibe beträchtlicher Kritik, wenngleich diese Kritik nicht direkt gegenüber Yamana und Hayami geäußert wurde. Hayami wußte das nur allzugut und saß mit betont harter Miene abweisend an seinem Tisch, der unter Artikeln und Informationen wie begraben war.

Yamana hatte an einer Zusammenkunft der Geschäftsleitung teilgenommen, gegenüber Hayami jedoch kein Wort über die Kritik verlauten lassen, die dabei mit größter Wahrscheinlichkeit formuliert worden war. Von Zeit zu Zeit tauchte er in der Redaktion auf und sagte, hinter Hayami stehend, der Manuskripte durchsah, über die Rücken der Redakteure hinweg, die Telefonate von den verschiedenen Einsatzorten entgegennahmen: »Na, wie sieht's aus? Tut sich etwas?« Das war alles. Ihn hielt es nicht auf seinem Stuhl, und daran war deutlich zu erkennen, daß er die Entwicklung des Falls mit größter Aufmerksamkeit verfolgte. Mit einer Zigarette in der Hand, die er ungeschickt hielt, wanderte er unermüdlich in der Redaktion umher, in einer Haltung, als befände er sich auf einem Spaziergang. Wenn jemand auf den Ausgang des Falls gewettet hatte, dann höchstwahrscheinlich Yamana. Er hatte die gesamte Berichterstattung über den Fall Hayami überlassen. Er hatte sich hinsichtlich der Prinzipien, die Hayami dabei vertrat, so gut wie jede Einmischung versagt. Und er schien den weiteren Verlauf des Falls auf eigene, von der Hayamis unterschiedene Art einzuschätzen und auch eine andere Meinung darüber zu besitzen, wie man eine Zeitung macht, hielt sich jedoch völlig im Hintergrund. Man konnte das kritisieren, man konnte das gut oder schlecht finden, aber diese Vorgehensweise war typisch für ihn. Man konnte in seinem Verhalten Großzügigkeit sehen, und man konnte darin Nachlässigkeit sehen, in Wirklichkeit sprach daraus Yamanas spezieller Stil, der Stil eines Mannes, der sich als Sensationsreporter par excellence nach oben gearbeitet hatte.

»Ich meine, die Frage ist doch, glaubt man an die Wissenschaft oder glaubt man nicht an sie! Aber das sieht unserer Zeitung wieder einmal ähnlich«, hörte Hayami jemanden sagen. Er war auf dem Weg zur Toilette, in einem Teil des Raums, in dem die Tische einer anderen Abteilung standen. Mehr als diese Worte hatte er nicht mitbekommen, ihm war jedoch sofort klar, daß sie als Kritik an der Zeitung vom Morgen gemeint waren. Vermutlich hieß das, daß er selbstverständlich eine rationale Haltung hätte einnehmen müssen, nachdem die Obduktion an der Universität Tôkyô zu dem Ergebnis geführt hatte, daß Shimoyama nach seinem Tod vom Zug überrollt worden war – eine Haltung die darin bestanden hätte, dieses Ergebnis zu respektieren und in der Zeitung einen Mord als naheliegend erscheinen zu lassen.

Natürlich hielt auch Hayami das Ergebnis der Obduktion an der Universität Tôkyô für wichtig. Er hatte die für die Universität zuständigen Reporter mehrfach angewiesen, sich mit Fragen an die dortigen Professoren zu wenden. Und diese bestätigten zwar, daß die Obduktion ergeben habe, Shimoyama sei nach seinem Tod vom Zug überrollt worden, keiner der Professoren sprach jedoch von Mord. Der Obduktionsbefund war fraglos Material, das die Mordtheorie stützte. Hayamis Eindruck nach war das allerdings auch schon alles. Es ist ja nicht so, daß ich die Wissenschaft ignoriere, dachte er, ich respektiere sie doch – und während er spürte, wie tief in ihm Widerwillen aufstieg gegen die soeben gehörten Worte, ging er weiter und zeigte dem Kollegen die kalte Schulter.

Auch in seiner eigenen Abteilung gab es derartige Stimmen. »Ich denke, daß Zeitung S auf dem richtigen Weg ist, zumindest was ihre Vorgehensweise anlangt. Auch wenn sich herausstellen sollte, daß es Selbstmord war, haben die immer noch eine großartige Ausrede. Sie müssen doch nur sagen, daß sie das Obduktionsergebnis respektiert hätten, und damit ist die Angelegenheit erledigt. Unsere Zeitung jedoch verläßt sich auf die Intuition eines Bullen! Sicher, im Gegensatz zu den anderen dürfte unsere Berichterstattung ehrlich sein. Sollte der Fall aber kippen, wird das für uns vermutlich sehr, sehr böse Folgen haben!« sagte, unbekümmert darum, ob irgend jemand seine Meinung hören wollte, zu Yamana ein sophistisch veranlagter Reporter, dem es unerträglich war, nicht jeden seiner Gedanken kundzutun, und seine Worte drangen fetzenweise, immer wieder überlagert vom

Stimmengewirr, Hayami an die Ohren, als er mit einigen Kollegen weitere Recherchen besprach.

Die Zeitung, die sich nicht rechtfertigen kann – bei diesen Worten erstarrte Hayamis Herz schlagartig zu Eis. In der Bedeutung der Worte ›durch nichts zu rechtfertigen‹ lag etwas Quälendes, etwas, das ihm vertraut war. Doch schon im nächsten Moment dachte er: Ach, was soll's! Er fühlte, wie er sich innerlich aufrichtete und sein Denken wieder die gewohnten Bahnen einschlug.

Zum Mittagessen betrat Hayami ein kleines Sushi-Lokal unweit des Bahnhofs Yûrakuchô.

»Ah, Herr Hayami! Sie sollten wirklich Vernunft annehmen! Warum macht sich denn Zeitung K zur Fürsprecherin des Selbstmords?« sagte der Koch, ein Mann, der sich viel darauf zugute hielt, die Dinge ungeschminkt beim Namen zu nennen.

»Ach, wir vertreten doch keine Selbstmord-Theorie«, erwiderte Hayami, in diesem Moment noch lachend, doch als er das Lokal verließ und ein Café in der Nähe aufsuchte, hörte er, wie in der Box hinter ihm einige junge Leute, vermutlich Reporter einer anderen Zeitung, wieder und wieder die Wörter ›Selbstmordtheorie‹ und ›Mordtheorie‹ in den Mund nahmen und zwischendurch die Namen von zwei, drei Zeitungen fallenließen.

Zeitung K stand für die Selbstmordtheorie, die meisten anderen Zeitungen für die Mordtheorie – und eine zweitägige Darstellung dieser gegensätzlichen Sichtweisen in den Zeitungen hatte dafür gesorgt, daß sie nun auch von der gesamten Öffentlichkeit geteilt wurden. Hayami hatte das Gefühl, daß die öffentliche Meinung damit ein wenig am Eigentlichen vorbeiging, andererseits war es tatsächlich so, daß infolge des groß aufgemachten Artikels über den Gasthof S die Zeitungen nun vollkommen gegensätzliche Standpunkte einnahmen.

Er kehrte in den Verlag zurück, wo er Kakei antraf.

»Ich habe mich auch heute mehrfach im Zentralen Fahndungsdezernat umgehört – sämtliche Materialien, die bisher aufgetaucht sind, verweisen auf Selbstmord und nochmals Selbstmord. Mittlerweile sind auch ausnahmslos alle Kriminalbeamten vor Ort der Meinung, es sei Selbstmord gewesen. Aber selbst wenn sich alle Daten in Richtung Selbstmord bewegen, bleibt immer noch die Möglichkeit, daß es Mord war. Allerdings –«

Kakei verstummte plötzlich und starrte einen Moment lang Hayami an.

»Na ja, angesichts der Lage haben wir vermutlich keine Wahl – wir werden den Fall als Selbstmord behandeln müssen. Die Brücken hinter uns sind verbrannt. – Aber mit unserer gestrigen und heutigen Ausgabe haben wir uns in eine ziemliche schwache Position manövriert. Unsere Berichterstattung kann den Lesern doch nur den Eindruck vermitteln, wir plädierten völlig grundlos für die Selbstmordtheorie.«

Unvermittelt schlug Kakei einen schärferen Ton an und meinte:

»Wie wäre es, wenn du mich etwas schreiben ließest!?«

Er wollte das gesamte Material aus dem Zentralen Fahndungsdezernat in einem Artikel verarbeiten, die Anhaltspunkte, die für Selbstmord bzw. Mord sprachen, miteinander vergleichen und auf diese Weise betonen, wie groß die Wahrscheinlichkeit eines Selbstmords war.

»Damit wartest du besser noch!« sagte Hayami. Es war für die Zeitung zu gefährlich, am dritten Tag des Falls einen Bericht zu veröffentlichen, wie Kakei ihn im Sinn hatte, außerdem wehrte sich in Hayami etwas gegen einen derartigen Artikel.

»Wenn wir nicht mit einem wirklich großen Knaller herauskommen, sehe ich schwarz für uns. Die anderen Zeitungen werden uns wie die Hasen hetzen. Die anderen Zeitungen werden – was soll's, auf jeden Fall wäre ein derartiger Artikel spektakulär und interessant dazu und deshalb bestimmt kein Fehler. Es war Selbstmord! Wollen wir wetten, Hayami?« sagte Kakei. Er schien in der Nacht zuvor auf dem Weg zum Polizeipräsidium mit Tonomura gesprochen zu haben.

Kakei kehrte zum Präsidium zurück, kurz darauf jedoch traf bereits wieder ein Anruf von ihm ein.

»Ich habe noch einmal Ôkida gefragt, und ich hatte tatsächlich recht. Er meinte, beim Stand der Dinge könne der Fall nur als Selbstmord gesehen werden. Also, kann ich den Artikel jetzt schreiben?«

»Gut, du schreibst über das Material aus dem Fahndungsdezernat, und das Urteil überläßt du dem Leser!«

»Nicht gerade umwerfend! Wenn wir nicht eine Schlagzeile bringen wie ›Mordtheorie entbehrt jeder Grundlage‹ oder ›Selbstmordtheorie – Mutmaßungen schon fast Gewißheit‹, dann –«

»Damit wartest du gefälligst noch einen Tag!« unterbrach ihn Hayami.

»Also, von mir aus«, antwortete Kakei, skeptisch und voller Bedauern, dann legte er auf.

Eine halbe Stunde später rief Tonomura an.

»Ich war wirklich erstaunt, welche Mühe ich hatte, jemanden zu finden, der mir sein Telefon überließ. Weißt du, ich bin auf einen beherzten älteren Knaben gestoßen, der mir mitteilte, ich könne ihm gestohlen bleiben, da Zeitung K für Selbstmord plädiert«, sagte er lachend und fügte, nach einer kleinen Pause, hinzu:

»Wir müssen etwas tun!«

Womit gemeint war, daß die Zeitung mit aller Kraft in den Markt gedrückt werden mußte, und zwar auf der Grundlage der Selbstmordtheorie. Hayami verstand Tonomuras Gefühle durchaus. Im Unterschied zu Hayami und Yamana, die den ganzen Tag in der Redaktion saßen, besaßen Kakei und Tonomura, die in der Stadt recherchierten, genügend Selbstvertrauen im Hinblick auf den Fall, mit dem sie unmittelbar konfrontiert waren, zudem hatten sie ihren Stolz und schienen vor Ungeduld zu brennen.

An diesem Tag kamen weder außergewöhnliche Meldungen noch Informationen herein. Die wichtigsten Neuigkeiten sahen so aus: Als Zeitpunkt des Todes von Generalpräsident Shimoyama wurde neun Uhr abends angegeben. Die gerichtsmedizinische und die pharmakologische Abteilung der Universität Tôkyô hatten dem Zentralen Fahndungsdezernat das Resultat der Messung der Milchsäurereaktion mitgeteilt, der zufolge die inneren Blutungen Shimoyamas vor seinem Tod eingetreten waren. Die Polizei hatte abermalige Untersuchungen in großem Stil aufgenommen; betroffen davon waren das gesamte Gebiet um den Fundort, Asakusa und das Kaufhaus Mitsukoshi. In der Umgebung des Fundorts hatte man mehr und mehr Augenzeugen aufgespürt.

Mit der Nachmittagspost trafen vier Karten ein, deren Absender die Haltung der Zeitung K kritisierten, die den Fall Shimoyama als Selbstmord betrachte. Eine der Karten enthielt, geschrieben mit ungelenken Schriftzeichen, die harsche Aufforderung, die Zeitung solle sich nicht vor den Karren der Kommunistischen Partei spannen lassen.

Abends schickte Hayami vorläufig sämtliche Artikel in die Endredaktion und atmete dann erleichtert auf; er öffnete ohne besondere Absicht die Schublade und entdeckte einen Briefumschlag mit weiblicher Handschrift. Er stammte von Satake Keiko aus Numazu. Es war ein Privatbrief, und einer der Laufburschen oder sonst irgendwer mußte ihn in die Schublade gelegt haben.

Ich hoffe, daß es Ihnen seit unserer letzten Begegnung gut ergangen ist. Heute nacht bin ich auf Wunsch meines Vaters um drei Uhr aufgestanden, um die hellroten Blüten von Färberdisteln zu pflücken. Färberdisteln haben eine große Ähnlichkeit mit Bergdisteln, ihre Blüten, Blätter und Stengel sind über und über mit kleinen Stacheln bewachsen. Ich stand auf, als es noch dunkel war (solange die Blüten noch mit nächtlichem Tau vollgesogen sind, sind ihre Stacheln weich), und pflückte die Blüten mit den Händen. Ich kann mich erinnern, daß ich vor vielen Jahren einmal solche Blüten mit einer Schere abschnitt und dafür fürchterlich von meinem Vater gescholten wurde. Ich zerrieb die Blüten zwischen meinen Händen und füllte mit den winzigen Teilen der Blütenblätter einen kleinen Korb. Ich gab sie in einen Kasten und übergoß den Inhalt mit Wasser. Bewahrt man sie auf diese Weise auf, verfestigt sich der Farbstoff nicht, den man dann, soviel ich weiß, jederzeit extrahieren kann.

Meine Finger, die den Federhalter umklammern, sind ziemlich rot verfärbt. Während des Krieges sollen in der Präfektur Yamagata Färberdisteln für das kaiserliche Hofministerium gezüchtet worden sein, aber heutzutage wachsen sie, soviel mir bekannt ist, nur noch in unserem Garten, und zusammen mit den Indigopflanzen sind sie mir, abgesehen vom Leben meines Vaters, das wichtigste von allem. Der Fujisan, den man von unserem Garten aus sieht, ist bei Tagesanbruch unglaublich schön. Ich habe eine Stunde gebraucht, um die Färberdisteln zu pflücken, und dann wußte ich nicht, was ich bis zum Morgen tun sollte, bis ich plötzlich den Wunsch verspürte, Ihnen zu schreiben. Ich kehrte also in mein Zimmer zurück und setzte mich an den Tisch.

Wann können Sie uns das nächste Mal besuchen?

Ah, natürlich! Ich muß Ihnen noch etwas sagen. Mein Vater will im Herbst drei Farben herstellen – Hajizome, Akashirotsurubami und Ôtan – und Ihnen diese drei edelsten Farben des kaiserlichen Hofes der Heian-Zeit zeigen. Mit ihnen sollen die Übergewänder von Tennôs, abgedankten Tennôs und Kronprinzen gefärbt worden sein. Die Färberdisteln verwendet man, wenn man aus Gardenien Ôtan gewinnen will. Stand ich heute nacht so ungewöhnlich früh auf und bekam deshalb Lust, Färberdisteln zu pflücken, weil mein Vater gesagt hatte, er möchte Ihnen die drei Farben zeigen?

Ich sehe meinen Vater und seine Arbeit durchaus auf meine eigene Weise. Aber ich bin ihm wirklich zu Dank verpflichtet, daß ich wegen seiner Arbeit einen Morgen wie den heutigen verbringen konnte.

Mit herzlichen Grüßen! Achten Sie auf sich!

Nachdem Hayami den Brief gelesen hatte, verstaute er ihn in der Schublade und zündete sich eine Zigarette an. Um diese Stunde herrschte im Verlag immer der größte Lärm, da sämtliche Reporter von ihren Einsatzorten zurückkehrten. Inmitten des Gewirrs von Stimmen und Geräuschen starrte Hayami eine Weile auf einen Punkt in der Luft. Die Gestalt von Keiko, die Färberdisteln pflückte, erschien ihm entsetzlich fern. Er bemühte sich, aber diese Ferne blieb ihm fremd, eine beziehungslose Ferne, wie man sie empfindet, wenn man dem Sternenhimmel gegenübersteht.

Während er vage daran dachte, wie fern Keiko ihm war, schoß ihm plötzlich etwas durch den Kopf, das ihn zusammenfahren ließ. Unbeschreibbare Ratlosigkeit breitete sich in ihm angesichts des Gedankens aus, daß der Zeitraum, der viele Jahre umfaßte, in sich zusammenfiel, und ihm war, als sehe er ein Buch, in dem Seiten fehlten. Er hatte das Gefühl, daß in ihm etwas Kaltes, etwas von noch größerer Heftigkeit seinen Platz behauptete, etwas, das es ablehnte, daß Keiko sich in sein Leben drängte. Er fragte sich erneut, ob er nicht auch heute, hier auf seinem billigen Stuhl in der Abteilung für Gesellschaftsnachrichten, auf dieselbe Weise dem gleichen Gegner Widerstand leistete wie vor vielen Jahren und dabei genauso wie vor Jahren beharrlich an Harumi festhielt. Mit derartiger Heftigkeit war Harumi seit langem nicht mehr in ihm zum Leben erwacht. Angesichts ihrer Gegenwart erschien ihm Keikos Existenz entsetzlich schemenhaft. Selbst der Vorfall am Strand von Senbonhama wirkte seltsam irreal, und Hayami fragte sich allen Ernstes, ob nicht alles ein flüchtiger Traum gewesen war.

Hayami stand von seinem Stuhl in der Abteilung für Gesellschaftsnachrichten auf, zwängte sich durch die Kollegen, die in Gruppen in dem großen Raum der Redaktion herumstanden, und ging zur Treppe, die zum Hinterausgang führte. Ohne ein bestimmtes Ziel trat er aus dem Verlagsgebäude und mischte sich unter die Menschenmenge auf den Straßen Yûrakuchôs.

Er bog in die Straße hinter dem Bahnhof ein, die von Lokalen gesäumt war – irgendwo wollte er ein Bier trinken. Er war gerade dabei, sein Stammlokal zu betreten, als sein Blick auf Yamana fiel, der hier zusammen mit jungen Reportern an einem kleinen Tisch saß. Er zog sich zurück, um nicht bemerkt zu werden, und ging in eine Bierhalle zwei, drei Häuser weiter unten an der Straße.

Zwei Stunden später kehrte er zum Verlag zurück, wo er am Haupteingang unvermutet auf Kakei stieß.

»Shimoyama kannte sich in der Gegend aus«, sagte Kakei übergangslos. In seiner Miene lag eine gewisse Verbissenheit. Dann wandte er den Blick von Hayami ab, hob seine Hände zum Gesicht und bedeckte seine Augen. Kakei, der trotz der Hitze ein tadelloses Jackett trug, wischte sich zwar nur den Schweiß ab, aber aus seinem Benehmen sprach ein derartiger Ernst, daß Hayami einen Moment lang den Eindruck hatte, er sehe ihn weinen.

»Shimoyama kannte sich in der Gegend aus!« sagte Kakei abermals. Und fügte hinzu, daß im Zuge der Ermittlungen eine Frau aufgetaucht war, die irgendeine Beziehung zu Shimoyama hatte – er wolle sich heute abend gründlich umhören, Details würden folgen. Kaum hatte er Ôkida diese Neuigkeit entlockt, war er zu Hayami in den Verlag gerannt, nur um ihm dies zu berichten.

»Der Fall Shimoyama ist und bleibt Selbstmord. Du kannst wetten, soviel du willst, daran ändert sich nichts mehr. Der Fisch ist im Netz«, sagte er, hob zum Abschied leicht die Hand und stürzte wieder davon, im Mund immer noch eine Zigarette.

Kakeis Bericht ließ Hayami erleichtert aufatmen. Er spürte, daß sich der Fall weiter zu seinen Gunsten entwickelte. Er ging in die Redaktion hinauf und informierte Yamana, der schon in seine Unterkunft zurückgekehrt war, daß Shimoyama sich in der Gegend ausgekannt hatte. Tatsächlich!? Dann sind wir ja auf der sicheren Seite! meinte Yamana entspannt, seine Stimme klang fröhlich am Telefon.

In dieser Nacht fand Hayami lange keinen Schlaf. Zum einen war da seine tagelange Erschöpfung, zum anderen raubte ihm paradoxerweise die Erleichterung den Schlaf, die er angesichts der Anzeichen einer günstigen Wendung des Falls spürte. Inmitten seiner Schlaflosigkeit fühlte er, wie fern ihm Keiko war, und dieses Gefühl verdroß ihn zeitweise, dann wieder ließ es ihn unruhig werden. Es war bereits zwei vorbei, als er einschlief.

Am nächsten Morgen weckte ihn ein Anruf von Yamana.

»Hast du Zeitung S gelesen?«

»Habe ich nicht!«

»Dann lies mal, aber sofort bitte! Und zwar Seite zwei!«

Hayami legte auf und ging im Schlafgewand zur Rezeption hinunter. Dort zog er aus einem Bündel Zeitungen, die zur verlagsinternen Verteilung bereitlagen, Zeitung S heraus und warf einen Blick darauf. Als erstes sprang ihm eine große, in Negativdruck gedruckte Schlagzeile in die Augen, die sich horizontal über einen Artikel hinzog. ›Selbstmordtheorie im Fall Shimoyama löst sich in Rauch auf‹. Auch ohne ein Wort zu lesen, war ihm klar, was in dem Artikel stand: Man veranschlagte nun einen längeren Zeitraum, in dem Shimoyama gestorben sein konnte, als ursprünglich von der Universität Tôkyô angenommen.

Benommen starrte Hayami vor sich hin und suchte unbewußt nach einer Zigarette, aber er hatte keine Zigaretten dabei. Dann eben nicht. Er blickte wieder auf die Zeitungsseite. Für ihn sah sie aus wie eine schriftliche Aufforderung zu einem Kampf auf Leben und Tod, eine Aufforderung, die man ihm unter die Augen hielt.

3

›Selbstmordtheorie im Fall Shimoyama löst sich in Rauch auf‹ – die Schlagzeile der Zeitung S schockierte nicht nur Abteilungsleiter Yamana und Hayami. Als Hayami um neun in der Redaktion erschien, war von Yamana nichts zu sehen, Kakei und Tonomura jedoch waren bereits an ihren Plätzen. Kakei sprach in einem Winkel der Abteilung für Gesellschaftsnachrichten mit Tonomura über irgend etwas, sobald er jedoch Hayami erblickte, erhob er sich umgehend, als habe er auf ihn gewartet, und kam mit einer gewissen Bitterkeit und hängenden Schultern auf Hayami zu. Ohne etwas zu sagen, schaute er Hayami lächelnd in die Augen. Es war, als wollte er lediglich mit seinem Blick zu ihm sprechen. Schließlich, nach einer etwas längeren Pause, sagte er in einem Ton, der ein wenig an den Jargon der Unterwelt erinnerte: »Gut! Wenn die es nicht anders wollen, dann werden wir die Sache auf unsre Weise durchziehen!« – dann rief er: »He, Tonomura, komm her!« und gab ihm mit erhobener

Hand ein Zeichen. Eine Zigarette zwischen den Lippen, ging Tonomura, der, im Gegensatz zu Kakei, wegen seines Sonnenbrands abgezehrt wirkte, auf sie zu, das Gesicht zu einer ernsten Miene verzogen, als gehe ihm etwas durch den Kopf; er grüßte Hayami kurz und kam dann auf Maruta zu sprechen, den für Gotanno zuständigen Kommissar.

»Maruta pflegt zu sagen, daß es immer nur eine Wahrheit gibt. Ich finde, der Ausspruch trifft wirklich zu. Ich meine auch, daß es nur eine Wahrheit gibt.«

»Spar dir deine Bewunderung für diesen Quatsch!« platzte Kakei dazwischen, und Tonomura rief: »Als ob das Quatsch wäre!« und setzte, Kakei ignorierend, hinzu, in einem Ton, als sei er ernstlich wütend:

»Ich glaube, daß es wirklich nur eine Wahrheit gibt. Augenzeugen erscheinen, der Gasthof S taucht auf, unsere Erklärung paßt zu Shimoyamas Charakter – was anderes als Selbstmord sollte man also annehmen können! Shimoyama kannte sich zudem in der Gegend aus! Ich meine, was unsere Zeitung jetzt braucht, das ist mehr Selbstvertrauen!«

Immer wenn Tonomura sich für ein Thema begeisterte, begann er leicht zu stottern und in einer Weise zu sprechen, als habe er Kinder vor sich.

Kakei dachte nicht daran, einem Streit aus dem Weg zu gehen, während Tonomura sich, etwas ernster, benahm, als bedauerte er – wie alle, die für Gerechtigkeit eintreten – die Sichtweise des Falls, die von den anderen Zeitungen vertreten wurde. Hayami, der etwas mißmutiger als sonst schwieg und seinen Blick über die Leserbriefe gleiten ließ, die sich auf dem Tisch stapelten, horchte auf, als Tonomura von den Ortskenntnissen Shimoyamas sprach, hob das Gesicht und sah Kakei an.

»Was hast du denn gestern in dieser Angelegenheit herausbekommen?«

»Ich werde mich umhören, heute! – Ich könnte mir vorstellen, daß das der entscheidende Punkt des ganzen Falles ist. Aber wie dem auch sei – Ôkida wird vermutlich im Lauf des Tages entscheiden, was er von der Frau hält, die kürzlich aufgetaucht ist, und dann werden wir ja sehen, ob sie wirklich der Schlüssel zum Fall ist. Bis dahin werde ich dafür sorgen, daß sich bei den Recherchen keine Nachlässigkeiten einschleichen. Ich möchte dabei mit Umsicht vorgehen, sei also so gut und verschone mich heute mit anderen Aufgaben. Des weiteren denke ich – und das habe ich vorhin auch mit Tonomura besprochen –, daß wir uns ab heute in der Zeitung zu einem klaren Standpunkt und einer festen Überzeugung bekennen müssen. Wir haben bereits den fünften Tag, wie du weißt. Ich würde es sehr bedauern, wenn wir nur irgendwie gewinnen würden, ich will eindeutig und sauber gewinnen. Verstehst du, eindeutig und sauber! –«

Tonomuras und Kakeis Worte klangen leer in Hayamis Ohren wider. Es war freilich nicht so, daß ihm unbekannt gewesen wäre, was das von Kakei benutzte Wort ›gewinnen‹ und Tonomuras ›Wahrheit‹ bedeuteten, aber irgendwie sagten sie ihm nicht sonderlich viel. Ihm war, als gingen diese Wörter an ihm vorbei, ohne eine Spur in ihm zu hinterlassen. Seit dem Morgen spürte er etwas um sich, das ihn einschloß, vergleichbar einer Mauer. Ob er den Flur entlangging, in die Zeitung blickte oder das Redaktionsbüro betrat, die Mauer war ständig um ihn. Und er hatte das Gefühl, daß diese Mauer bei jedem Zusammentreffen mit einem Menschen mit immer dickeren Farbschichten bedeckt würde. Außerhalb der Mauer Strudel, Wirbel in heftiger Bewegung. Ohrenbetäubendes Chaos. Nur innerhalb der Mauer, in dem kleinen Raum, der ihn umgab, war es still, als sei der Raum ein luftleeres Tal. Er war zum Kämpfen entschlossen.

Yamana traf ein. Er grüßte die Runde mit einem kurzen Blick, riß aus dem Manuskriptblock auf dem Hayami benachbarten Arbeitsplatz ein Blatt Papier und begann Staub vom Tisch zu wischen. Hayami spürte, daß sich auch Yamana auf der anderen Seite der Mauer befand.

»Was haben wir da wieder für einen prächtigen Antagonismus!« sagte Yamana, als sei dies ein Morgengruß, und lachte lautlos.

Hayami suchte zwei Zuschriften unter den Postkarten heraus, die er in der Hand hielt. Abgesehen von diesen beiden Karten bestand der gesamte Rest aus Kritik an Zeitung K und ihrer Berichterstattung im Fall Shimoyama. Die meisten Absender der Karten waren der Meinung, Zeitung K habe etwas gegen Generalpräsident Shimoyama und versuche deshalb seinen Tod als Selbstmord darzustellen. Die Verfasser der beiden Karten gaben an, einen Mann, der Shimoyama gewesen sein konnte, an dessen letzten Lebenstag mit eigenen Augen gesehen zu haben.

Hayami warf das Bündel Karten auf den Tisch und sagte:

»Wir werden jetzt auf der Stelle unser weiteres Vorgehen beschließen! Morgen haben wir vier Seiten zur Verfügung – und dementsprechend spektakulär können wir die Sache aufziehen!«

Das war ungewöhnlich für Hayami, und kaum hatte er zu Ende gesprochen, erhob er sich abrupt. In dem Gefühl, bei jedem Schritt an die ihn umgebende Mauer zu stoßen, kehrte er Yamana den Rücken zu, mit einer Heftigkeit, die ihm bis zu einem gewissen Grad selbst bewußt war; er zwängte sich zwischen Kakei und Tonomura hindurch, die ihm gegenüberstanden, und ging den anderen voraus, quer durch das Redaktionsbüro, das um diese Zeit nur spärlich besetzt war.

Am folgenden Tag hatten die Redaktionen zum ersten Mal seit dem Tod Shimoyamas vier Seiten zur Verfügung, und es war klar, daß die Zeitungen alle möglichen Dossiers in großer Aufmachung bringen würden. Hayami beschloß kurzerhand, Seite zwei mit einer Gesprächsrunde zu füllen. Tonomura, der junge Reporter S und der Fotograf Nakahara, die alle am Fundort der Leiche gewesen waren, würden dabei die Situation an diesem Tag schildern und die weitere Entwicklung, und im Zentrum des Gesprächs sollten ihre eigenen journalistischen Aktivitäten stehen; des weiteren würde Tonomura in einem Artikel – der Form nach eine weitere Gesprächsrunde mit ihm selbst als einzigem Teilnehmer – die jeweiligen Anhaltspunkte darstellen, die für die Selbstmord- bzw. die Mordtheorie sprachen. Kakei und Tonomura waren in diesem Punkt anderer Meinung, sie wollten einen Vergleich der beiden Theorien nicht in der Gesprächsrunde behandelt wissen, sondern darüber einen eigenen ordentlichen Artikel schreiben, der zu anderen Beiträgen überleiten sollte. Hayami jedoch beharrte auf seiner Idee mit einer Entschlossenheit, die ihn selbst verwunderte.

»Aber die Frage ist doch, ob es bei Shimoyamas Tod um Selbstmord geht oder um Mord!« sagte Kakei, und Hayami dachte: Tatsächlich, er hat ja zweifellos recht. Überrascht, daß ihm diese offensichtliche Tatsache erst jetzt bewußt wurde, erkannte er, daß er bislang an beiden Sichtweisen gleichzeitig festgehalten hatte, so als ginge es hier um den Tod an sich, der weder etwas mit Selbstmord noch mit Mord zu tun hat. Wenn die grausame Szene jenes verregneten Morgens vor seine Augen trat, die vielfach zerstückelten Leichenteile, verstreut über das Gleis der Jôban-Linie, dann breitete sich aus irgendeinem Grund in ihm stets ein Gefühl aus, ganz von selbst, jedoch mit einer gewissen Beharrlichkeit: daß, was er dort gesehen hatte, schlicht der Tod war, kein Selbstmord und auch kein Mord. So wie es unmöglich war, für das, was an die Küste beim Kap Shionomisaki geschleudert worden war, einen anderen Namen zu finden als einfach Tod, gab es hier nur eine Gewißheit – die Existenz des Todes.

»Die Selbstmord- und die Mordtheorie werden jedenfalls in

der Gesprächsrunde miteinander verglichen!« sagte Hayami in einem etwas schärferen Ton.

Seite drei sollte in großer Aufmachung einem Sonderthema gewidmet werden: Unter dem Titel ›Die Position der Gerichtsmedizin‹ wollte man – im Zusammenhang mit Fragen der Gerichtsmedizin und der polizeilichen Untersuchung – Fachvertreter verschiedener Universitäten zu Wort kommen lassen und ihre Antworten in einem Artikel zusammenfassen. Der Vorschlag fand die Zustimmung von Tonomura, Kakei und Yamana, und auch Hayami, von dem die Idee stammte, war wieder bester Dinge. Diese Sonderseite war als Herausforderung an Zeitung S gedacht, die lediglich das Obduktionsergebnis für wichtig hielt und sich groß darüber verbreitete, aber auch als unumgängliche Antwort auf die Schlagzeile in der Morgenausgabe: ›Selbstmordtheorie im Fall Shimoyama löst sich in Rauch auf‹. Man beschloß, den Universitätsreportern der Abteilung für Gesellschaftsnachrichten für diese Aufgabe drei junge Journalisten zuzuteilen. »Ich möchte selbst mit einem Gerichtsmediziner sprechen und persönlich seine Meinung hören. Ich bin also heute nachmittag für eine Stunde an der Universität Tôkyô«, sagte Hayami. Er hatte das Gefühl, er sollte diese Recherche nicht nur jungen Reportern überlassen.

Kakei sollte sich an diesem Tag ausschließlich um die Frau kümmern, auf die Ôkida gestoßen war; handelte es sich bei ihr wirklich um einen großen Fang, dann wollte man über sie eine Sondermeldung bringen, schonungslos und in großer Aufmachung – gleichgültig, was das Polizeipräsidium dazu meinte. Als das Gespräch auf dieses Thema kam, schien es Kakei nicht länger auf seinem Stuhl zu halten. Er meinte, daß seine Anwesenheit ja wohl nicht länger nötig sei, fügte hinzu: »Scheint wieder verdammt heiß zu sein heute«, dann erhob er sich als erster und verließ das Zimmer. Um ein Uhr machte sich Hayami mit dem Auto auf den Weg zur Universität Tôkyô. Leider waren in der gerichtsmedizinischen Abteilung weder Professor N noch Professor S anzutreffen, und Dr. M hatte, wie es hieß, soeben eine zweistündige außerplanmäßige Vorlesung begonnen.

Resigniert gab Hayami sein Vorhaben auf, sich mit den Professoren zu treffen, und verließ das Gebäude der Gerichtsmedizin. Er ging über den Campus, wobei er sich zum Schutz gegen die Sonne im Schatten der Bäume hielt. Und plötzlich stand er vor der zierlichen Gestalt von Satake Usan, der in der glühenden Hitze nicht einmal einen Hut trug.

»Ja, hallo!« Usan blieb stehen. »Ich wollte gerade zu dir«, sagte er und fuhr fort, ohne Hayamis Antwort abzuwarten: »Weißt du, ich komme soeben von der naturwissenschaftlichen Fakultät. – Und stell dir vor, Krapprot entspricht wirklich der Farbe, die ich hergestellt habe. Einem ungebildeten Menschen wie mir ist ja kaum zu helfen, und so wußte ich tatsächlich nicht, daß in Europa und in Asien die Bestandteile von Krapp verschieden sind. Jetzt, nach meinem Treffen mit Dr. Sugino, weiß ich allerdings Bescheid – Krapp enthält in Europa Alizarin. Und im Krapp, das aus Japan – aber was sage ich! –, das aus Asien stammt, fehlt diese Substanz völlig!«

Usan stand da, seine weißen Haare den kräftigen Sonnenstrahlen ungeschützt ausgesetzt, und lachte belustigt.

»Seit wann sind Sie hier?«

»Seit heute! Um acht habe ich kurzentschlossen das Haus verlassen.«

»Wir könnten irgendwo zu Mittag essen«, schlug Hayami vor, und Usan antwortete mit einem für sein Alter unpassenden Schwung: »Gut, abgemacht!« Es klang, als hätte er eine Geschäftsbesprechung zu einem befriedigenden Abschluß gebracht. Sie machten sich auf den Weg zum hinteren Tor der Universität. Usan scheint heute etwas aufgeregt zu sein, dachte Hayami.

Sie gingen in ein Lokal in einer Seitenstraße Hongôs, in dem Hayami schon einige Male gewesen war, sie setzten sich einander gegenüber an einen Tisch und nahmen ein einfaches Gericht zu sich, aber auch während des Essens schienen Usans Gedanken um Krapprot zu kreisen.

Usan hatte Hayami schon mehrmals von dieser Farbe erzählt.

Usan waren, im Hinblick auf Krapprot, erstmals vor sieben Jahren Zweifel gekommen, als er unter den Gegenständen im Shôsôin ein Banner gesehen hatte; es war am unteren Ende mit schmalen herabhängenden Stoffstreifen geschmückt. Die Partien der Stoffstreifen, die mit Krapprot gefärbt waren, wiesen ein wunderbar tiefes Zinnoberrot auf, das fast beispiellos schien. Hayami nun war es bei seinen Experimenten niemals gelungen, einen Farbton von ähnlicher Tiefe herzustellen. Färbte man im Altertum Stoffe, verwendete man als Beize lediglich Lauge, aber Usan machte in diesem einen Fall eine Ausnahme, ignorierte die alte Übereinkunft und ging so weit, als Beizmittel Kaliumbichromat und Zinntetrachlorid zu benützen und damit verschiedene Versuche anzustellen, aber das Rot, das er an den Stoffstreifen des Banners aus kaiserlichem Besitz gesehen hatte, stellte sich niemals ein.

Dies war bei seinen Forschungen das einzige Problem, das man, ja doch, bis zum heutigen Tag als ungelöst betrachten konnte. Bei dem Treffen mit Dr. Sugino, einem Spezialisten für Farbstoffe, hätten sich seine bisherigen Zweifel nun umgehend verflüchtigt.

»Bei der Herstellung von Krapp werden nämlich in Asien und in Europa die gleichen Pflanzen verwendet. Die sich allerdings in einem Punkt fundamental unterscheiden, nämlich dem, ob sie das Glykosid Alizarin enthalten oder nicht.«

Usan lachte wieder völlig unbeschwert und sagte dann: »Ich bin wirklich froh, daß ich heute kurzentschlossen nach

Tôkyô gekommen bin. Weißt du, mit Akashirotsurubami wurden die Obergewänder von abgedankten Tennôs gefärbt, und um diese Farbe zu bekommen, braucht man als Grundfärbung unbedingt Krapprot. Aber da ich ja nun ausgerechnet im Hinblick auf Krapprot Zweifel hatte, beschlichen mich ziemlich düstere Gedanken, wenn ich an Akashirotsurubami dachte, dessen Herstellung mir so sehr am Herzen liegt.«

Hayami hörte Usan zu, während er sich an den Brief erinnerte, den er am Tag zuvor von Keiko erhalten hatte, den Brief, in dem sie ihm schrieb, daß ihr Vater die edelsten Farben des Heian-Hofes herstellen wollte, jene Farben, die symbolisch für Tennôs, abgedankte Tennôs und Kronprinzen standen, und daß ihr Vater ihm diese Farben zeigen wollte.

Als Hayami das erwähnte, meinte Usan:

»Genau das will ich auch! Ich habe dir so viel zu verdanken und weiß nicht, wie ich es wieder gutmachen soll. Und darum möchte ich dir die Farben zeigen. Die Farben, weißt du!«

Wenn alles problemlos verlaufe, erklärte Usan, müsse man schon allein mit drei Wochen rechnen, bis er mit der Hajizome-Färbung fertig sei, und selbst wenn er sich sofort an die Arbeit machte, würde es wohl Anfang September werden, ehe er Stoffmuster mit Hajizome, Akashirotsurubami und Ôtan eingefärbt hätte.

Als das Gespräch über Usans Studien beendet war und es nichts mehr gab, worüber sie hätten reden können, sagte Usan in einem Ton, als fiele ihm plötzlich ein, daß er sich noch nicht einmal nach Hayamis Befinden erkundigt hatte:

»Tut mir leid, daß ich dich neulich im Verlag belästigt habe! Du steckst vermutlich immer noch bis über beide Ohren in Arbeit, oder?«

Als Hayami antwortete, er schlafe wegen des Shimoyama-Falls zur Zeit im Verlag, zeigte sich Usan zwar ein wenig erstaunt, fragte dann aber lediglich: »Dieses Geschrei von wegen Mord oder Selbstmord! Was war es denn nun eigentlich?« Es klang, als sei der Tod von Generalpräsident Shimoyama, als sei diese gesellschaftliche Sensation nicht dazu angetan, sonderliches Interesse bei ihm zu wecken.

Hayami erzählte von den gegensätzlichen Positionen der Zeitung K und der Zeitung S, und Usan meinte: »Ich seh schon, das Problem ist schwierig. Wenn man Herrn Shimoyama nicht fragt, wird man nie wissen, was wirklich geschah.« Ein extrem einfaches Urteil, ein Urteil, wie es typisch für Usan war. Dennoch, diese desinteressierten Worte eines Außenstehenden, der den Fall mit distanziertem Blick betrachtete, kamen Hayamis Gefühlen mehr entgegen als alles, was er bislang über diesen Fall gehört hatte.

Mit einem Gefühl der Reinheit, die in sein erschöpftes Herz eindrang, starrte Hayami eine Weile auf Usans kurzärmliges Sommerhemd, das sauber gewaschen, aber nicht gestärkt war. Als er vom Stuhl aufstand, spürte er, daß die Mauer, die ihn umgab, irgendwann während des kurzen Gesprächs mit Usan entfernt worden war und er selbst still und fügsam wurde, wie ein Schüler in Gegenwart seines alten Lehrers.

Nachdem er schon einmal in der Hauptstadt war, wollte Usan die Gelegenheit nützen und nach antiquarischen Büchern suchen, und da er zudem die Absicht hatte, am nächsten Tag noch einmal zur Universität zu fahren, um Tabellen für pflanzliche Farbstoffe zu exzerpieren, fragte er Hayami, ob er nicht eine passende Unterkunft für die Nacht wüßte. Hayami beschloß, ihn zu einem kleinen Gasthof im Viertel Yûrakuchô unweit des Zeitungsverlags zu bringen, im dem Abteilungsleiter Yamana übernachtete, seit Shimoyamas Leiche entdeckt worden war. Diese Unterkunft war gerade richtig – zwar etwas laut, dafür war die Atmosphäre dort ungezwungen.

Er begleitete Usan im Taxi bis zum Gasthof und kehrte dann in den Verlag zurück.

Bei seinem Eintreffen wartete Tonomura bereits mit dem fertigen Artikel über die Gesprächsrunde auf ihn.

»Sei so nett und wirf einen Blick darauf«, meinte Tonomura. »Wenn nichts dagegen spricht, möchte ich nämlich demnächst zum Polizeipräsidium.«

Seit diesem Tag waren zwei junge Reporter in Gotanno stationiert, die die Untersuchungen des Leichenfundorts durch das Zentrale Fahndungsdezernat im Auge behalten sollten, während Tonomura und die anderen Journalisten von dort abgezogen worden waren, um wieder im Polizeipräsidium Posten zu beziehen.

Der Artikel, auf den man Tonomura angesetzt hatte, war genau, fehlerlos und derart perfektionistisch, daß von ihm etwas abweisend Nüchternes ausging. Tonomura nahm auch bei seinem Vergleich der Selbstmordtheorie und der Mordtheorie in jeder Hinsicht einen ausgewogenen Standpunkt ein. Shimoyama hatte sich in der Gegend nicht ausgekannt; er hatte keinen Abschiedsbrief hinterlassen; ein Auto war zu mitternächtlicher Stunde in der Nähe des späteren Fundorts gehört worden; Shimoyama selbst hatte die eine oder andere Bemerkung fallenlassen, die darauf schließen ließ, er befinde sich in Lebensgefahr; die Position der Leiche legte die Annahme nahe, daß es sich um Mord handelte; die Autopsie in der gerichtsmedizinischen Abteilung hatte ergeben, daß Shimoyama nach seinem Tod überfahren worden war; und schließlich und endlich – und dies war auch die von der Allgemeinheit gehegte Auffassung – schien es fast ausgeschlossen, daß ein Mann wie Shimoyama, immerhin Generalpräsident der Staatsbahn, auf diese Weise in den Tod gehen würde. Dies waren die von Tonomura aufgeführten Punkte, welche die Mordtheorie stützten. Dem stellte er die Anhaltspunkte gegenüber, die für Selbstmord sprachen. Augenzeugen waren aufgetaucht; Shimoyamas Verhalten und Benehmen am Tag vor dem Unglück deutete auf geistige Verwirrung hin; es war mittlerweile fast zur Gewißheit geworden, daß er zu Fuß in der Nähe des späteren Fundorts unterwegs gewesen war, und die für die Untersuchung des Fundorts verantwortlichen Beamten waren intuitiv der Meinung, es handle sich um Selbstmord.

»Den Gasthof S habe ich im Artikel nicht erwähnt. Es hat sich nämlich immer noch nicht bestätigt, daß die Person, die dort aufgetaucht ist, tatsächlich Shimoyama war, und so habe ich mich bei diesem Punkt zurückgehalten – eigentlich schade. Das Zentrale Fahndungsdezernat allerdings hat den Gasthof keineswegs von seiner Liste gestrichen.«

Da die Sondermeldung über den Gasthof S auf ihn selbst zurückging, schien ihn dieser Punkt stärker als nötig zu belasten.

»Der Artikel ist doch in Ordnung! War sicher nicht einfach, ihn zu schreiben«, sagte Hayami, als er das Manuskript zu Ende gelesen hatte.

»Meinst du? Na, dann bringen wir ihn in dieser Form! Aber eines möchte ich dir noch sagen. Ich hab den Artikel zwar geschrieben, aber all die Punkte, die für die Mordtheorie zu sprechen scheinen, tun das in Wirklichkeit mitnichten! Ich bin mir beim Schreiben ziemlich blöd vorgekommen. Hörst du zu?! Er soll also nicht ortskundig gewesen sein, aber natürlich kannte er sich dort aus. Die Polizei hat das bislang nur nicht bekanntgegeben. Was das Auto angeht, das mitten in der Nacht gehört wurde – im Polizeipräsidium werden noch heute oder morgen alle Autos überprüft, die in der fraglichen Nacht am Fundort vorbeigefahren sind! Und was die Position der Leiche angeht – die spricht je nach Sicht der Dinge sowohl für Selbstmord wie auch für Mord. Der einzige fragliche Punkt ist, daß Shimoyama nach seinem Tod überfahren wurde, aber wie dem auch sei, da es dabei um eine wissenschaftliche Untersuchung geht – Nun, die Frage ist nur, vertraut man darauf, daß die Untersuchung perfekt war, oder vertraut man nicht darauf«, sagte Tonomura ein wenig schroff zu Hayami, so als wollte er sagen: Egal, wie der Artikel aussieht, den ich geschrieben habe, ich möchte dir zumindest klarmachen, wie ich den Fall tatsächlich sehe. »Ich verstehe«, sagte Hayami.

»Ja, bis zu einem gewissen Grad vermutlich schon«, antwortete Tonomura und lächelte gezwungen. »Aber ich glaube nicht unbedingt, daß ihr, du und der Abteilungsleiter, hundertprozentig versteht, worum es geht.«

Yamana, der an Hayamis Nebentisch saß und die Unterhaltung der beiden verfolgte, fühlte sich von Tonomuras Bemerkung, die er allerdings in einem etwas anderen Sinn auffaßte, schmerzlich berührt. Es war zwar nicht seine Schuld, aber tatsächlich hatte der Verlag noch immer keine klaren Richtlinien für die Berichterstattung in diesem Fall festgelegt. Auch als Yamana in einer Sitzung der Verlagsleitung die Entwicklung des Falls und die vorliegenden Informationen erläuterte, hatte sich niemand gefunden, der eine verantwortungsvolle Meinung zum Vorgehen der Zeitung geäußert hätte. Kein einziger hatte sich gefunden, der gefordert hätte, bei der Selbstmordtheorie zu bleiben, und die gegenwärtige Berichterstattung damit entschieden unterstützt hätte – genausowenig wie sich jemand gefunden hatte, der die bisherige Vorgehensweise frontal angegriffen hätte. Am Anfang, am ersten und zweiten Tag, hatte der ein oder andere eine energische Meinung zur Aufmachung der Zeitung vertreten, aber nun, da sich nach fünf Tagen immer noch keine Lösung des Falls abzeichnete, hielt sich jeder mit Einmischungen zurück. Der Leitartikel, von Tag zu Tag verschoben, erschien schließlich überhaupt nicht. Die Sitzungen der Verlagsleitung erfüllten ihren Zweck nicht, denn keiner der Verantwortlichen ordnete irgend etwas an. Es hatte den Anschein, als wollte man Yamana, der sich aufgrund seiner Position mit allen Aspekten des Falls beschäftigen mußte, die gesamte Verantwortung übertragen.

Yamana war nicht der Meinung, daß sich Zeitung K mit ihrer gegenwärtigen Berichterstattung auf dem falschen Weg befand. Er vertraute Hayami aus der Redaktion, der ausschließlich der Spur der polizeilichen Ermittlungen folgte, und er vertraute den Argumenten Kakeis und Tonomuras, die vor Ort recherchierten und an Selbstmord glaubten. Eine ganz andere Frage war allerdings, ob der Fall sich am Ende als Selbstmord oder Mord herausstellte. Denn ob die gegenwärtige Berichterstattung sich als Erfolg oder Mißerfolg erwies, hing mit dem Geheimnis zusammen, das sich hinter diesem Fall verbarg, der weder zu Hayami noch zu Kakei und Tonomura in irgendeiner Verbindung stand. Zusätzlich erschwert wurde Yamanas Stellung als Leiter der Abteilung für Gesellschaftsnachrichten durch die neuerdings aufkeimende Kritik seitens der Geschäftsabteilung, die befürchtete, die bislang praktizierte Berichterstattung würde den Absatz der Zeitung negativ beeinflussen. Yamana war entschlossen, Hayami bei der Gestaltung der Seiten freie Hand zu lassen. In den über zwanzig Jahren seines Journalistenlebens war er noch nie mit einem derart ungewöhnlichen Fall konfrontiert gewesen, und in seinem Alter war er nicht mehr kindisch genug, um auf seiner Meinung zu beharren; zudem wußte er als erfahrener Journalist zur Genüge, wie gefährlich es war, sich ausschließlich auf das eigene Urteil zu verlassen. Falls die Würfel fielen und auf Mord zeigten, dann hatte er, als Abteilungsleiter, seiner Meinung nach lediglich die Pflicht, das Chaos zu beseitigen, das in dieser Situation in der Zeitung ausbrechen würde. Sollte sich der Fall noch an diesem Tag als Mord erweisen, hatte er mehrere Pläne bereit, die er ständig auf ihre Tauglichkeit hin überprüfte, Pläne, mit denen er auf geschickte und keinesfalls unnatürlich wirkende Weise für einen Umschwung in der Berichterstattung sorgen würde. Als Gesamtverantwortlicher für die Herstellung der Zeitung hielt er es darüber hinaus für geboten, in diesem Fall den Verlag zu verlassen. In den Augen von Kakei, Tonomura und den vor Ort recherchierenden jungen Reportern jedoch wirkte sein Verhalten seltsam unzuverlässig, so als ließe es Yamana, der für die Recherchen verantwortlich war, an tatsächlichem Engagement fehlen.

Als wäre er nicht überzeugt, mit seinen Argumenten Gehör gefunden zu haben, fügte Tonomura, an Hayami gewandt, sogleich hinzu:

»Daß kein Abschiedsbrief vorhanden ist, dazu hat Ôkida eine eigene Meinung. Er meint, daß nur extrem wenige von denen, die nach dem vierzigsten Geburtstag Selbstmord begehen, einen Abschiedsbrief hinterlassen. Junge Selbstmörder schreiben Abschiedsbriefe, sie suchen sich den Ort aus, an dem sie sterben werden, und sie gehen auf möglichst schöne Weise in den Tod, während sich der Großteil der Selbstmörder in mittleren und späteren Jahren einen Teufel um diese Dinge schert. Ich weiß nicht, wie es bei Shimoyama gewesen ist, Ôkida jedenfalls ist der Meinung, daß der fehlende Abschiedsbrief keinerlei Anlaß dafür bietet, in diesem Fall keinen Selbstmord zu sehen.«

Hayami fand Ôkidas Meinung, fand diese Einschätzung von Abschiedsbriefen aus der Feder von Selbstmördern interessant.

Auch einmal abgesehen vom Fall des Generalpräsidenten Shimoyama – es war, dachte Hayami, tatsächlich so, wie Ôkida sagte: Hinter den Selbstmorden von Menschen in mittleren Jahren verbarg sich kein einfacher Beweggrund, den man in einem ein- oder zweiseitigen Abschiedsbrief beschreiben konnte, sondern etwas Rätselhaftes von unendlicher Kompliziertheit, das sich dem Verständnis anderer entzog. Las man in diesem Licht die kurzen Nachrichten über

Selbstmörder in mittleren Jahren, die tagtäglich auf Seite drei in den Zeitungen standen, dann spürte man die blutige Grausamkeit des Lebens, eine Grausamkeit, die an einen todbringenden Schwerthieb erinnerte. Der Selbstmord von jungen Menschen hingegen –, dachte Hayami. Zorn stieg in ihm hoch, Zorn auf junge Menschen, die, wie ihm schien, nur mit dem Leben spielten, es nicht achteten. In diesem Moment dachte er an Harumis Tod, die jetzt fern von ihm war und ständig kleiner wurde.

Fast zur gleichen Zeit, als sich Tonomura auf den Weg zum Polizeipräsidium machte, traf in der Redaktion per Telefon der Artikel für Seite drei ein, der Sonderbericht mit dem Titel ›Die Position der Gerichtsmedizin‹.

Doktor N von der Universität Tôkyô war der Meinung, die Gerichtsmedizin müsse sich sozusagen mit der Kriminalistik vereinigen. Sie sei eine Disziplin, die sich – ausgehend vom Befund der Spuren, die man an Opfern feststellen könne – mit dem tatsächlichen Geschehen bei einem Verbrechen beschäftige, und Gerichtsmedizin und polizeiliche Ermittlungen verhielten sich im Idealfall zueinander wie die zwei Seiten einer Münze. Im Unterschied zur Polizei jedoch, die unmittelbar Verbrechen und Täter verfolge, gehe es bei der Gerichtsmedizin um wissenschaftliche Beweise. Ein weiterer Gerichtsmediziner, Doktor K von der Universität E, vertrat hingegen den Standpunkt, die Gerichtsmedizin sei keineswegs allgemeinen polizeilichen Ermittlungen überlegen, sondern müsse unter allen Umständen als Glied in der Kette der Gesamtuntersuchungen betrachtet werden. Die Meinungen zweier Autoritäten aus der Gerichtsmedizin unterschieden sich mehr oder minder in der Frage, welche Position die Gerichtsmedizin einnehmen sollte. Und diese unterschiedlichen Meinungen spiegelten sich auch in der Beurteilung der Frage wider, welcher Wert dem Ergebnis der Obduktion an der gerichtsmedizinischen Abteilung der

Universität Tôkyô beizumessen war. Hayami hatte in einer anderen Zeitung einen Artikel gelesen, in dem Doktor N in ziemlich scharfer Form Zweifel an der Bedeutung des Befunds angemeldet hatte, Shimoyama sei nach seinem Tod überfahren worden.

Hayami wies die Endredaktion an, die Stellungnahmen von Doktor N und Doktor K völlig gleichberechtigt zu behandeln, und bat darum, erstere mit der Überschrift ›Das Ideal – Vereinigung mit polizeilichen Ermittlungen‹ zu versehen und letztere mit der Überschrift ›Ein Glied in der Kette der Gesamtuntersuchungen‹. Die Leser würden auf jeden Fall in aller Deutlichkeit erkennen, daß keiner der beiden die Ansicht vertrat, die Gerichtsmedizin sei der polizeilichen Ermittlungsarbeit überlegen, und damit würde der Sonderbericht seinen Zweck erfüllen.

Nachdem Hayami die Artikel, die sich auf seinem Tisch angesammelt hatten, fürs erste geordnet und an die Endredaktion weitergeleitet hatte, brach er mit Yamana, der ihn eingeladen hatte, zum Café P in Sukiyabashi auf. Unterwegs stieß Yamana Hayami an und rief: »Ja, sieh mal, was da hängt!«

Hayami blickte in die Richtung, in die Yamana wies, und sah in einer Ecke der Überführung am Bahnhof Yûrakuchô einen an die Wand geklebten Zettel mit der Aufschrift: Laßt euch nicht von den Gerüchten über den Fall Shimoyama verwirren! Nieder mit den Zeitungen der Bourgeoisie und der Reaktion!

»Ich bin zutiefst gerührt, daß unsere geliebte Zeitung K auf dem Zettel nicht erwähnt wird!« meinte Yamana. Und tatsächlich, unter den Namen mehrerer großer Zeitungen, die hier zur Zielscheibe der Kritik wurden, fehlte der Name der Zeitung K.

Der Zettel war für Zeitung K, die in der Vergangenheit von der Linken stets als führendes Blatt der Bougeoisie angegriffen worden war, leicht beschämend.

»Andererseits, wenn das so weitergeht, erleben wir noch ein ziemliches Theater!«

Hayami befürchtete – und Yamana ohnehin –, daß das Vorgehen der Zeitung K im Fall Shimoyama in intellektueller und politischer Hinsicht mißverstanden werden könnte. Ihm war irgendwo zu Ohren gekommen, daß teilweise das Gerücht verbreitet wurde, die Gruppe der Rechercheure der Zeitung würde von Linken dominiert.

In diesem Moment kam Kakei, den man letzten Endes als den Anführer dieser Linken bezeichnen mußte, in Begleitung eines jungen Reporters schweißüberströmt aus Richtung Hibiya auf sie zu; sie schienen auf dem Rückweg vom Polizeipräsidium zum Verlag zu sein, und Kakei trug einen Anzug, den ein Linker niemals getragen hätte.

»Ôkida hat erklärt, daß die Frau – ihr wißt schon, wen ich meine – nun doch nichts mit dem Fall zu tun hat«, sagte Kakei, dem der Schweiß auf geradezu erbarmungswürdige Weise über das Gesicht lief.

»Wir haben mit ihr gesprochen, und wir haben ihren persönlichen Hintergrund überprüft – alles umsonst! Das wird bestenfalls ein zweispaltiger Artikel. Zumindest ist jetzt eines klar: Shimoyama kannte sich in der Gegend aus. Er ist den Damm am Arakawa entlanggegangen, und zwar entgegen der Richtung, die in Sôsekis Roman ›Higansugi made‹ beschrieben ist.«

Yamana fragte ihn, wie es mit einem Kaffee wäre – Kakei dachte einen Moment nach und winkte dann ab. Als Hayami ihn auf den Zettel hinwies, warf er einen flüchtigen Blick darauf und sagte mit einem kurzen Lachen: »Sieht so aus, als müßten wir uns schämen!« Doch als habe er den Zettel schon wieder vergessen, lächelte er schon im nächsten Moment gezwungen und meinte, nun könnte man doch alles auf eine Karte setzen und über Shimoyamas Ortskenntnisse berichten, dann drängte er den jungen Reporter zum Aufbruch und verschwand mit ihm in Richtung Verlag in der Menschenmenge.

Nachdem Hayami die Verlautbarung des Polizeipräsidiums, die Ermittlungen seien nun in Phase zwei eingetreten, zur Topmeldung gemacht hatte und es abzusehen war, daß die Seite drei irgendwie Gestalt annehmen würde, wenn er verschiedene kurze Nachrichten verwendete – Nachrichten wie die, daß die Fingerabdrücke des Mannes, der im Gasthof S abgestiegen war, sich nicht für einen Vergleich eigneten, oder die, daß man sich an der Universität Tôkyô mit allen Kräften um den Nachweis von Gift in Shimoyamas Leiche bemühte, oder auch die, daß das Verhalten des Lokführers überprüft wurde, der den Y-Güterzug gefahren hatte –, brach er mit einer Gruppe von etwa zehn Kollegen, unter ihnen Kakei und Tonomura und mehrere Reporter, die seit der Auffindung der Leiche tagelang in der Stadt unterwegs gewesen waren, ohne auch nur einmal nach Hause zu gehen, zu einem kleinen Restaurant in Shinbashi auf, wo Kakei regelmäßig verkehrte, um dort im ersten Stock im Rahmen einer bescheidenen Feier das weitere Vorgehen zu besprechen und den Kollegen für ihre Mühe zu danken. Es war kurz vor acht.

»Die Verlautbarung, die Ermittlungen im Zentralen Fahndungsdezernat seien in Phase zwei eingetreten, bedeutet, daß keinerlei Aussicht auf eine baldige Lösung des Falls besteht. Und das heißt, daß sich auch unsere Zeitung weiterhin mitten im Kampfgetümmel befindet. Deshalb ist es sinnlos, daß wir, wie bisher, auf gut Glück in der Stadt herumlaufen«, sagte Kakei bei dieser Feier.

Er hatte recht – denn betrachtete man die Informationen, die im Fall Shimoyama von allen Seiten zusammengekommen waren, im Gesamtzusammenhang, dann schienen sich die Anzeichen zu verdichten, daß der Tod des Generalpräsidenten ein ungelöstes Rätsel bleiben würde. Die Zeitung hatte sich ebenfalls auf einen langen Kampf eingestellt, und es mochte sein, daß die einschlägigen Artikel, vielleicht schon ab morgen, von Seite eins verschwinden und als Gesellschaftsnachrichten fast nur noch auf Seite zwei oder drei gebracht werden würden. Daß die Endredaktion genau diese Absicht verfolgte, war auch Hayami bereits zu Ohren gekommen. Jetzt, da die erste chaotische Zeit nach dem Auffinden der Leiche vorbei war, hatte es wenig Sinn, wie Kakei sagte, sich auf die Jagd nach Sondermeldungen zu begeben, denn allem Anschein nach war es ziemlich ausgeschlossen, daß sich noch etwas ereignete, das eine Sondermeldung verdiente, und selbst wenn man sich bei der Berichterstattung auf Nachrichten konzentrierte, schien es wenig wahrscheinlich, daß man so schnell auf neue Nachrichten stoßen würde. »Natürlich sollten wir uns auch noch anhören, was Hayami dazu meint«, sagte Kakei an die jungen Reporter gewandt und fuhr fort: »Ich denke, wir haben nur eine Möglichkeit: Wir sollten an dieser Stelle einmal all das bilanzieren, was im Fall Shimoyama bislang geschehen ist, anschließend das Zentrale Fahndungsdezernat genau im Auge behalten und auf Basis der von dort kommenden neuen Nachrichten weiterberichten, den jeweiligen Umständen entsprechend. Bei unserer Bilanz sollten wir die Spuren anführen, die Generalpräsident Shimoyama hinterließ, und ausnahmslos alle Punkte, die als gesichert gelten können, in eine zeitliche Reihenfolge bringen – das heißt, wir sollten eine Chronologie des Materials erstellen, das bei den polizeilichen Ermittlungen zutage gefördert wurde, und ich frage euch, was ihr von einem Artikel halten würdet, in dem der Zeitpunkt ermittelt wird, ab dem sich Shimoyamas Spuren verloren. Wir sollten den Fall wirklich unter einem chronologischen Gesichtspunkt verfolgen. Ich bin mir sicher, ein solcher Artikel würde die Aufmerksamkeit der Leser auf sich ziehen.« Hayami, der bei Kakeis Ausführungen das Gefühl hatte, ein derartiger Zeitungsbericht ziele bei den Lesern auf ein Interesse ab, wie es von Kriminalromanen befriedigt wird, und treibe mit dem Tod eines Menschen ein grausames Spiel, wollte von dem Vorschlag nichts wissen, aber erwartungsgemäß teilten auch die anderen Kakeis Meinung.

»Ich soll also nur auf das Interesse der Leser spekulieren! Was für ein schlechter Scherz!« sagte Kakei gereizt. »Ich will lediglich herausfinden, was bei diesem Fall tatsächlich geschehen ist, und wenn du dir das vor Augen hältst, müßtest du eigentlich wissen, daß ich nicht auf die Sensationslust der Leser spekuliere! Haben wir denn nicht wie verrückt gekämpft, um über Fakten berichten zu können!? Und hätten wir das gekonnt, wenn es uns um Effekthascherei und Sensationen gehen würde!?«

Es war so, wie Kakei sagte. Für eine derart unseriöse Haltung war während der Arbeit, die er in den letzten vier, fünf Tagen geleistet hatte, wirklich kein Raum gewesen. Man konnte sagen, daß er in dieser Zeit sogar Essen und Schlafen vergessen hatte. Wie es hieß, hatte er an der Universität aus irgendeinem Grund Theologie studiert, schien aber einer jener wenigen seltsamen Menschen zu sein, die das Licht der Welt erblicken, um Journalist zu werden. Hayami wußte nicht, ob Kakei zwischenzeitlich seiner Familie Geld gebracht hatte, jedenfalls sprach nichts dafür, daß er auch nur einmal zu Hause gewesen war. Irgendeine Art von Besessenheit, die nichts mit seiner Jugend zu tun hatte, auch nichts mit seinen Überzeugungen und seinem Denken, ließ ihn zwischen Gotanno, dem Polizeipräsidium und dem Verlag hin und her hasten, ohne daß er sich sonderlich erschöpft fühlte.

Als sich in der Runde ein gewisses Gefühl von Peinlichkeit auszubreiten drohte, mischte sich Tonomura ein, er schlug einen vermittelnden Ton an: »Aber was spricht denn gegen diese Idee! Machen wir das doch! Ich jedenfalls finde den

Vorschlag gut. Der Artikel könnte zu einem Rückblick auf die Entwicklung der bisherigen Ermittlungen werden, und alles, was sich dabei ergibt, wird naheliegenderweise für die Selbstmordtheorie sprechen. Also, warum machen wir's nicht!«

Hayami hatte zwar immer noch mehr oder minder große Vorbehalte hinsichtlich der Form des Artikels, aber auch er stimmte zu; konnte er doch, wie er dachte, bei der letzten Überarbeitung die ein oder andere Korrektur anbringen. Nachdem der Plan angenommen war, bestimmte Kakei drei junge Reporter, die den Artikel schreiben sollten. Hayami erkannte in diesem Moment, daß der Plan Kakeis Sorge entsprungen war, einer für ihn, den Chef der Reporter, typischen Sorge um diese drei jungen Männer, die seit Tagen auf den Beinen waren, ohne einen einzigen zusammenhängenden Artikel geschrieben zu haben.

Bei ihrem Gespräch über das Dossier tauchte ein Problem auf. Sechzehn Minuten vor dem Güterzug, der um null Uhr zwanzig den späteren Fundort passiert und Shimoyama überfahren hatte, war bereits ein anderer Güterzug an dieser Stelle vorbeigekommen, und die Frage war, inwieweit die Lichter dieses Zuges den Fundort erfaßt hatten. Einige meinten, die Lichter hätten den gesamten Damm, auf dem die Schienen verliefen, beleuchtet, andere meinten, daß ein Mensch, selbst wenn er auf dem Damm stand, wahrscheinlich nicht vom Licht erfaßt wurde, und wieder andere vertraten die Ansicht, daß das Licht zwar auf den späteren Fundort fiel, nicht jedoch auf den Damm links und rechts vom Gleis.

»Na schön, wir sollten uns mit eigenen Augen überzeugen. Solange die Frage nicht geklärt ist, können wir den Artikel nicht schreiben«, sagte einer der drei Reporter, und die anderen zwei meinten, wenngleich eher unwillig, dann sollte man doch am besten gleich fahren. Schließlich kam man überein, daß die drei Reporter, die den Artikel schreiben sollten, zum Schauplatz des Geschehens fahren würden, um zu überprüfen, inwieweit der Damm von den Lichtern des Güterzuges 260 erfaßt wurde, der den späteren Fundort der Leiche um null Uhr vier passierte.

»Wir können mit meinem Wagen fahren!« sagte einer der drei Reporter, die kurz nach neun die kleine Feier verließen. Zusammen mit den drei Männern, die sich auf den Weg nach Gotanno machten, brachen auch die anderen jungen Reporter auf.

Kakei, Tonomura und Hayami blieben und tranken zu dritt weiter, als plötzlich ein Anruf für Hayami kam. In der Meinung, es sei jemand vom Verlag, ging er ans Telephon, überraschenderweise meldete sich jedoch Usan und sagte:

»Könntest du nicht zu mir herüberkommen?« Er hatte im Verlag angerufen und erfahren, wo Hayami sich aufhielt.

»Soll ich dich wirklich jetzt noch belästigen? Ich hab schon etwas getrunken«, antwortete Hayami und fügte – auch weil er dachte, er würde Usan in dessen Unterkunft tatsächlich stören – hinzu: »Ich bin ganz in deiner Nähe, was hältst du davon, hierherzukommen? Ich sitze gerade mit Kollegen bei einem Glas zusammen.«

»Ich komme!« sagte Usan munter. Seine Unterkunft lag vom Restaurant nur einen Steinwurf entfernt, und so traf er keine zehn Minuten später ein, bekleidet mit einem Yutaka des Gasthofs.

Er spähte in den Raum, meinte, da bist du ja, setzte sich an den Tisch und sagte entschuldigend, er habe nicht schlafen können, da im Zimmer nebenan Mah-Jongg gespielt werde.

Es war bereits zehn vorbei, und Kakei und Tonomura waren ziemlich betrunken.

Vielleicht lag es auch an seiner tagelangen Erschöpfung, Tonomura wurde jedenfalls schrecklich kindisch, sobald der Alkohol zu wirken begann. Seit geraumer Zeit äußerte er sich voller Bewunderung und mit einer gewissen Sentimentalität über Kommissar Marutas Worte, es gebe nur eine Wahrheit, und kaum hatte Usan, der ihm daraufhin einen arglosen Blick zuwarf, fünf, sechs Gläschen Bier hinuntergestürzt, sagte auch Usan, der die Worte auf eigene Weise zu interpretieren schien: »In der Tat! Es gibt nur eine Wahrheit!« Sobald die Worte über Usans Lippen kamen, erwachten sie seltsamerweise zum Leben und sickerten in Hayamis Herz.

»Wahrheit gibt's nur eine!« sagte Usan noch einmal, und im selben Moment spürte Hayami, wie sich in seinem Körper ein Gefühl ausbreitete wie von steigendem Wasser. Ein Weile starrte er geistesabwesend auf Usan, die Augen leicht vom Alkohol gerötet.

Kurz darauf erhob sich Tonomura, weckte Kakei auf, der, ohne besonders viel getrunken zu haben, eingeschlafen war und leise schnarchte, und verließ das Restaurant mit einem kurzen Gruß an Hayami und Usan.

Gelegentlich war Hayami in Usans Haus zwar mit Sake bewirtet worden, aber so betrunken wie heute, dachte er, habe ich noch nie vor ihm gesessen. Usan sah älter aus, als er bei sich zu Hause jemals ausgesehen hatte, und wirkte entsetzlich armselig und einsam, wie er am Tisch saß, die Ärmel seines Yukatas hochgekrempelt, die knochigen Schultern teilweise entblößt.

Nachdem sich seine Probleme mit Krapp im Handumdrehen in nichts aufgelöst hatten, hatte er am Tag heiter gewirkt, voll freudiger Erregung, doch nun vermittelte er den Eindruck, er habe etwas Wichtiges verloren, so als wäre das ungelöste Problem seiner Forschungen für ihn eher eine Stütze gewesen. Ein Eindruck, als seien Alter und Einsamkeit seine einzigen Begleiter.

Wahrheit gibt's nur eine, hatte sein alter Lehrer gesagt, und Hayami hatte gespürt, daß in diesem Moment etwas wie aufgeregte Leidenschaft in Usan aufgelodert war. Im Hinblick auf die Farben des Altertums hatte er unzählige Bruchstücke dieser Wahrheit in seinem Kopf gespeichert. Eine Wahrheit, die er nach langen Jahren unbeachteter und unauffälliger Forschungen, die außer ihm wohl niemand anstellen würde, zwischen seinen tatsächlich von verschiedenen Farben verfärbten Fingerspitzen hielt. Eine Wahrheit, die lediglich in seinem alten Körper wohnte, solange sie nicht in Buchform veröffentlicht wurde. Der Anblick Usans, der dasaß und trank, erfüllt von vielerlei Dingen, die er der Welt beweisen wollte, bewegte Hayami zutiefst, gleichzeitig aber hatten ihn Usans Worte in einen Strudel anderer Erinnerungen gezogen, Erinnerungen, die ausschließlich die seinen waren.

Plötzlich überkam Hayami der Impuls, seinem alten Lehrer zu gestehen, daß ihn seine Frau Harumi zweifellos geliebt hatte. Er war sich fast sicher, daß Usan bereit wäre, sich still in die Gefühle jener jungen Frau zu versetzen, mit der er in ferner Vergangenheit, vor sechzehn Jahren, verheiratet gewesen war.

Hayami starrte eine Weile auf seinen alten Lehrer, den einzigen Menschen auf der Welt, mit dem er über seine Frau reden könnte; plötzlich aber, als er seine eigene Schwäche bemerkte, fuhr er zusammen und zwang sich, nicht mehr daran zu denken.

Nach einer Pause sagte Usan ein wenig zögernd: »Ich wollte schon lange einmal etwas mit dir besprechen –« Im selben Moment fühlte Hayami, wie er blaß wurde, und augenblicklich ergriff von ihm das Gefühl Besitz, zu wissen, was Usan mit ihm besprechen wollte, und wie erwartet sagte Usan: »Na ja, es geht um Keiko.« Hayami schwieg und führte sein Glas zum Mund.

Usan sagte, daß einige seiner Verwandten die Verheiratung Keikos angesprochen hatten und er sich glücklich schätzen würde, wenn Hayami sie zur Frau nähme, vorausgesetzt natürlich, er verspüre überhaupt diesen Wunsch.

»Ich habe Keiko noch nicht nach ihrer Meinung gefragt, kann mir aber nicht denken, daß sie etwas dagegen hätte.«
Hayami sah sich außerstande, eine Antwort zu geben. Ihm war, als würde es ihm nicht gelingen, so rasch aus seinen privaten, deprimierten Gedanken aufzutauchen, in die er bis eben versunken gewesen war. Er hatte das Gefühl, daß der Name Keiko in seltsam verzerrter Form an seiner Stirn vorbeistrich.
Hayami saß da wie in die Ecke gedrängt, umklammerte mit der rechten Hand das Glas und starrte in die gelbe Flüssigkeit.
»Ich weiß, was mit dir passiert ist. Und es würde mich auch nicht sonderlich wundern, wenn Keiko ebenfalls Bescheid wüßte«, sagte Usan plötzlich.
Im ersten Moment begriff Hayami nicht, was die Worte bedeuteten, doch als ihm klar wurde, daß sein alter Lehrer auf Harumis Selbstmord anspielte, blickte er auf und sah Usan an. Wie getrieben von einem Gefühl, das er nicht kontrollieren konnte, beugte er sich wortlos über den Tisch, Usan entgegen, und versuchte etwas zu sagen. Doch seine Stimme versagte ihm. Ich frage dich, was du weißt?! Was!? Er hatte das Gefühl, mit voller Wucht ins Gesicht geschlagen worden zu sein.
Sein Benehmen schien auch in Usans Augen unnatürlich zu wirken, denn er seufzte: »Da habe ich wohl etwas gesagt, das ich nicht hätte sagen dürfen. Faß es bitte nicht falsch auf!«
Usan saß unmittelbar vor ihm, so nah, daß er ihn berühren konnte, und schien doch, von einem Moment auf den anderen, unendlich fern zu sein. Für Hayami war er in diesem Augenblick klar und deutlich eines: ein Feind.
Hayamis Erregung legte sich, und während ihn beißende Einsamkeit erfüllte, bemerkte er erleichtert, daß er zu seinem alten Lehrer kein Wort gesagt hatte.
»Lassen Sie mir etwas Zeit, um darüber nachzudenken«,

meinte Hayami schließlich. »Beim nächsten Besuch werde ich Ihnen antworten.«

Er begleitete Usan zu dessen Unterkunft und ging dann, leicht schwankend, bis zum Bahnhof in Yûrakuchô, wo er zu den Nachrichten auf der Leuchtschrifttafel der Zeitung O aufblickte, die im selben Augenblick erlosch und nicht mehr angeschaltet wurde, so daß die Schrift aus Licht verschwunden blieb. Es ist elf, dachte Hayami und rührte sich eine Weile nicht von der Stelle, den Blick starr auf das Dunkel gerichtet, das die Schrift aus Licht verschlungen hatte.

Nicht anders als die Tage zuvor nahmen Zeitung K und die anderen Zeitungen auch am Zehnten konträre Positionen ein, besonders kraß war jedoch der Gegensatz zu den Zeitungen S und O. Seite zwei der Zeitung S bestand fast nur aus einem einzigen Artikel, in dem der bisherige Ermittlungsverlauf zusammengefaßt wurde, und in der darin verwendeten Zwischenüberschrift ›Die Absurdität der Selbstmordtheorie‹ zeigte sich eine provokative Haltung, die auf frontale Konfrontation aus war. Die Zeitungsausgaben vom Zehnten mit ihren vier dem Fall gewidmeten Seiten bildeten eine Grenze, an der, wie Kakei gesagt hatte, die Kämpfe der Berichterstattung in die entscheidende Phase getreten waren. Der Konkurrenzkampf um Sondermeldungen war vorbei, dafür machten sich nun die unterschiedlichen Einschätzungen des Falls noch in den unbedeutendsten Nachrichten bemerkbar, so daß die unverhüllte Konfrontation an Schärfe zunahm.

Am Zwölften schrieb Tonomura einen Artikel mit dem Titel ›Eine Woche auf den Spuren des Falls‹, in dessen Mittelpunkt er die Nachricht von Shimoyamas Ortskenntnissen stellte. Shimoyama kannte sich seit seiner Studentenzeit in der Gegend aus; er hatte später, als er bereits bei der Eisenbahn arbeitete, viermal auf dem Dach des Gefängnisses von

Kosuge gestanden, von dem aus der Blick weit über die Umgebung des Fundorts ging; er hatte sich in seiner Zeit als Abteilungsleiter der Tôbu-Bahn persönlich über den Fortgang der Aufräumungsarbeiten nach dem Wüten des Taifuns Kazarin informiert, der die Strecke an dieser Stelle unbefahrbar gemacht hatte; er hatte an der Enthüllung eines Grabsteins in Senju teilgenommen – und so weiter, und so fort.

All diese Informationen waren bislang unveröffentlichte Ermittlungsergebnisse, die Tonomura und zwei ihm unterstellte Reporter Beamten des Polizeipräsidiums nach vielen Mühen entlockt hatten, und als Tonomura den Artikel zu Hayami brachte, sagte er:

»Geht es wirklich nicht, daß wir eine Überschrift verwenden, die die Dinge auf den Punkt bringt – ›Generalpräsident Shimoyamas Ortskenntnisse‹?«

»Sicher, machen wir!«

»Wirklich unverzeihlich«, sagte Tonomura, so, als wäre es seine Schuld, daß Hayami seine Meinung geändert hatte. Der Artikel war Tonomuras Rache für den Bericht ›Die Absurdität der Selbstmordtheorie‹ der Zeitung S vom Zehnten. Mit den Worten, er müsse zur Hochzeitsfeier seiner Schwester, verließ Tonomura an diesem Tag den Verlag früher als sonst, und als er um zehn Uhr abends wieder erschien, überflog er die Druckfahnen, während er sich den Schweiß mit einem ungewöhnlich weißen Taschentuch abwischte.

Kakei ließ den von ihm geplanten Artikel, in dem die bei den Ermittlungen zutage geförderten Materialien in chronologischer Reihenfolge aufbereitet werden sollten, von den drei jungen Reportern schreiben und überarbeitete ihn dann sorgfältig; er erschien am Vierzehnten in großer Aufmachung auf der Seite mit Gesellschaftsnachrichten, versehen mit der Überschrift ›Sechzehn Minuten voller Rätsel – Zielloser Weg eines Verlorengegangenen‹. Generalpräsident Shimoyama erschien um zwei Uhr nachmittags am Bahnhof von Gotanno, zwischen zwei und zwei Uhr fünfzig hielt er sich im Gasthof S auf, zwischen sechs und sieben war er in der Umgebung des Fundorts aufgetaucht, um zwölf Uhr nachts stand er auf der Überführung der Tôbu-Linie, um zwölf Uhr vier passierte der Güterzug 260 diese Stelle ohne jeden Zwischenfall, sechzehn Minuten später, um zwölf Uhr zwanzig, passierte der Güterzug 869 dieselbe Stelle – und anschließend lag die Leiche Shimoyamas zerfetzt über die Gleise verstreut.

Dies waren im großen und ganzen die Thesen, die vom Zentralen Fahndungsdezernat mit fast zweifelsfreien Ermittlungsergebnissen präzise untermauert wurden; und ob man nun an die Selbstmord- oder Mordtheorie glaubte, rätselhaft blieben lediglich die sechzehn Minuten zwischen den Durchfahrten der beiden Güterzüge. Daraus folgte, daß sich der Fall klärte, wenn für die fraglichen sechzehn Minuten ein Augenzeuge gefunden wurde. Kakei, er hatte die einzelnen schmalen Wege, die zum Fundort führten, selbst überprüft, hatte den Artikel mit dem Resümee versehen, daß es überaus schwierig gewesen wäre, die Leiche in diesen sechzehn Minuten heranzuschaffen.

In der Nacht, in der der Artikel ›Sechzehn Minuten voller Rätsel‹ in die Zeitung aufgenommen wurde, trat Hayami, um ein spätes Abendessen zu sich zu nehmen, aus dem Haupteingang des Verlags, und urplötzlich, sie stießen fast zusammen, stand ein junger Mann vor ihm.

»Sie sind es doch, Herr Hayami«, sagte er mit einem femininen Lächeln und so vertraulich, als wollte er dem Redakteur auf die Schulter klopfen. »Bitte, kämpfen Sie mit aller Kraft weiter für eine faire Berichterstattung der Presse. Ich empfinde größten Respekt für die von Ihrer Zeitung vertretene Selbstmordtheorie.«

Das war alles, dann verschwand der junge Mann. Hayami fühlte sich schlecht, so, als hätte ihn ein Fuchs verhext. Das schlichte kurzärmlige Hemd mit offenem Kragen, dazu die schwarze Hose – seiner Aufmachung nach konnte der junge Mann Angestellter sein oder auch Student.

Hayami war alles andere als glücklich über den Vorfall. Zum einen bereitete ihm die taktlose Vertraulichkeit des jungen Mannes Unbehagen, zum anderen hinterließen sein fröhlicher, munterer Ton und die kurzen, klaren Worte einen üblen Nachgeschmack. Und daß er seinen Namen und sein Gesicht kannte, war geradezu unheimlich, um so mehr, als Hayami nicht recht begriff, woher seine Kenntnisse stammen mochten. Hayami ging weiter durch das Gedränge auf den Straßen Yûrakuchôs in Richtung Hibiya, solange, bis sein Unbehagen verschwand.

Es war das Unbehagen eines Mannes, der an einem völlig überraschenden Ort plötzlich im Licht von Scheinwerfern stand. Auf einmal fiel Hayami die im Hochdruckverfahren gedruckte Schlagzeile wieder ein, die er vor wenigen Minuten in der Endredaktion gesehen hatte: Zielloser Weg eines Verlorengegangenen. Er selbst war es, der diesen ziellosen Weg eines Verlorengegangenen ging, ohne den Grund für seine Niedergeschlagenheit zu kennen, ohne Sinn und Zweck.

Erfüllt vom trostlosen Gefühl einer Niederlage, dachte Hayami an Satake Keiko. Mit Bitterkeit überfiel ihn die Erinnerung, wie er vor einigen Tagen, als Usan Keikos Verheiratung angesprochen hatte, seinen alten Lehrer mit einer Kälte, die mehr als herzlos, fast schon bösartig war, zurückgewiesen und seine Bitte ungerührt übergangen hatte.

Es überraschte ihn, daß das Unbehagen, das ihm das Zusammentreffen mit dem sonderbaren jungen Mann beschert hatte, sein Herz so zermalmte – wie es ihm seltsam erschien, daß dieses zermalmte Herz verbunden war mit seiner stillen – wie anders sollte er sie nennen als still! – Liebe zu Keiko.

4

In der Nacht des Vierzehnten herrschte in der Abteilung für Gesellschaftsnachrichten ungewöhnliche Ruhe. Nachdem man tagsüber die bisherige, für außergewöhnliche Situationen vorgesehene Arbeitseinteilung aufgehoben hatte, war auch die Zahl der Reporter im Bereitschaftsdienst gesunken, so daß – neben einer bestimmten Anzahl von Journalisten, die Nachtdienst hatten, und dem Vizeabteilungsleiter des Bereitschaftsdienstes – nur Hayami, leitender Redakteur im Fall Shimoyama, für den Fall der Fälle bis zum Morgen im Verlag blieb.

Abteilungsleiter Yamana hatte sämtliche Nächte seit dem Beginn der Shimoyama-Affäre in einem nahe gelegenen Gasthof verbracht und war am Abend, erstmals nach zehn Tagen, zu seinem Haus in Kôenji zurückgekehrt.

Ungewöhnlich war auch, daß sich Kakei und Tonomura nicht in der Redaktion sehen ließen. Normalerweise hielten sie sich, verstrickt in endloses Palaver, bis spät in der Nacht im Verlag auf, um dann nach zwölf zum Schlafen ins Polizeipräsidium zu fahren; heute jedoch war Tonomura, der sich, wie er sagte, etwas erschöpft fühlte, um acht aus der Redaktion verschwunden, und Kakei – in der Nacht zuvor waren Beamte vom Erkennungsdienst nach Gotanno zur nochmaligen Untersuchung des Leichenfundorts gefahren, und Kakei hatte sich ihnen angeschlossen und war die ganze Nacht auf den Beinen gewesen, um darüber einen Artikel zu schreiben – nun, Kakei war am Abend, nachdem er diesen Artikel in der Redaktion abgegeben hatte, unverzüglich zum Polizeipräsidium gefahren und befand sich jetzt vermutlich schon im dortigen Bereitschaftszimmer. Vom kommenden Tag an wurde auch die Zahl der Reporter, die Nachtdienst im Präsidium versahen, um die Hälfte verringert, so daß diese Nacht die letzte war, die Tonomura und Kakei gemeinsam dort verbrachten, ab morgen übernachtete abwechselnd einer von beiden im Präsidium.

Die Nacht war entsetzlich schwül, kein Windhauch regte sich. Zurückgelehnt in seinem Stuhl am Fenster, blickte Hayami zum trüben Dunkelbraun des nächtlichen Himmels über der Stadt. Fixierte er eine Weile einen bestimmten Punkt, dann sah er das armselige Blinken einiger Sterne, so als sickerte ihr Licht durch den Himmel; doch wenn er auch nur für einen Moment die Augen abwandte, wurde ihr schwächliches Licht von dicken Staubschichten verschluckt, und alles, was er dann noch sah, war der schwarze Vorhang der Nacht, die sich, schwer und lastend, wie ein Sumpf vor ihm ausbreitete.

Seit einiger Zeit schrillte ein Telefon in der Abteilung für Gesellschaftsnachrichten, jemand sprach mit lauter Stimme, und im nächsten Moment kam Vizeabteilungsleiter Ishii zum Fenster herüber, wo Hayami saß, und rief, noch im Gehen: »Ich dachte mir schon, daß in so einer Nacht etwas passiert! Und was sage ich, wir haben schon wieder eine Tragödie am Hals! In Mitaka hat sich ein leerer Zug selbständig gemacht – wie es scheint, gab es eine beträchtliche Anzahl von Toten und Verletzten. Mich hat gerade jemand aus der Verwaltungsabteilung informiert.«

»Ein Zugunglück?«

»Nenn es Unglück, nenn es, wie du willst – ich habe nur gesagt, daß sich ein leerer Zug selbständig gemacht hat. Genaueres weiß ich zwar nicht, aber mein Gefühl sagt mir, daß an der Sache was dran sein könnte.«

Wie in dem Moment, in dem Hayami erfahren hatte, daß Shimoyamas Leiche gefunden worden war, fühlte er, daß auch jetzt eine amorphe Masse auf ihn zukam, vergleichbar einem Lavastrom, um seine Umgebung, alles was ihr im Weg war, mit einer entsetzlichen Gewalt zu verschlingen, langsam zwar, doch unerbittlich. Angst legte sich auf ihn wie ein schwarzer Schatten, die Angst, er könnte sich bei der Shimoyama-Affäre gründlich verrechnet haben. Der Gedanke war schlichtweg unerträglich.

»Ich möchte, daß Kakei nach Mitaka fährt«, sagte Hayami.

»Gut. Ich rufe sowieso schon die ganze Zeit im Polizeipräsidium an«, entgegnete Ishii. Kakei war geeigneter als Tonomura, um als erster zum Unglücksort zu fahren.

»Es ist schon merkwürdig – immer wenn wir beide im Verlag übernachten, geschieht etwas. Kürzlich, bei Shimoyama, war es nicht anders. Es scheint fast, daß die Skandale uns hinterherlaufen. Nicht, daß mich das sonderlich glücklich machen würde!« sagte Ishii und kehrte in die Redaktion zurück.

Kakei kam ans Telefon, und Hayami wies ihn an, umgehend und so schnell wie möglich mit dem Wagen, den er ihm schicken würde, nach Mitaka zu fahren. Sie schienen Kakei aus dem Schlaf gerissen zu haben, denn anfangs hörte er sich verdrießlich an, doch sobald er von dem Unglück erfuhr, sagte er, als wäre er plötzlich zum Leben erwacht, in präzisem Ton:

»Ja, ich verstehe. Schick mir nur gleich einen Wagen. Ich glaube es einfach nicht! Das Zugunglück hat doch wohl nichts mit der Shimoyama-Affäre zu tun?!«

Es schien, daß die unbestimmte Angst, die Hayami verspürt hatte, auch Kakei befiel, kaum daß er von dem Unglück gehört hatte.

Sie verständigten sich, daß zur ersten Gruppe von Journalisten, die zum Unglücksort fuhren, neben Kakei zwei Reporter vom Nachtdienst und der Fotograf gehörten, sowie zwei, drei Reporter, die Kakei aus dem Polizeipräsidium mitnehmen sollte.

Dann tauchte Tonomura in der Redaktion auf – er schien von Kakei erfahren zu haben, daß der Verlag ihm einen Wagen schickte. Sobald er Hayami erblickte, ging er zu ihm und sagte: »Wie es aussieht, wird das eine fürchterliche Bescherung.« Die ›fürchterliche Bescherung‹ bezog sich vielleicht auf das Ausmaß des Unglücks, möglicherweise drückte Tonomura damit auch auf verschwommene Weise die Angst aus, die er angesichts der Möglichkeit spürte, daß sie ihre Sichtweise des Falles Shimoyama fundamental und in jeder Hinsicht würden ändern müssen.

»Jedenfalls wissen wir nicht, wie das Unglück einzuschätzen ist, solange wir von Kakei keine Nachricht bekommen.«

»Die Stimmung in der Bevölkerung war derart angespannt, daß einfach etwas passieren mußte«, sagte Tonomura mit einer Miene, als sei er in ziellose Gedanken versunken.

Eine Stunde später kam ein Anruf von Kakei vom Unglücksort in Mitaka.

»Die Bescherung ist perfekt! Das ›Unglück‹ war geplant. Soviel steht zweifelsfrei fest! Unbekannt ist bislang, wie viele Tote es gibt, da die Leichen noch unter den Waggons begraben sind. Ich habe fürs erste Quartier in einer kleinen Kneipe vorm Bahnhof bezogen, um von dort aus zu recherchieren.«

Anschließend schickte Kakei drei, vier kurze Artikel, die noch irgendwie in der Ausgabe für den Großraum Tôkyô, deren Redaktionsschluß immer näher rückte, untergebracht werden sollten.

Man verständigte sich – auch auf Kakeis Wunsch hin – darauf, daß umgehend eine zweite Gruppe von Reportern nach Mitaka geschickt werden sollte. Da die Möglichkeit bestand, daß der Fall unerwartete Ausmaße annahm, sollten alle in einem Auto fahren – neben Tonomura und zwei, drei anderen Reportern auch Ishii aus der Redaktion, der die Verantwortung für die Recherchen vor Ort übernehmen würde.

Wegen des Redaktionsschlusses wurde in der Ausgabe für den Großraum Tôkyô lediglich berichtet, daß sich ein

Zugunglück ereignet hatte; für die innerstädtische Ausgabe aber konnten bis zum letzten Moment – und das war zwei Uhr nachts – noch Manuskripte berücksichtigt werden, und so gab es verschiedene Möglichkeiten: Artikel konnten aufgenommen werden, die sich mehr oder minder intensiv mit dem Kern des Unglücks beschäftigten, man konnte selbstverständlich über die Namen der Opfer informieren, denkbar waren auch Stellungnahmen ihrer Angehörigen und Ermittlungen in der Umgebung des Unfallorts – jedenfalls gab es haufenweise Arbeit.

»Alles weitere überlasse ich dir«, sagte Ishii und stopfte sich beide Hosentaschen mit Zigarettenschachteln voll, die er seiner Tischschublade entnommen hatte; dann gab er den anderen einen Wink und stürzte aus der Redaktion.

Beim Verlassen des Raums sagte Tonomura: »Um eines möchte ich dich auf alle Fälle bitten: Bleib bei deiner Sichtweise der Shimoyama-Affäre! Es gibt keinerlei Notwendigkeit, davon abzurücken. Ich weiß zwar nicht, was es mit dem Unglück in Mitaka auf sich hat, aber –«

Seinem Tonfall war anzumerken, daß er, überaus typisch für ihn, in der kurzen Zwischenzeit seine Gefühle wieder unter Kontrolle gebracht hatte, die durch die neue Affäre aufgewühlt worden waren. Und bei Hayami war es nicht anders. Gleichgültig, in welche Richtung sich die objektive Lage entwickelte, es war unwahrscheinlich, daß Gründe oder Anhaltspunkte auftauchten, derentwegen er seine bisherige Vorgehensweise im Fall Shimoyama auch nur im geringsten würde ändern müssen.

Etwa eine halbe Stunde war vergangen, seit Ishii, Tonomura und die anderen den Verlag verlassen hatten, als Yamana im Redaktionsbüro auftauchte. Er war gekleidet wie immer, unter dem Arm trug er seine schwarze Aktenmappe. Ishii hatte ihn telefonisch über den neuen Fall informiert, nachdem die erste Nachricht von Kakei eingetroffen war.

»Da geht man ausnahmsweise einmal nach Hause, und dann passiert so etwas«, sagte er anstelle eines Grußes zu Hayami. Ohne das Jackett abzulegen, blätterte er wahllos die kurzen Manuskripte auf dem Tisch durch, schließlich legte er sie zurück und sagte:

»Das scheint ja eine große Sache zu werden!«

Erst dann zog er sein Jackett aus, steckte sich eine Zigarette in den Mund und ließ, wobei er sich ein wenig hochreckte, den Blick durch die Weite des Redaktionsbüros schweifen, das menschenleer war, abgesehen von der Abteilung der Endredaktion und der Abteilung für Gesellschaftsnachrichten. Ihm war anzusehen, daß er sich als Journalist in seinem Element fühlte, und Hayami fand seine Gestalt, die in diesem Moment seltsam zufrieden und dennoch ungezwungen wirkte, ein wenig lächerlich, gleichzeitig war ihm dieses für Yamana typische Benehmen auch sympathisch.

Danach trafen bis zwölf keine Artikel mehr ein. Yamana und Hayami waren zum Fenster gegangen, wo sie sich setzten, und in der Zwischenzeit blieb es den vier Reportern vom Bereitschaftsdienst überlassen, eingehende Telefonate zu beantworten.

»Es ist momentan noch völlig ungewiß, ob der Fall umgehend geklärt wird oder größere Dimensionen annimmt, es könnte jedoch sein, daß ich, je nach Lage der Dinge, die mit der Shimoyama-Affäre befaßten Kollegen abziehen und auf das Zugunglück ansetzen muß. Bei den jungen Reportern habe ich eigentlich keine Bedenken, aber was Kakei und Tonomura anlangt –«, sagte Yamana.

»Derzeit können wir keinen der beiden vom Shimoyama-Fall abziehen«, meinte Hayami. Er wußte, daß es schwierig sein würde, Kakei und Tonomura von ihrer Verantwortung für den Shimoyama-Fall zu entbinden. Er beschloß – falls es tatsächlich nötig sein sollte –, Tonomura und vier, fünf junge Reporter weiterhin auf den Shimoyama-Fall anzusetzen und

Kakei und die etwa zehn anderen Reporter davon abzuziehen.

Daß er Kakei abziehen wollte, lag zum Teil an der derzeitigen Entwicklung des Falls, bei der Tonomura geeigneter war als Kakei. Etwas anderes fiel jedoch noch mehr ins Gewicht – er hatte nämlich den Eindruck, daß sich Kakei, lieferte man ihm nur eine ausreichende Erklärung, wohl kaum an den Fall klammern würde, während Tonomuras typische Hartnäckigkeit es völlig unmöglich erscheinen ließ, ihn, aus welchen Gründen auch immer, von Gotanno abzuziehen, solange der Fall Shimoyama nicht abgeschlossen war. Doch würde es, dachte Hayami, eine Bedingung für dieses Arrangement geben: Kakei sollte es jederzeit erlaubt sein, sie im Fall Shimoyama zu unterstützen, wenn die Lage es erforderte.

Die Schlacht, die sich die Presse im Shimoyama-Fall lieferte, hatte die Phase des Kampfgetümmels (wie Kakei es genannt hatte) übersprungen und übergangslos das Endstadium erreicht. Die erregende Neuheit des Mitaka-Falls hatte die Shimoyama-Affäre, die bereits Züge eines unlösbaren Falls anzunehmen begann, vollständig von den Seiten der Zeitungen vertrieben, und auch das Interesse der Rechercheure erlahmte infolge der neuen Affäre. Wie Hayami in der Nacht, in der sich der Unfall in Mitaka ereignete, vermutet hatte, standen ihm jetzt nur noch Tonomura und drei weitere Reporter zur Verfügung, die für den Shimoyama-Fall zuständig waren, alle anderen Journalisten hatte es nach Mitaka gezogen, in die entgegengesetzte Richtung von Gotanno. Kakei wurde, wie es hieß, fürs erste zur Unterstützung in der Mitaka-Affäre abgestellt und hielt sich, wie bislang schon, seit dem Tag nach dem Zugunglück im Presseclub des Polizeipräsidiums auf, wo er nun allerdings ausschließlich in der Mitaka-Affäre recherchierte.

Für Hayami und die anderen war das Zugunglück in Mitaka

jedenfalls ein schwerer Schlag. In jener Nacht hatten – wie auf Absprache hin – Hayami und auch Tonomura und Kakei gespürt, daß es schwierig werden könnte, die bisherige Einstellung der Zeitung K zum Fall Shimoyama durchzuhalten, gleichgültig, wie es um die Wahrheit in diesem Fall bestellt war. Und diese Vermutung bestätigte sich jetzt.

Die Mitaka-Affäre mußte offensichtlich als Zeichen der angespannten öffentlichen Lage begriffen werden, die im Zusammenhang mit den Entlassungen bei der Staatsbahn entstanden war, und die Indizien dafür, daß es hier um ein Verbrechen ging, waren von Anfang an erdrückend – Raum für Zweifel blieb kaum mehr.

Die Zeitungen S und O, aber auch andere Zeitungen begannen bereits allen Ernstes, die Mitaka- und die Shimoyama-Affäre in einem Atemzug zu nennen – Affären, die für sie vergleichbare Fälle darstellten; auch in der öffentlichen Meinung wurden nun die beiden Affären als Kriminalfälle mit ähnlichen Zügen gesehen. Eine Naturgewalt war am Werk, wie Wasser, das von oben nach unten fließt, eine Gewalt, die, und sei es auch nur für Augenblicke, grundlose Angst hervorrief in Kakei und Tonomura, die von Shimoyamas Selbstmord überzeugt waren, und sogar in Hayami, der dafür gesorgt hatte, daß die Berichterstattung ausschließlich den polizeilichen Ermittlungen folgte und die Selbstmord-Theorie in den Vordergrund stellte. Und diese Gewalt bestand aus den natürlichen Gefühlen der Öffentlichkeit, die weder Argumenten zugänglich war noch sonst etwas.

Am 30. Juli fand an der Universität Tôkyô eine gerichtsmedizinische Konferenz zum Fall Shimoyama statt, bei der sich einschlägige Wissenschaftler verschiedener Universitäten versammelten. Auf dieser Konferenz wurde das Ergebnis der an der gerichtsmedizinischen Abteilung der Universität Tôkyô vorgenommenen Autopsie bekanntgegeben, eine Fragestunde folgte – dies war, seit dem Zugunglück in

Mitaka, die größte Neuigkeit, die in der Shimoyama-Affäre zu vermelden war. Am nächsten Tag brachte Zeitung K die unverbindliche Überschrift: ›Bekanntgabe des ärztlichen Befunds ohne Überraschungen‹; Zeitung S und Zeitung O trieben, in greller Aufmachung und aller Deutlichkeit, mit ihren Schlagzeilen ›Nach dem Tod überrollt – Erdrückende Beweise‹ und ›Schläge auf Shimoyamas Körper – Verletzungen tödlich‹ die Mordtheorie weiter voran.

»Kommt denn unsere Zeitung überhaupt nicht mehr von diesem Punkt los? Hayami ist ja ziemlich hartnäckig!«

Mit derartigen Stimmen wurde Hayami nun im Verlag konfrontiert, dieses Mal unverhüllt; auch die verlagsexterne Kritik in Form von Leserbriefen nahm an Schärfe zu. In der Endredaktion begannen mehrere ihre eigene Meinung zum Fall zu äußern, obwohl es nur um die Überschrift eines kleinen Artikels zur Shimoyama-Affäre ging, und selbst in der Abteilung für Gesellschaftsnachrichten ließen sich einige Journalisten vernehmen, die meinten, bisher hätten sie geschwiegen, das aber würde sich jetzt ändern.

Am Mittag des übernächsten Tages nach dem Erscheinen des Artikels über die gerichtsmedizinische Konferenz erschienen Kakei und Tonomura gemeinsam im Verlag, wo Kakei sich unverzüglich zu Hayamis Tisch begab.

»Wir haben dir etwas zu sagen. Wie wäre es mit einem kleinen Spaziergang?« Sein Tonfall war ruhig und fast unerträglich gelassen, so als wäre er im Besitz wichtiger Informationen. Tonomura stand neben Kakei und schwieg.

Da Hayami dachte, die beiden wollten sich bei ihm wegen ihrer Unzufriedenheit über die Recherchen in der Shimoyama-Affäre beschweren, verließ er seinen Platz möglichst unauffällig.

Nachdem sie den Verlag durch den Haupteingang verlassen hatten, schlug Hayami vor, irgendwo Tee zu trinken, aber Kakei wollte sich, ungewöhnlich genug, im Gehen unterhalten. Mit Hayami in der Mitte gingen die drei in Richtung des ruhigen Büroviertels, wo nur wenige Menschen auf den Straßen waren.

»Kakei, das Reden übernimmst du!« sagte Tonomura, doch Kakei ging eine Weile weiter, ohne ein Wort zu sagen. Schließlich sagte er:

»Wir wollten mit dir nur über eine Sache reden – wie wir erfahren haben, wird man im Polizeipräsidium in Kürze bekanntgeben, daß der Fall Shimoyama als Selbstmord eingestuft wird. Ich habe mit zwei, drei Beamten gesprochen, ein Irrtum scheint völlig ausgeschlossen zu sein. Am Dritten wird eine Generalkonferenz abgehalten, an der alle teilnehmen, die mit den Ermittlungen zu tun hatten, vor allem natürlich Beamte aus dem Polizeipräsidium. Man wird dabei um das Einverständnis aller Beteiligten bitten, und sofern sich kein starker Widerstand regt, soll es zwei, drei Tage später zu einer abschließenden Verlautbarung kommen – des Inhalts, daß keinerlei Material gefunden wurde, das für die Mordtheorie spricht, womit der Fall als Selbstmord einzustufen sei.«

Irgendwann waren sie auf der schmalen Straße stehengeblieben, die zwischen den Hochhäusern eingezwängt war. Neben ihnen befand sich eine Akazie. Während Kakei sprach, trat er mit dem Schuh so lange gegen eine Wurzel der Akazie, bis sich deren Rinde löste und das weiße Holz sichtbar wurde. Seine Tritte hatten etwas Krampfartiges, so als könnte er nicht mehr aufhören, nachdem er einmal begonnen hatte.

Tonomura hatte kein Wort gesagt. Er stand da, den Mund, wie betäubt, leicht geöffnet, die Augen zu schmalen Schlitzen verengt, als starrte er in weite Ferne. Doch nachdem das Schweigen zwischen den drei Männern eine Weile angedauert hatte, wandte er sein Gesicht Hayami zu und sagte:

»Hayami, heißt das jetzt, daß wir gewonnen haben?!«

Hayami starrte ihm ins Gesicht, das immer noch geistes-abwesend wirkte, und fühlte im selben Moment, wie etwas Heißes in seiner Brust aufstieg.

»Gehen wir noch ein Stück«, sagte Tonomura.

»Du willst weitergehen – bei der Hitze?! Du bist wirklich ein hoffnungsloser Fall!« sagte Kakei in einem durchaus lie-bevollen Ton, jedoch ohne zu lächeln. Schulter an Schulter setzten sich die drei wieder in Bewegung.

Wenn, wie Kakei meinte, das Polizeipräsidium ein abschlie-ßendes Fazit veröffentlichte, das den Fall Shimoyama als Selbstmord einstufte, dann konnte man den Ausgang dieser Affäre nur als unerwartet bezeichnen.

(Es wurde keinerlei Material gefunden, das für die Mord-theorie spricht. Der Fall ist als Selbstmord einzustufen.)

Insgeheim und halb ungläubig wiederholte Hayami diese Worte ein ums andere Mal.

»Ich denke, wir sollten bis zur Verlautbarung des Präsidi-ums niemandem etwas verraten. Außer uns hat noch keiner herausgefunden, daß eine Konferenz geplant ist«, sagte Ka-kei.

»Aber sicher! Wir sollten wirklich den Mund halten. Ich sage nichts, und du, du sagst erst recht nichts!« meinte To-nomura. In Hayamis Ohren klang seine Stimme leiser als sonst. Aber die zunehmend schnelleren Schritte der drei Männer zeigten deutlich, daß Tonomura nicht weniger auf-geregt war als Kakei. Hayami waren die beiden Männer noch niemals jünger und liebenswerter erschienen als in dem Moment, in dem sie sich, wie Mittelschüler, gegenseitig schworen, niemandem etwas zu verraten.

»Und ich, ich werde auch dem Abteilungsleiter kein Ster-benswörtchen verraten«, sagte Hayami, während er dachte, daß er sich wohl in seinem ganzen weiteren Leben selten so unbeschwert fühlen würde, und weiterging, im Licht der heißen Sonnenstrahlen, die schräg auf ihn fielen.

Am Nachmittag des nächsten Tages erreichte Hayami an seinem Platz ein Anruf von Tonomura.

»Es scheint nicht ausgeschlossen, daß das Polizeipräsidium – je nachdem, was bei der morgigen Konferenz herauskommt – bereits morgen die Verlautbarung veröffentlicht. Außerdem haben auch andere Zeitungen von der Haltung des Präsidiums Wind bekommen. Wir sollten also unser Schweigen brechen und mit einem großen Knall an die Öffentlichkeit gehen.«

»Nur nicht so hastig! Wir gewinnen doch sowieso«, sagte Hayami.

»Wenn wir schon gewinnen, dann aber auch richtig! Wir sollten mit der nächsten Morgenausgabe den anderen Zeitungen ein für allemal das Maul stopfen! Jedenfalls werden Kakei und ich je einen Artikel schreiben. Bis zum Abend bringe ich sie dir. Und du unterrichtest bitte bis dahin den Abteilungsleiter.«

Hayami informierte Yamana kurz nach dem Telefonat über die veränderte Situation in der Shimoyama-Affäre und besprach mit ihm, wie sie mit den Artikeln verfahren sollten.

Als Yamana diese unerwartete Neuigkeit gehört hatte, schien sich auch in ihm eine gewisse Errregung breitzumachen, er nickte wie wild und meinte:

»Wenn Tonomura und Kakei die Artikel schreiben wollen, dann sollten wir sie auch machen lassen, findest du nicht!? Immerhin haben die beiden die meiste Arbeit in den Fall investiert.«

Kakei und Tonomura schrieben Artikel von ausufernder Länge, als wollten sie auf diese Weise Rache nehmen, und legten sie gegen Abend Hayami auf den Tisch.

»Na, wollt ihr die Artikel signieren?« Yamana machte vom Nachbartisch her einen seiner seltenen Scherze.

»Nicht nötig«, antwortete Kakei mit einer Miene, die seine Freude nicht verbergen konnte. Tatsächlich hatten die beiden auch ohne Namensnennung allen Grund, zufrieden zu sein.

In dieser Nacht blieben Hayami, Kakei und Tonomura und sogar Abteilungsleiter Yamana zum ersten Mal seit langem wieder bis zu vorgerückter Stunde in der Redaktion. Mittlerweile schlief Hayami nicht mehr im Verlag, sondern begab sich nach der Arbeit, abgesehen von gelegentlichen Nachtdiensten, in das Haus eines Freundes in Ômori, wo er im ersten Stock ein Zimmer hatte.

Kakei und Tonomura lasen wieder und wieder die Fahnen von Seite eins, die ganz von ihren Artikeln ausgefüllt war, und als Yamana vorschlug, auf den Sieg anzustoßen, baten sie, damit noch einen Tag zu warten, bis zur endgültigen Kapitulation des Feindes; tatsächlich verließen sie jedoch um zehn gemeinsam den Verlag, offenbar, um etwas zu trinken.

Hayami warf einen Blick auf die Fahnen, und wirklich, er sah etwas, das ihn zutiefst bewegte – oben auf Seite eins die Überschrift ›Der Fall Shimoyama – Baldige Bekanntgabe des Ermittlungsergebnisses‹, gedruckt in Negativdruck; daneben, fünfspaltig, die beiden großgedruckten Überschriften ›Zentrales Fahndungsdezernat geht von Selbstmord aus‹ – ›Heute Konferenz aller an den Ermittlungen Beteiligten‹. Der von Kakei verfaßte Artikel ›Sechs Gründe für das abschließende Urteil‹ und Tonomuras Artikel ›Shimoyama – Ein leidgeprüfter Mensch‹ umfaßten jeweils fast hundert Zeilen und nahmen sich stattlich aus. Den Schluß bildeten zwei kurze Stellungnahmen von Dr. N von der Universität Tôkyô und von Dr. K von der Universität E, in denen diese ihre Empfindungen anläßlich des endgültigen Ergebnisses beschrieben.

Abends kehrte Hayami in seine Unterkunft in Ômori zurück, wo er Stunde um Stunde auf den Tatami lag, die Fenster seines Zimmers im ersten Stock weit geöffnet. Ungewöhnlicherweise – doch vielleicht lag es an dem Gewitter spät in der Nacht – schien die Zahl der Moskitos im Zimmer geringer als sonst, und auch andere Insekten kamen nicht, auf der Suche nach Licht, durchs Fenster. Auf dem Rücken liegend hörte er die Insekten, die ums Haus herum ununterbrochen schrillten; das ganze Jahr über war ihm das Schrillen der Insekten noch nicht aufgefallen, und so schloß er eine Weile die Augen und fühlte sich von dem durchdringenden, hohen Geräusch seltsam bewegt.

Jetzt, auf den Tatami liegend, hatte er das Gefühl, daß sich nichts mehr in seinem Herzen befand. All die Unruhe und das Laute, das ihn seit einem Monat nicht losgelassen hatte, waren spurlos verschwunden. Keine Selbstmordtheorie mehr, keine Mordtheorie. Auch kein Widerstand mehr, der von diesen Theorien hervorgerufen worden war, und keine Lust zu kämpfen. Sein Herz war leer wie eine Höhle und so gefügig, daß er bereit gewesen wäre, alles in sich aufzunehmen. Und dann ergriff Satake Keiko von ihm Besitz, als besäße sie ein natürliches Anrecht, in seine Gedanken zu treten. Erfüllt von einem gewissen Argwohn gegen sich selbst (warum nur war sie ihm bis jetzt so fern erschienen, so abgetrennt von ihm?), durchdrungen von einer Leidenschaft, die fast wie ein Anfall über ihn kam, tauchte vor ihm das ein wenig affektierte, kalte Gesicht von Keiko auf, die er seit fast einem Monat nicht mehr getroffen hatte – seit dem Spaziergang am Strand von Senbonhama.

Recht bedacht, hatte ihn in diesem vergangenen Monat tatsächlich nur einmal ein Gefühl erfüllt, das Ähnlichkeit mit Sehnsucht nach Keiko hatte, in jener Nacht vor einem halben Monat, als ihn der rätselhafte junge Mann am Eingang des Zeitungsverlags mit unangenehmer Vertraulichkeit ansprach, und in den darauffolgenden Stunden, die er in seltsamer Niedergeschlagenheit verbrachte. In jener Nacht, in der er ziellos durch die Straßen irrte mit dem Gefühl einer Niederlage, aus der es keine Rettung zu geben schien. Inmitten des anhaltenden Alptraums, in dem er sich seit einem Monat befand, schien er lediglich in den Stunden jener Nacht wieder bei sich gewesen zu sein, voll kalter Ruhe.

Nach dem Brief, den Keiko ihm irgendwann geschrieben hatte, hatte Hayami, wie ihm jetzt einfiel, vor einer Woche eine zweite Nachricht von ihr bekommen, eine Postkarte. Sie habe, schrieb sie, im Zusammenhang mit den Studien ihres Vaters etwas an der Universität Tôkyô zu erledigen und wolle in den nächsten Tagen in die Hauptstadt kommen. Sie würde für ihre Reise einen Tag wählen, an dem Hayami Zeit hätte, und so die Gelegenheit nützen, einige Stunden mit ihm zu verbringen. Ob er ihr nicht mitteilen könne, welcher Tag ihm gelegen sei? Dies war der Inhalt der Karte. Ratlosigkeit hatte Hayami befallen, als er die Karte las, und aus irgendeinem Grund war es ihm unmöglich gewesen, ihrem Wunsch zu entsprechen. Er hatte, ohne ihr zu antworten, die Angelegenheit beiseite geschoben. Doch plötzlich spürte er Keikos Trauer, die zweifellos auf seine Antwort wartete, in seinem eigenen Herzen und nahm sich vor, ihr gleich morgen früh ein Telegramm zu schicken.

In zwei Tagen konnte er Keiko treffen – er würde kaum mehr anderweitige Verpflichtungen haben, wenn die für morgen anberaumte Generalkonferenz vorüber und alles fürs erste erledigt war. Außerdem wollte er sie so schnell wie möglich treffen. Er wollte sein bösartiges Benehmen wiedergutmachen, und im übrigen spürte er in dieser Nacht wirklich den Wunsch, sie möglichst bald zu sehen.

Am folgenden Tag schlief Hayami bis kurz vor zehn, so als sei die Erschöpfung, die sich in dem einen Monat angesammelt hatte, in dem er für die Shimoyama-Affäre zuständig war, zum Schluß auf einmal über ihn hereingebrochen.

Nachdem er im unteren Stock ein schlichtes Frühstück zu sich genommen hatte, machte er sich bereit, um zur Redaktion zu fahren, doch in dem Moment hielt vor dem Haus ein verlagseigener Wagen. In ihm saßen Kakei, Tonomura und Nakahashi, der Fotograf. Kakei stieg als einziger aus und sagte zu Hayami, der zum Eingang gekommen war:

»Um neun hat in Himon'ya im Haus des Hauptkommissars die angekündigte Generalkonferenz begonnen. Man wird uns zwar keinen Blick in den Versammlungsraum gestatten, aber wie wäre es, wenn du mit uns an den Ort der Geschehnisse kommen würdest? Immerhin neigt sich die Sache dem Ende zu. Wir dachten uns, daß es schön wäre, wenn du mit uns fahren würdest, und deshalb haben wir beschlossen, zunächst bei dir vorbeizuschauen, für den Fall, daß du noch zu Hause sein solltest.«

Dem Anschein nach hatten Kakei und Tonomura den Wunsch, Hayami, der all die Mühen und Sorgen in der Shimoyama-Affäre mit ihnen geteilt hatte, möge sie bei ihrer letzten Unternehmung zum Abschluß des Falls begleiten und diesen Tag mit ihnen verbringen, einen Tag, der selbst im Leben eines Journalisten eher die Ausnahme war. Dies erklärte auch die Anwesenheit von Nakahashi, dem Fotografen – gehörte er doch zu jenen, die am Tag, als man Shimoyamas Leiche fand, trotz des heftigen Regens mit nach Gotanno gefahren waren.

Allzuviel Zeit konnte Hayami nicht erübrigen, da am Nachmittag eine Redaktionssitzung stattfand, aber wenn er mit Kakeis Wagen zum Verlag zurückkehrte, stellte die Fahrt nach Himon'ya kein Problem dar, und so entschloß er sich, auf Kakeis und Tonomuras Bitte einzugehen.

Wie es hieß, nahmen an der Konferenz in Himon'ya mehr als zwanzig Personen teil, die mit dem Fall zu tun hatten – der Leiter des Zentralen Fahndungsdezernats, die Chefs der verschiedenen Dezernate und Abteilungen sowie andere Leitende; hinzu kamen Mitarbeiter von der Staatsanwaltschaft und der Universität Tôkyô. Hayami und seinen Kollegen, die um das Haus herumgegangen waren und nun in einem Winkel des Innenhofs standen, blieb jedoch völlig verborgen, was sich im Inneren des Hauses abspielte.

Die Konferenz war geheim, und so hielt man, ungeachtet der Hitze, sämtliche Fenster geschlossen. Nakahashi, der unbedingt wenigstens eine Aufnahme vom Versammlungsort machen wollte, strich unter den Fenstern vorbei und sagte schließlich:

»Ich müßte auf das Dach steigen und irgendwie von oben durch ein Fenster ein Foto schießen – einen anderen Weg sehe ich nicht.« Und als ob er wirklich die Absicht hätte, auf das Dach zu steigen, schlenderte er um das Haus herum, auf der Suche nach einer geeigneten Stelle, wo er nach oben gelangen könnte.

Einmal zog er sich hoch und erreichte mit dem Oberkörper einen Fensterrahmen, in dem Moment aber wurde von innen das Fenster geöffnet, und ein Mitarbeiter des Polizeipräsidiums ließ sich blicken. Hayami und die anderen, die in einem Winkel des Innenhofs standen, sahen, wie der Beamte Nakahashi, der bereits einige Meter zurückgewichen war, bedeutete, er solle verschwinden. Doch wirkten weder seine Handbewegungen noch sein ihnen zugewandtes Gesicht sonderlich zornig, vielmehr blickten seine Augen sie mit einem fröhlichen Lächeln an.

»Seht doch! Er lacht! An einem Tag wie heute muß er einfach lachen«, erklärte Kakei, während in seinen eigenen Augen – sein Gesicht wirkte leicht erregt – fortwährend ein fröhliches Lächeln stand.

Hayami unterhielt sich, im Mund eine Zigarette, im Schatten eines Baums eine halbe Stunde mit Kakei und Tonomura, beschloß dann aber, da die Konferenz wohl erst um vier oder fünf enden würde, alles Weitere den beiden zu überlassen und mit dem Wagen, den sie hatten warten lassen, zum Verlag zurückzukehren.

Als Hayami einstieg, traf das Fahrzeug eines anderen Verlags ein; ihm entstiegen einige Reporter, die – wie zuvor schon er selbst und seine Kollegen – ohne Hemmungen in den Innenhof eindrangen, aber mittlerweile kümmerte es Hayami kaum mehr, daß auch eine andere Zeitung von der Konferenz Wind bekommen hatte. Er hatte nicht im geringsten den Wunsch, aus dem Bericht über die Konferenz eine Exklusivmeldung für die eigene Zeitung zu machen. Ja, wenn es ihm möglich gewesen wäre, wollte er das Glück, das ihn jetzt erfüllte, sogar mit den Journalisten anderer Zeitungen teilen.

Im Verlag angekommen, schickte Hayami ein Telegramm an Keiko nach Numazu: Erwarte, falls möglich, Ankunft in Tôkyô am morgigen Vierten. Kommen Sie bitte in den Verlag. – Dann fiel ihm ein, daß er bei seinem letzten Besuch in Numazu von Usan gebeten worden war, in einem freien Moment den Ursprung einiger Pflanzennamen herauszufinden, die im ›Man'yoshû‹ verwendet wurden; und da er Keiko morgen bei ihrem Treffen eine Antwort übermitteln wollte, ging er in die Verlagsbibliothek, um diese Fragen zu klären.

Problemloser als erwartet entdeckte er mehrere einschlägige Wörterbücher und fand auch umgehend Einträge zu den fraglichen Wörtern.

Da die Textpassagen, die er sich notieren mußte, ziemlich umfangreich waren, verwandte er einige Stunden des Nachmittags auf diese Arbeit. Die eigentlich für diesen Tag angesetzte Redaktionskonferenz fand nicht statt, und in der Redaktion selbst gab es für ihn kaum etwas zu tun. So vergrub er sich, abgesehen von zwei Cafébesuchen, fast den gesamten Nachmittag in der Bibliothek.

Um vier Uhr kehrte er in das Redaktionsbüro zurück, Artikel über die Konferenz waren jedoch noch immer nicht eingetroffen. Es wurde sechs, und noch immer ließen Kakei und Tonomura nichts von sich hören. Langsam begann Hayami sich Sorgen zu machen. Um sieben dann ein Anruf aus dem Polizeipräsidium. Es war Tonomura.

»Die angekündigte Pressemitteilung fällt aus«, sagte er, dann schwieg er, und das Schweigen zwischen ihnen lastete so schwer, fast meinte Hayami, Tonomuras heftigen Herzschlag am anderen Ende der Leitung zu hören.

»Drück dich mal etwas deutlicher aus!« sagte Hayami, verwundert über seine eigene Ruhe. Ruhig, verdammt ruhig wie er war, konnte er sich jetzt schon ausrechnen, welche Bitterkeit in ihm aufsteigen würde, sobald er den Hörer aufgelegt hatte.

»Die Beamten vom Zentralen Fahndungsdezernat waren mehr als glücklich nach dem Ende der Generalkonferenz, sie meinten, es sei wunderbar gelaufen; aber nachdem sie sich wieder im Polizeipräsidium eingefunden hatten, scheint sich die Marschroute des Präsidiums geändert zu haben. Uns ist das auch etwas unerklärlich.«

»Was ist mit Kakei?«

»Ich suche den Kerl auch schon seit einiger Zeit, ich glaube, er rennt irgendwo im Präsidium herum. Er hat sich wahnsinnig aufgeregt.«

»Das hilft uns jetzt auch nicht. Schick mir auf alle Fälle wenigstens den Artikel über die Konferenz«, sagte Hayami und legte auf. Er setzte sich auf einen Stuhl, stand aber umgehend wieder auf. Er hatte das brennende Verlangen, in einem Winkel zu sitzen, wo keine Menschen waren. Das einzige, was ihn möglicherweise aufrecht hielt, war, von niemandem gesehen zu werden.

Während Hayami sich beschwor, die Ruhe zu bewahren, ging er durch die Menschenansammlung im Redaktionsbüro hindurch mit einer grotesken Langsamkeit, die ihm durchaus bewußt war; er trat auf den Flur und stieg die Treppe zum Nebengebäude empor, wo sich kaum jemand aufhalten würde, stieg ziellos vom dritten Stock in den vierten und vom vierten in den fünften.

Wenn es stimmte, daß es, wie Tonomura meinte, keine Verlautbarung geben würde, in der der Fall als Selbstmord eingestuft würde, dann befand sich die Zeitung in der schwierigsten Lage seit dem Beginn der Affäre. Die großartige Aufmachung der kategorisch formulierten Artikel, die die gesamte Seite eins der Morgenausgabe füllten, wirkte jetzt nur noch lächerlich, unentschuldbare Falschmeldungen größten Ausmaßes, vor denen man nur reumütig den Kopf senken konnte. Außerdem war zu befürchten, daß sich die Meinung breitmachen würde, die Zeitung K, Befürworterin der Selbstmordtheorie, sei mit dem Abdruck dieser Artikel zu weit gegangen, und groß war auch die Gefahr, daß man ihnen fälschlicherweise die Absicht unterstellte, sich aus Ressentiment gegen Shimoyama so verhalten zu haben.

Hayami war der Meinung, daß ohnehin nichts getan werden konnte, solange keine Einzelheiten bekannt wurden, und informierte Abteilungsleiter Yamana nicht über die unerwartete Wendung des Falls.

Um zehn traf Tonomura im Verlag ein und sagte: »Das ist wirklich eine Bescherung«, wobei er den Kopf vor Hayami neigte. Als habe er Angst, Hayami unter die Augen zu treten, senkte er einfach den Kopf, um jeden Blickkontakt zu vermeiden.

»Aber es hilft ja nichts! Was hältst du davon, wenn wir nur mit diesen beiden Berichten an die Öffentlichkeit gehen?« fuhr Tonomura fort und legte einen Artikel über die heutige Konferenz sowie einen Artikel über die inoffizielle Stellungnahme des Polizeipräsidenten auf Hayamis Tisch, der zufolge es beim Stand der Dinge unmöglich war, in Kürze offiziell eine Entscheidung in der Frage Selbstmord oder Mord zu treffen.

Kakei ließ sich bis zum Schluß nicht im Verlag sehen. Nachdem er Tonomura gebeten hatte, die Artikel zu schreiben, war er im Polizeipräsidium herumgelaufen; gegen Abend tauchte er kurz im Presseclub auf, stürzte aber bald wieder davon, irgendwohin, wortlos.

Wie auf Verabredung brachten die anderen Zeitungen am nächsten Tag die inoffizielle Stellungnahme des Polizeipräsidenten in großer Aufmachung auf Seite zwei und bezogen mit ihren Überschriften einen diametral entgegengesetzten Standpunkt zu der von Zeitung K am Vortag eingenommenen Position: ›Zu früh für eine Einstufung als Selbstmord‹ – ›Eine für die öffentliche Meinung überzeugende Schlußfolgerung‹ – ›Keine inoffizielle Entscheidung für Selbstmordtheorie – Entschiedene Suche nach der Wahrheit‹.
In jedermanns Augen war klar, daß Zeitung K einen Fehler gemacht hatte, daß sie gerade eine vernichtende Niederlage einzustecken hatte. Die Berichterstattung der Zeitung K vom Vortag war von der Berichterstattung der anderen Zeitungen am nächsten Tag in jeder Hinsicht ad absurdum geführt worden, Raum für Rechtfertigungen blieb keiner.
Als Yamana am Nachmittag, später als sonst, im Verlag erschien, saß Hayami, etwas abseits von den anderen, an seinem Platz in der Abteilung für Gesellschaftsnachrichten und rauchte, die Ellbogen auf den Tisch gestützt. Im Gegensatz zu anderen Tagen wirkte er eher hochmütig, doch in den Momenten, in denen er den Rauch seiner Zigarette ausstieß, huschte um seine Augen- und Mundwinkel ein Schatten der Trauer.
Yamana klopfte ihm wortlos von hinten auf die Schulter und ging zu seinem Platz, ohne etwas zu sagen, so als gebe es in der Shimoyama-Affäre nichts mehr zu besprechen. Als Hayami sich erhob, meinte Yamana, er solle sich beruhigen, jeder sensible Journalist müsse gelegentlich eine derartige Erfahrung machen. Und begann die Papiere auf seinem

Tisch zu überfliegen. Nein, gelacht hatte er nicht, aber seine Stimme, die keinerlei Gefühle verriet, war so ruhig, daß sie fast kraftlos wirkte. Konfrontiert mit dieser geradezu erschreckenden Gelassenheit, spürte Hayami, wie Erregung in ihm aufstieg, eine Woge von Gefühlen, deren Ansteigen ihm selbst bewußt war.

»Was ich sagen will, ist –«, begann Hayami mit gepreßter Stimme.

»Ach, laß doch gut sein! Ich weiß ja, was du meinst!« sagte Yamana, wie um ihn am Reden zu hindern, und so schwieg Hayami und wußte selbst nicht recht, wessen er Yamana gerade beschuldigen wollte. Er spürte eine große Heftigkeit in sich, etwas wie einen Schrei in seinem Inneren, etwas, worüber er unbedingt reden mußte, doch fehlte ihm das Mittel, dieses Gefühl in Worte zu kleiden. Hayami wußte in diesem Moment nur eins. Er wußte, daß Yamana und er in diesem Augenblick von völlig unterschiedlichen Gefühlen bewegt wurden; er wußte, daß seine und Yamanas Existenz gänzlich verschiedener Natur waren. Die Lippen aufeinandergepreßt, machte Hayami keinen Versuch mehr, noch etwas zu sagen.

Plötzlich hörte er grobe Stimmen und blickte in eine Ecke, aus der die Stimmen kamen; dort sah er Kakei, der bis vor wenigen Augenblicken nicht in der Redaktion gewesen war, aber irgendwann gekommen sein mußte und sich mit einigen Freunden, ehemaligen Studienkollegen, ein hitziges Wortgefecht lieferte. Er sah auch die drei jungen Reporter aus der Abteilung für Gesellschaftsnachrichten, die bei ihm standen, als wollten sie ihn umzingeln.

Wie bei einer Rede auf offener Straße brüllte Kakei mit erhobenen Händen: »Ja, natürlich ist das meine *Überzeugung*! So wie das, woran ihr glaubt, eure Überzeugung ist!« Das war alles, was Hayami in diesem Moment deutlich verstehen konnte.

Er starrte eine Weile auf die Szene und ging dann auf Kakei

und die anderen zu. In diesem Augenblick tauchte unvermittelt in seinem Kopf ein Gedanke auf, der ihn mit einer
merkwürdig grausamen Freude erfüllte. Das, woran ich
glaube, hat mit *Überzeugung* nichts zu tun.

Eigentlich ging er auf Kakei zu, um mit ihm irgendwohin zu
verschwinden, als er jedoch bei ihm ankam, ging er einfach
weiter, vorbei an ihm, auf den Ausgang des Redaktionsbüros
zu. Unruhig, als wäre er auf dem Weg zu einem Duell, ging
er mit gleichgültigen Schritten, die, wie ihm selbst bewußt
war, Hochmut und Trotz ausdrückten, die Treppe hinunter.
Er mußte hinunter auf die Straße, wo sich seine Feinde zu-
sammenscharten. Ein Gefühl, wild wie Fieberphantasien,
beherrschte ihn.

Unten an der Treppe angelangt, spürte er zwei Augen –
Keiko, die auf ihn wartete, als lauerte sie ihm auf. Keiko,
eine entsetzlich schick wirkende Masse Fleisch, bekleidet
mit einem bläulichen Krepp-Kimono mit einem Muster aus
großen Spiralen, exakt in zwei Hälften geteilt von dem ro-
senholzfarbenen Obi aus Seidengaze. Er fuhr zusammen,
und im nächsten Augenblick umgab ihn, so völlig fehl am
Platz, ihr strahlender Glanz.

»Ich wollte Sie gerade von der Rezeption aus anrufen!«

Sie stand da, in ihren Augenwinkeln spielte ein intimes
Lächeln, das sie ihm noch nie gezeigt hatte.

Er ging auf sie zu, winkte der schönen Erscheinung zu und
dachte: Das ist die falsche Frau, die völlig falsche Frau! – und
schon wieder verspürte er den heftigen Drang, einfach vor-
beizuschlüpfen und zu verschwinden, weit weg von hier.

Natürlich blieb er stehen. Als er stand, mußte er sich Gewalt
antun, damit sich sein Gesicht nicht verzerrte und zur häßli-
chen Maske wurde. Als er Keiko sah, fühlte er sich im ersten
Moment wie schockiert von ihrer Schönheit, die so neu war
und ihm völlig unbekannt; gleichzeitig spürte er, daß ihn etwas anderes schockierte, das Gefühl, eine Fremde vor sich

zu haben, einen Menschen, der fern und unerreichbar war, gleichsam einen Menschen aus einer gänzlich anderen Welt – so hatte er sie noch nie gesehen.

»Sie sind früh dran.«

Sagte er, doch seine Gedanken sagten etwas anderes. Er hatte das Gefühl, sich vollkommen von dem Mann zu unterscheiden, der sich vorgestern nacht in seiner Unterkunft im ersten Stock nach Keiko gesehnt hatte, ebenso wie er sich von dem Mann unterschied, der gestern das Telegramm an Keiko geschickt hatte, mit dem er sie zu sich gerufen hatte. Und falls er noch derselbe sein sollte, dann mußte Keiko sich verändert haben.

Sie standen sich gegenüber, keinen halben Meter voneinander entfernt, und die Tatsache, daß sie nun eine gewisse Zeit miteinander verbringen mußten, erschien ihnen bereits jetzt als Bürde, die Last des ambivalenten, unsicheren Gefühls, das sich einstellt, wenn sich zwei wesensfremde Dinge verbinden.

Hayami lud Keiko in ein nahe gelegenes Café ein.

»Jedenfalls werde ich zur Universität fahren und wenigstens das erledigen, worum mich mein Vater gebeten hat«, sagte Keiko, vor der ein Glas Sodawasser stand. Sie hatte einen Brief Usans dabei, der an Dr. Sugino von der Universität Tôkyô adressiert war. Nach der Lektüre des Briefes würde Sugino zwei Bücher auswählen, die Keiko ausleihen sollte. Das war es, worum es bei Usans Auftrag ging.

»Sie haben ziemlich abgenommen in dem einen Monat, in dem wir uns nicht gesehen haben. Aber irgendwie paßt das besser zu Ihnen –«, sagte Keiko, die so heiter wirkte, daß sie Hayami im Vergleich zu der Frau, die er in der Stille von Usans Haus erlebt hatte, wie eine Fremde vorkam.

Fünfzehn Minuten später verließen sie das Café, und beim Abschied vorm Verlag sagte Keiko:

»Würden Sie das für mich aufbewahren?«

Ihre Stimme klang warm und herzlich, als sie Hayami ein kleines Bündel entgegenhielt. In dem einen Monat seit dem Spaziergang am Strand von Senbonhama schien sich in ihrem Herzen die Distanz zwischen ihr und Hayami auffällig verringert zu haben.

Um vier Uhr suchte sie Hayami abermals im Verlag auf. Hayami machte sich zum Gehen fertig, dann verließen sie das Haus, und Hayami führte Keiko in ein kleines Restaurant in Nihonbashi, das einem jungen Mann aus seiner Heimat gehörte. Sie ließen sich in einem mit Tatami ausgelegten Zimmer nieder, wo sie, obwohl es noch etwas früh war, zu Abend aßen.

Hayami trank Bier. In Usans Haus pflegte er beim Abendessen mehrere Sakefläschchen zu leeren, und so sagte Keiko zu ihm: »Sie werden ja heute gar nicht rot!«

Es stimmte, anders als sonst stieg ihm der Alkohol nicht ins Gesicht. Der Schlag, der ihm gestern nacht versetzt worden war, schien seine Gesichtszüge im Gegenteil kälter und härter zu machen, wenn er ein wenig Alkohol trank.

Keiko, sie war bereits mit dem Essen fertig, zog aus dem Bündel, das sie wenige Stunden zuvor Hayami anvertraut hatte, ein Tuch von dreißig Zentimetern im Quadrat (das ist ein Vasenuntersetzer, den Usan gefärbt hat – sagte sie) sowie mehrere Taschentücher, in deren Ecken winzig die Schriftzeichen von Hayamis Namen gestickt waren (ein Mitbringsel – sagte sie), und zeigte sie Hayami; dann faltete sie Untersetzer und Taschentücher wieder klein zusammen, wickelte sie in das Einwickeltuch (auch von Usan gefärbt – wie sie sagte) und legte das Bündel vor Hayami auf den Tisch.

Weder der Untersetzer noch das Einwickeltuch wiesen ein Muster auf, dafür aber zahlreiche schmale Farbstreifen, ein Zeichen für die Improvisationskunst, die für Usan typisch und einfach schön war.

»Wäre interessant, wenn er so etwas öfter machen würde!«
meinte Hayami.

»Ja, das finde ich auch, aber wenn ich das Vater sagen würde,
gäbe das ein ziemliches Donnerwetter. Er würde schrecklich
zornig werden. Anscheinend befürchtet er, daß man seine
Studien in einem falschen Licht sehen könnte. Er hat die
Stoffe ausnahmsweise gefärbt, als ich ihm erzählte, daß ich
sie Ihnen schenken möchte.«

Bei Keikos Worten überkam Hayami das Gefühl, daß er
mittlerweile in Usans Familie einen Platz hatte – einen Platz,
auf dem er bereits saß.

Hayami dachte, daß er Keiko spätestens um acht Uhr
dreißig in den Zug setzen mußte, andernfalls würde sie erst
mitten in der Nacht in Numazu ankommen. Er sah auf die
Uhr, und Keiko sagte – so, als wären ihr seine fürsorglichen
Überlegungen bewußt –, daß sie sich langsam auf den Weg
machen müsse. Sie fügte jedoch sogleich hinzu:

»Ich habe meinen Eltern allerdings gesagt, daß ich möglicherweise bei Ihnen übernachte, falls es spät werden sollte«,
wobei sie ihm direkt ins Gesicht sah mit einem Blick, der
ihm anzüglich vorkam. Er erinnerte sich, daß er sowohl
Usan wie auch Keiko irgendwann angeboten hatte, jederzeit
in seiner Tôkyôter Unterkunft zu übernachten, und sie gebeten hatte, bei einem Aufenthalt in der Hauptstadt auch
wirklich Gebrauch davon zu machen.

Zweifellos hatte Keiko das Thema aufgrund seines Angebots
angeschnitten, und Hayami hatte das Gefühl, daß er ihre
Worte nicht mehr so einfach wie früher überhören konnte,
da zwischen ihnen, zwischen Vergangenheit und Gegenwart, der Vorfall am Strand von Senbonhama stand.

Er blickte auf ihre Schultern, dieselben Schultern, die er halb
besinnungslos auf dem kleinen Kieselhügel am Strand von
Senbonhama umarmt hatte. Keikos Nackenlinie schien sich
weiß vom Hintergrund abzuheben, vielleicht lag es an der

bläulichen Farbe ihres Kimonos, und möglicherweise hing es mit dem Krepp, der sich wahrscheinlich hart anfühlte, zusammen, daß die weiße Haut durchscheinend wirkte, fast wie bei einer Kranken.

Hayami starrte eine Weile ohne Hemmungen auf ihren Nacken. Als hätte sie es bemerkt, zog Keiko den Kimonokragen enger um ihren Hals, hob das Gesicht und blickte Hayami an. Für einen Moment spielte ein lautloses Lachen um ihren Mund, dann blickte sie zu den Fenstern hinüber und sagte:

»An der Rezeption Ihrer Zeitung treiben sich ja ziemlich viele Leute herum. Ich war wirklich überrascht!«

Sagte sie, doch ihre großen Pupillen, umgeben vom Weiß der auf ihn gerichteten Augen, schimmerten feucht, als denke sie an etwas völlig anderes. Ihr Blick kam Hayami entsetzlich erotisch vor. In diesem Augenblick bemerkte er, daß sie über all das, worüber sie naheliegenderweise reden mußten, nicht ein Wort verloren hatten. Er spürte, daß sie eine Art Druck auf ihn ausübte, da er Abstand hielt zu den Themen, die natürlicherweise er hätte anschneiden müssen.

Als Keiko verschwand, um sich zurechtzumachen, nutzte er die Gelegenheit, er rief die Kellnerin, bezahlte und stand auf. Es war sieben, als die beiden das Restaurant verließen; draußen herrschte noch eine gewisse Helligkeit, Nachleuchten der Sonne, die gerade untergegangen war. Sie gingen bis zum Yaesu-Ausgang des Bahnhofs Tôkyô, wo Keiko fand, sie hätten noch Zeit. Wie es schien, wollte sie noch ein Stück mit Hayami gemeinsam gehen. In ihrem Gesicht stand deutlich die Unzufriedenheit, daß ihre Hoffnungen sich nicht erfüllt hatten.

Die beiden schlenderten weiter durch die Straßen, und irgendwann gelangten sie in die Nähe des Zeitungsverlags in Yûrakuchô. Hayami wollte sich an der Bahnstation des Viertels von Keiko verabschieden, brachte es jedoch nicht über sich, ihr das zu sagen, und so ließen sie sich weiter durch die Menschenmenge treiben, von Sukiyazukuri hinüber zur Ginza. Dort tranken sie Tee, und schließlich sah Hayami auf die Uhr und fragte:

»Was wollen Sie tun?«

»Tja, es ist ziemlich spät geworden. Auch wenn ich sofort zum Bahnhof gehe, erreiche ich den Zug nicht mehr«, sagte Keiko und überlegte kurz.

»Ich fahre nach Ikegami zu meiner Cousine. Tatsächlich bat mich meine Mutter, als ich das Haus verließ, Sie nicht wegen der Übernachtung zu belästigen, sondern nach Ikegami zu fahren. Außerdem habe ich bei meiner Cousine etwas zu erledigen, also muß ich ohnehin zu ihr.«

Sie verließen das Café, und Keiko erstand in zwei, drei Läden, die Kleidung und Schmuck aus Europa führten, einige kleinere Artikel, und als genau in diesem Augenblick der letzte Bus nach Ikegami ankam, stiegen sie ein. Keiko fuhr bis zur Endstation, und Hayami konnte unterwegs an der Haltestelle Ômori aussteigen. Keiko saß zum ersten Mal in diesem Bus. Seit sie eingestiegen waren, hatte keiner von ihnen ein Wort gesagt. Keiko umklammerte den Halteriemen und blickte nach draußen.

Sie fuhren an Ôi vorbei, und als der Fahrer den nächsten Halt ankündigte – Ômori, wo Hayami ausstieg –, sah Keiko Hayami an, er stand neben ihr, und sagte:

»Ich möchte mit Ihnen über so vieles reden – wann kommen Sie denn das nächste Mal nach Numazu?«

Er wolle demnächst Urlaub nehmen und nach Numazu fahren, entgegnete Hayami.

»Mein Vater ist zur Zeit mit der Hajizome-Färbung beschäftigt, ich denke, er wird bis Anfang nächsten Monats fertig. Aber bis dahin sind es noch vier Wochen.«

Steigst du nicht mit aus? Hätte Hayami sie gefragt, vielleicht hätte sie in Ômori den Bus verlassen. Vielleicht, dachte er, wartet sie darauf, daß ich sie frage. Als jedoch der Bus hielt, sagte er nur: »Also, bis dann!« und blickte ihr kurz in die Augen. Dann wandte er ihr den Rücken zu und verließ den Bus, im Anschluß an einige Leute, die hier ebenfalls ausstiegen.

Keiko schien Hayami, der neben dem Bus stand, in der Dunkelheit nicht zu erkennen, er aber sah ihren eingezwängten Oberkörper; Keiko, eingeklemmt in der Menge der Fahrgäste, ihr Gesicht auf ihn gerichtet. Als der Bus losfuhr, blickte sie in die Richtung, in der sie Hayami zu vermuten schien, sah jedoch knapp an der Stelle vorbei, an der Hayami tatsächlich stand; sie setzte ein Lächeln auf und senkte leicht den Kopf. Ihr Gesicht kam ihm entsetzlich einsam vor und leer, wie die Bewegungen eines Blinden. Und dieses einsame und leere Gefühl stieg in ihm selbst empor und blieb als Schmerz die ganze Nacht hindurch.

Die Generalkonferenz, die am 3. August stattgefunden hatte, setzte einen Schlußpunkt hinter die Shimoyama-Affäre; der Fall würde allem Anschein nach bei den Akten landen. Die Zahl der Beamten des Zentralen Sonderfahndungsdezernats im Polizeipräsidium wurde um die Hälfte reduziert, und die verbliebenen Beamten schienen in erster Linie mit dem Ordnen von Akten beschäftigt zu sein. Auch das Interesse der Zeitungen erlosch, die spezielle Delegierung von Reportern im Zusammenhang mit dem Fall erledigte sich von selbst, und die Shimoyama-Affäre verschwand vollends aus den Zeitungen.

Kurz nach dem 10. August wich plötzlich die Hitze, vielleicht lag es an den häufigen Regenfällen der zweiten Sommerhälfte, und früher als sonst begann der Herbst. Unter der Leitung von Hayami waren Tonomura und drei weitere junge Reporter nach wie vor für die Shimoyama-Affäre zuständig. Geblieben war jedoch nur die Organisationsform;

ständig von neuen Fällen beansprucht, arbeiteten Tonomura und seine Kollegen in Wirklichkeit nicht am Shimoyama-Fall – es gab nichts, woran sie da hätten arbeiten können.

Anders Hayami. Seine Stellung im Verlag ähnelte der eines Körperorgans, über das die Evolution hinweggegangen ist. Er arbeitete nicht wieder als Springer, wurde aber auch nicht offiziell zum Vizeabteilungsleiter ernannt; nach wie vor Chef der Berichterstattung im Fall Shimoyama, saß er in der Redaktion herum, schaute gelegentlich im Polizeipräsidium vorbei und verbrachte die Tage ohne eigentliche Aufgabe.

Seit ihrem Besuch Anfang August kam von Keiko, mit Ausnahme eines schlichten Dankesbriefes, keine Nachricht mehr; in den ersten Septembertagen schickte sie ihm jedoch eine Postkarte mit Eilboten. »Mein Vater«, schrieb sie, »ist heute mit der Herstellung der drei Farben Hajizome, Akashirotsurubami und Ôtan, die er Ihnen versprochen hatte, fertig geworden. Er möchte Sie Ihnen nächsten Samstag zeigen. Falls es Ihnen möglich ist, würde ich Sie bitten, zu uns zu kommen.«

Usan hatte sich auf den Samstag festgelegt – es war offensichtlich, was er damit bezweckte. So konnte Hayami, wie immer, bei Usan übernachten und zwei ruhige Tage in dessen Haus verbringen.

Am Abend vor seinem Besuch verließ Hayami früh den Verlag und trank etwas in einer Stehkneipe in Yûrakuchô, in der er häufig verkehrte. Bei seinem Besuch in Numazu würde er, ob er wollte oder nicht, die von Usan angeschnittene Frage der Heirat definitiv beantworten müssen. Der Gedanke an eine Ehe mit Keiko veränderte seine Stimmung stärker als sonst.

Hayamis Gefühle für Keiko hatten sich seit der Nacht, in der die Shimoyama-Affäre ihren Anfang nahm und er mit ihr den Strand von Senbonhama entlanggewandert war, etwas gewandelt. Die Knospen in seinem Herzen, die gerade dabei waren, sich zu öffnen, waren abgestorben, ohne jemals geblüht zu haben. Hayami wußte selbst nicht genau, was mit ihm geschehen war, fest stand, daß Harumi – obwohl ihm schon ihre Gesichtszüge zu dieser Zeit entsetzlich fremd waren – in den Tagen, in denen er wegen der Affäre ständig auf den Beinen war, triumphierend in ihm wieder zum Leben erwachte, begleitet von einem Gefühl seltsam reiner Trauer, einem Gefühl, das sich von Liebe unterschied. Ihm war, als sei eine seit längerem geschlossene Wunde abermals und voller Brutalität geöffnet worden, und seit sein Blick auf den weißen, auf dem Grund der schwarzen Flut dahintreibenden Körper der Frau gefallen war, diesen Körper mit seinem weißen Schimmer, der sein Herz überflutete, schien weder Keikos Schönheit, mochte diese auch noch so überwältigend sein, noch das Gefühl vertrauter Nähe, das er bei ihr empfand, in der Lage zu sein, dieses Weiß auszulöschen und aus seinem Herzen zu vertreiben.

An diesem Abend in der Stehkneipe dachte Hayami jedoch, daß er Keiko lieben müsse. Er mußte die Liebe zwischen ihnen nähren, sie wachsen lassen, in aller Stille. Zumindest das muß ich tun, dachte er, um ihretwillen, meinetwillen. Er glaubte nicht, daß jemals ein anderer als Keiko ein warmes Licht in ihm entzünden würde. Seine wichtigste Aufgabe mußte es von nun an sein, das Licht, das einmal, vor zwei Monaten, in seinem Herzen gebrannt hatte, abermals zu entzünden und die Flamme langsam wachsen zu lassen, höher und höher.

Hayami hatte gerade das zweite Sakefläschchen geleert, als Tonomura die Kneipe betrat.

»Ah, schön dich zu finden! Hier steckst du also! Komm einen Augenblick mit«, sagte er und führte Hayami ins Freie.

»Dieses Mal scheint ein Irrtum wirklich ausgeschlossen! Ich glaube, in Kürze bekommen wir die längst im Raum stehende Verlautbarung, mit der im Shimoyama-Fall auf Selbstmord entschieden wird. Die Verlautbarung wird nach meiner Einschätzung spätestens bis zum Ende der nächsten Woche veröffentlicht. Ich, Kakei und der Abteilungsleiter – wir haben das heute bei unseren jeweiligen Informanten überprüft.«

»Oh!« meinte Hayami nur. Die Überraschung kam unerwartet, die heftigen Gefühle aber, die ihn vor Tagen bei der Generalkonferenz bewegt hatten, blieben aus. Doch sie blieben nicht nur aus, vielmehr überkam ihn im nächsten Moment ganz plötzlich ein anderes Gefühl, das Gefühl sinnloser Vergeblichkeit.

»Fragt sich allerdings, ob man diesen Informanten trauen kann«, sagte Hayami. Es war ihm unmöglich, den Worten Tonomuras ohne weiteres zu glauben. »Na ja, wäre natürlich schön, wenn die Verlautbarung tatsächlich zustande käme.«

Der Ministerpräsident hielt sich zur Zeit in Ôiso auf, also mußte zunächst jemand zum Ministerpräsidenten und ihn über sämtliche Fakten informieren, der Ministerpräsident seinerseits würde dann mit jemand anderem zu sprechen haben, der seinerseits wieder jemand anderem Bescheid geben würde. – Nachdem Tonomura Hayami das zwangsläufige Procedere bis hin zur schließlichen Verlautbarung geschildert hatte, in der Shimoyamas Tod als Selbstmord eingestuft werden würde, meinte er:

»Stellt man alles mögliche in Rechnung, dann dürfte die Verlautbarung frühestens am Mittwoch und spätestens am Ende der Woche an die Presse gehen. Übrigens, ich suche dich schon die ganze Zeit. Komm mit in den Verlag, bitte. Alle anderen sind bereits dort. Auch der Abteilungsleiter. Er fand es einfach unmöglich, daß wir neulich unsere Vorfeier ausfallen ließen – was natürlich nur ein Scherz war, jedenfalls sitzen jetzt alle zusammen und trinken etwas.«

Anders als noch vor wenigen Tagen war auch in Tonomuras Gesicht keine Spur von Erregung zu sehen; dennoch strahlte seine Miene unverhüllte Freude aus.

Hayami kehrte mit Tonomura in den Verlag zurück, wo im Konferenzzimmer tatsächlich fast alle Journalisten versammelt waren, die mit dem Shimoyama-Fall zu tun hatten.

»Ich wette, daß sich im Polizeipräsidium die Kollegen, die im Zentralen Fahndungsdezernat waren, jetzt auch einen Schluck genehmigen«, sagte Kakei in dem Moment, in dem Hayami in den Raum trat. Er schenkte gerade Sake aus einer Zweiliterflasche in mehrere Tassen auf dem Tisch.

Auf dem Tisch standen vier Zweiliterflaschen, zwei davon waren leer.

Yamana, bereits feuerrot im Gesicht, rief: »Na, endlich! Der wichtigste Mann des Abends ist da! Ohne Hayami keine Feier!«

Kaum hatte sich Hayami neben Yamana gesetzt, kam Kakei auf ihn zu.

»Hayami, stoß mit mir an! Zwei Monate sind seit der ersten Meldung über Shimoyamas spurloses Verschwinden vergangen, und jetzt ist der Fall gelöst! Als ich mit dieser Neuigkeit in den Verlag zurückkehrte, warst du nicht da. Du machst dir keine Vorstellung, wie enttäuscht ich war! Wirklich schön, daß du jetzt da bist«, sagte Kakei und konnte seine Freude kaum verbergen.

Hayami fragte Yamana, ob sie denn wirklich Grund zu der Annahme hätten, daß das Präsidium dieses Mal tatsächlich mit einer Verlautbarung an die Öffentlichkeit gehen würde.

»Ich denke schon«, sagte Yamana. »Meiner Ansicht nach könnte der Fall jetzt wasserdicht sein. Ishii meinte allerdings, daß man der ganzen Sache nicht trauen könne. Es gibt einige, die das so sehen. Na ja, wenn ich an das letzte Mal denke, dann würde ich sagen, daß nur eines sicher ist – solange die Verlautbarung nicht veröffentlicht ist, kann niemand deine Frage wirklich beantworten. Aber ist das nicht letzten Endes gleichgültig? Sieh es doch einfach so, daß wir mit unserer heutigen Feier Tonomura, Kakei und den anderen für ihre Mühe danken wollen. Sie haben ziemlich hart gearbeitet, ohne daß für sie finanziell zusätzlich etwas dabei herausgesprungen wäre.«

Hayami hatte plötzlich das Gefühl, daß Yamana keine Sekunde an das glaubte, wovon Kakei und Tonomura überzeugt waren, und sich lediglich freute, weil sie sich freuten. Seine Worte und seine Miene sagten genug. Und wie um Hayamis Vermutung zu bestätigen, blickte der Abteilungsleiter kurz zu den Fenstern, durch die kühle Nachtluft drang, und bemerkte, im Ton eines Menschen, der plötzlich weit entfernt war von dem ausgelassenen Treiben im Raum: »Jedenfalls steht der Herbst vor der Tür.«

In Yamanas Worten lag etwas Trauriges, das keinen im Zimmer unberührt ließ. Hayami und auch Kakei und Tonomura hatten die zwei Monate des Hochsommers in verbissener Auseinandersetzung mit dem Shimoyama-Fall verbracht, und so hatten das Sommerfest in Ryôgoku und das Feuerwerk am Ufer des Tamagawa ohne sie stattgefunden.

»Von der Zeitung nach Gotanno, von Gotanno zum Polizeipräsidium und von dort wieder zur Zeitung – dieses ungleichseitige Dreieck könnte ich mit geschlossenen Augen ablaufen!« sagte ein junger Reporter.

Lärm kam auf, wie Wasser in Bewegung, und Stimmen übermütiger Jugendlichkeit flogen durch den Raum.

»Und ob wir gekämpft haben! Wir haben bis zum Umfallen gekämpft!«

»Ja, sicher hast du gekämpft. Aber selbst wenn du noch so beschäftigt warst, zum Rumbatanzen war immer noch Zeit!«

Die jungen Reporter schienen ebenfalls erleichtert, daß der Fall einen Abschluß fand. Hayami dachte, er sollte besser aufhören zu trinken, leerte aber dennoch Tasse um Tasse, die ihm eingeschenkt wurde.

Nach einer halben Stunde verließen Abteilungsleiter Yamana und einige weitere Journalisten, sie hatten denselben Weg, die Feier – zurück blieben etwa zehn Journalisten.

Als Yamana fort war, kehrte das Gespräch abermals zur Shimoyama-Affäre zurück.

»Letzten Endes hat sein Tod also nichts mit irgendeiner Frau zu tun?«

»In seinem Umfeld fand sich nicht eine einzige Frau, die ihn in den Tod hätte treiben können! Nein, es lag wohl an seinem Charakter. Er war einfach zu schwach für den Posten. Denn Bahnpräsident zu sein bedeutet ja nichts anderes, als Massenentlassungen auf den Weg zu bringen. Bei Zeitungen, zum Beispiel, kannst du ja keinen entlassen.«

Als nun alle in diesem Ton den Grund von Shimoyamas Selbstmord zu diskutieren begannen, verkrampfte sich Hayamis rechte Hand, in der er die Tasse hielt, auf eine Weise, die ihm selbst unerträglich vorkam, und Furcht ergriff ihn, so daß er am liebsten geschrien hätte.

»Shimoyama brachte sich genau aus den Gründen um, die ich beschrieben habe. Ich habe das in dem Artikel zwar nicht so deutlich gemacht, aber –«, warf Tonomura dazwischen.

»Sprichst du von deiner berühmten großen Abhandlung? Ich würde eher darauf tippen, daß Shimoyama – wie Professor Y meinte – an altersbedingter Depression litt. Derartige Selbstmörder sollen in etwa neunzig Prozent aller Fälle keinen Abschiedsbrief hinterlassen. Bei Ôkida stieß diese Theorie auf unglaubliche Resonanz!« sagte Kakei.

»Du sprichst vom Namen einer Krankheit! Aber die Frage ist doch, was ihn in diese Depression trieb!« entgegnete Tonomura, und im selben Moment öffnete Hayami den Mund.

»Hört endlich auf mit diesem Gerede über die Gründe für Shimoyamas Selbstmord! Warum er gestorben ist, das weiß schließlich einzig und allein der Tote!«

Alle blickten unwillkürlich zu Hayami, dessen Stimme klang, als ginge er mit jedem Wort an die Grenze seiner

Selbstbeherrschung. Seine kurzen, abgehackten Worte wirkten chaotisch, wie Dominosteine, die jemand in sinnloser Willkür aufs Brett wirft. Im nächsten Augenblick stand Hayami auf.

»Niemand kannte Shimoyamas Gefühle außer ihm selbst. Kann mir irgendwer verraten, wie ein anderer sie gekannt haben soll!? Hört endlich mit den blasphemischen Spielchen auf, die ihr mit den Toten treibt!«

Bei den letzten Worten, die Hayami mit gepreßter, heiserer Stimme hervorstieß, brüllte er fast. Diese gequetscht klingende Stimme, in der ein leises Zittern mitschwang, war typisch für die Momente, in denen Hayami in Erregung – meist war es mehr Wut als Erregung – geriet. Und in diesem Augenblick verzehrte ihn eine Wut, die ihm selbst unerklärlich war.

Kakei und Tonomura sagten nichts. Hayami bemerkte die Tasse, zu der er unwillkürlich gegriffen hatte, und stellte sie auf den Tisch; er versuchte zu lachen, so, als hätte er sich anders besonnen, aber nichts geschah, nur die Muskeln um seine Mundwinkel verzerrten sich zu einer Grimasse.

Kurz darauf verließ er seinen Platz und wankte zum Fenster, wo er jedoch nicht hielt, sondern weiterging, in einem Halbkreis um den Tisch herum; dann öffnete er die Tür und trat hinaus.

»Was ist denn los, alter Junge?!« rief Tonomura. Keiner verstand Hayamis plötzlichen Wutausbruch.

»Geh ihm gefälligst nach! Er ist schrecklich betrunken«, sagte Kakei. Tonomura stand auf, um Hayami hinterherzulaufen, nach zwei, drei Schritten blieb er jedoch stehen, als habe er sich anders besonnen.

»Alles in schönster Ordnung!« sagte er und setzte sich wieder. Er hob die Tasse, die vor ihm stand, und sagte: »Ich werde mich heute ebenfalls besaufen!«

Nachdem Hayami das Zimmer verlassen hatte, betrat er das

Redaktionsbüro im zweiten Stock und ging zu seinem Tisch, machte aber umgehend wieder kehrt, stieg die Treppe hinunter, die wie eine Spirale in die Tiefe führte, und trat durch den Haupteingang auf die Straße.

Er ging unter der Überführung von Yûrakuchô hindurch, vorbei am Zeitungsverlag S und weiter durch die nächtliche Menschenmenge in Richtung Ginza. Von Zeit zu Zeit fuhr er mit dem rechten Handgelenk über seine Stirn, als wollte er sich den Schweiß abwischen. Was er tatsächlich wegwischte, waren Regentropfen, die ihm unaufhörlich von der Stirn über die Wangen rannen. Es war wie vor sechzehn Jahren, als er bei stürmischem Regen und Wind unterwegs zum Kap Shionomisaki war, schwankend und mit dem Gefühl, im nächsten Moment weggeschleudert zu werden, einfach weggeschleudert. Der schreckliche drei-, vierhundert Meter lange Weg, schlammig und mit Schlaglöchern übersät, der in Kushimoto zur Polizeistation führte – dieser Weg lag jetzt vor ihm. Bei jedem Schritt drang Wasser in seine Schuhe, und seine Absätze versanken mit schmatzenden Lauten im Dreck.

Hayami blieb unvermittelt stehen. Er schaute auf die Felswand, die vor ihm lag. Seine Augen starrten zweifellos auf die Felswand, die sich vor ihm weit in die Dunkelheit erstreckte. Das Tosen der Wellen, das unten, am Fuß der Wand, langsam anschwoll, schlug mit brüllendem Donner über ihm zusammen und zog sich dann wieder zurück. Als sei dieser Anblick ein Bruchstück der Wahrheit, gegen die er machtlos war, stand Hayami da, das Bündel Abendzeitungen, das er aus der Redaktion mitgenommen hatte, mit beiden Händen umklammernd.

Menschen strömten ihm entgegen, er war ein Hindernis für jeden. Sie stoppten, wichen aus und trieben weiter. Auf seiner Hattori-Uhr war es kurz nach neun.

Am nächsten Tag fuhr Hayami mit dem Nachmittagszug nach Numazu zu Satake Usan. Vielleicht zirkulierte noch immer ein Rest Alkohol in seinem Blut, auf jeden Fall fühlte sich sein Kopf schwer an, wie umgeben von einer dünnen Membran, und das Funkeln draußen in der Bucht von Sagami, die vom Schein der Herbstsonne überflutet wurde, stach ihm bei jedem Blick auf das Meer schmerzhaft in die Augen.

Hayami saß am Fenster und überließ sich, zurückgelehnt in seinen Sitz, den Erschütterungen des Zugs; er dachte an die Nacht, in der er nach dem Erlebnis mit Keiko am Strand von Senbonhama zu vorgerückter Stunde mit dem Zug nach Tôkyô zurückfuhr, wo der Shimoyama-Fall auf ihn wartete. Seither waren, fast unbemerkt, zwei Monate vergangen. Damals, er hatte in dem stillen, fast menschenleeren Waggon eine Bank für sich allein, war er, genau wie jetzt, an seinem Fensterplatz von dem dahinratternden Zug durchgerüttelt worden, aber in jener Nacht war etwas in ihm gewesen – die Hoffnung auf ein neues Leben, Erregung und stilles Empfinden, vermischt mit dem Wunsch, der wie ein Gebet war, seine Liebe wachsen zu lassen.

Wohin waren all diese Erwartungen und Hoffnungen verschwunden? Jetzt war in ihm nur noch die klaffende Wunde in seiner Brust. Keine Spur mehr von seinen Erwartungen und Hoffnungen, Erregung und stillen Empfindungen. Dachte er an den Mann, der er in jener Nacht gewesen war, dann stieg in ihm automatisch das Gefühl auf, das Schicksal habe einen kleinen Fehler gemacht, er sei zur unpassenden Zeit am falschen Ort erschienen. Diese seltsam unglaubwürdigen Empfindungen, die nicht zu ihm paßten, die er jedoch nun, aus der Distanz, betrachten konnte, diese Empfindungen waren in jener Nacht zweifellos in ihm gewesen.

Hayami entschloß sich, nach seinem Besuch bei Usan Numazu spätestens mit dem Neunuhrzug zu verlassen. Er würde sich die Hajizome-Färbung ansehen, die Usan, wie er sagte, extra für ihn angefertigt hatte, er würde ihm sagen, daß er es ablehnte, Keiko zu heiraten, und schließlich würde er mit dem Neunuhrzug nach Tôkyô zurückfahren. Bei dem Gedanken jedoch, daß weder Keiko noch Usan in der Lage sein würden, seine gegenwärtigen, auch für ihn selbst nur schwer faßbaren Gefühle zu verstehen, wurde ihm das Herz schwer wie Blei. Und völlig unerträglich war ihm der Gedanke, daß Keiko für immer in seinem Benehmen am Strand von Senbonhama nichts als Brutalität sehen würde. Andererseits war kaum zu erwarten, daß Keiko – wie damals am Strand – abermals einen großen Platz in seinem Herzen einnehmen würde, ehe nicht eine Reihe von Jahren vergangen war. Er war machtlos gegen die Tatsache, daß seine verstorbene Frau Harumi, mochte sie ihm an manchen Tagen auch näher und an anderen ferner gewesen sein, in den vergangenen zwei Monaten, in der Zeit, in der er sich mit dem Shimoyama-Fall gequält hatte, vom Innersten seines Herzens Besitz ergriffen hatte, mit einer Kraft, die Keiko von ihm fernhielt.

Im Gegensatz zu Kakei und Tonomura glaubte Hayami nicht mehr daran, daß das Polizeipräsidium mit einer Verlautbarung an die Öffentlichkeit gehen und den Shimoyama-Fall als Selbstmord einstufen würde. Aber recht bedacht hatte das mit Glauben nichts zu tun. Wenn er ehrlich war, mußte er feststellen, daß ihn die Angelegenheit nicht sonderlich interessierte. Erst jetzt ging ihm auf, daß das, womit er sich in den zurückliegenden beiden Monaten im Zusammenhang mit der Shimoyama-Affäre gequält hatte, letzten Endes nicht das Problem war, das der Tod des Bahnpräsidenten aufwarf, sondern ein Problem, das er selbst in ferner Vergangenheit gehabt hatte – der Tod seiner jungen, dreiundzwanzigjährigen Frau. Wie schemenhaft und unbedeutend erschien ihm Keikos Existenz angesichts der einen

Wahrheit, in deren Besitz er war, jetzt und all die Jahre zuvor, daß Harumi ihn bis zum letzten Augenblick ihres Lebens geliebt hatte.

In der Nacht zuvor, nach der Rückkehr in seine Unterkunft in Ômori, hatte er sich endgültig entschieden, auf eine Heirat mit Keiko zu verzichten, um seinetwillen und auch um ihretwillen. Plötzlich, einem Anfall gleich, war Harumis Tod über ihn gekommen, er hatte sich ausgebreitet in seinem Herzen und gewunden wie ein gepeinigtes Tier, und Stunden vergingen, ehe der Tod sich wieder zurückzog, wie in der Morgendämmerung die Flut sich vom Strand zurückzieht, und eine gewaltige Leere Hayami ergriff. In diesem Augenblick war seine Entscheidung gefallen. Erst da, inmitten dieser Leere, gelang es Hayami, Keiko von sich zu stoßen, in dem Bewußtsein, daß dies die einzige Möglichkeit war.

Als er in Usans Arbeitszimmer Platz nahm, in dem wie immer kein Körnchen Staub lag, war es bereits fünf. Wind kam durch das weit offene Fenster herein, er setzte das Rollbild im Tokonoma leicht in Bewegung und strich durchs Zimmer, hinaus auf die Veranda.

Usan war nicht zu Hause – man sagte Hayami, er sei für einen Moment weggegangen; kurz darauf hörte Hayami etwas, offenbar war er zurück. Usan trat ins Arbeitszimmer, in seinem kurzärmligen Hemd mit dem offenen Kragen und in kurzen Hosen sah er aus wie ein Volksschüler. Er schien nach seinem letzten Besuch in Tôkyô irgendwo Pflanzen gesammelt zu haben, denn Gesicht, Arme und Beine waren dunkelbraun, verbrannt von der Sonne.

»Weißt du, ein Bekannter sagte mir, er schenkt mir Sake, wenn ich nach Akita komme. War zwar nicht gerade der kürzeste Weg, aber ich habe mir den Sake geholt«, sagte Usan unvermittelt noch im Stehen. Dann verschwand er, und als er wieder auftauchte, trug er einen Yukata, die Ärmel hochgekrempelt, in seinen Händen ein Tablett mit einer Zweiliterflasche und Gläsern.

»Bis das Abendessen fertig ist, sollten wir ein Schlückchen von dem Sake probieren, den ich bekommen habe. Kommt mir vernünftiger vor als Tee.«

Usan schien sich aufrichtig zu freuen, Hayami nach langer Zeit wieder bei sich zu haben. Seine Frau und Keiko arbeiteten anscheinend in der Küche, sie hatten sich nur kurz an der Haustür gezeigt, das Arbeitszimmer betraten sie nicht.

Usan schenkte kalten Sake in die beiden Gläser und führte eines an den Mund.

»Schön, daß du hier bist! Ich muß mich noch für die Mühe entschuldigen, die ich dir das letzte Mal gemacht habe«, sagte er und bedankte sich damit für Hayamis Hilfe bei seinem letzten Besuch in Tôkyô. Usans Ausstrahlung, die ihn unmittelbar mit der Usan eigenen Schönheit seines Wesens konfrontierte, erfüllte Hayamis Herz wie immer mit Wärme, doch anders als sonst fühlte er sich heute einsam dabei.

»Wie ich höre, sind Sie mit der Hajizome-Färbung fertig«, sagte Hayami.

»Und ob ich fertig bin! Der Versuch hat sich wirklich gelohnt. Es ist mir gelungen, eine Farbe herzustellen, die völlig verschieden ist von der, die ich vor fünf, sechs Jahren produzierte. Was ich dieses Mal produziert habe, ist die echte Hajizome-Färbung! Ich zeige sie dir nachher. Wenn du wüßtest, wie schön sie ist!« sagte er mit halb geschlossenen Augen. Er senkte die Stimme und flüsterte, als habe er heimlich eine wichtige Mitteilung zu machen:

»Hundertfünfzig Durchgänge hat mich das gekostet!«

Hayami verstand nicht recht, was mit ›hundertfünfzig Durchgängen‹ gemeint war, aber zumindest schloß er aus Usans bedeutsamem Ton, daß es sich kaum um gewöhnliche Anstrengungen gehandelt haben konnte.

Wie Usan erklärte, hatte er zunächst Sappanholz mit Lauge

behandelt und so ein Rot mit violettem Einschlag erhalten, aus dem, nach Zugabe von Säure, ein dunkles Braun entstand; darauf gab er Pigmente, die er aus Talgsumach gewonnen hatte, wodurch die sogenannte Hajizome-Färbung zustande kam, eine Farbe aus dem rotgelben Spektrum. Verwendete man dabei jedoch von Anfang an dunkle Farben, fehlte dem Endprodukt jegliche Tiefe, weshalb er Stoffe mit hellen Farben färbte, die er anschließend trocknen ließ und wieder färbte und trocknen ließ – so lange, bis die Farbe den Ton annahm, der seinen Vorstellungen entsprach. Tatsächlich hatte er es bei seinem jetzigen Experiment auf hundertfünfzig Arbeitsgänge gebracht.

»Weißt du, bei der Hajizome-Färbung zu Zeiten des Heian-Hofs kam man auch auf hundert und mehr Arbeitsgänge. Soviel Zeit und Mühe wandten die Handwerker dieser Epoche auf. Wirklich beeindruckend!« sagte Usan, dabei hatte er in der Gluthitze des Juli und August dieselbe Mühe auf sich genommen. Bei Usans Worten wurde Hayami klar, daß das sonnenverbrannte Gesicht seines alten Lehrers keineswegs von einer Reise herrührte, auf der er Pflanzen gesammelt hatte, sondern in Wirklichkeit von seiner Arbeit in einem Winkel des Gartens hinter dem Haus, wo er sich mit der Hajizome-Färbung beschäftigt hatte.

Wie Usan weiter erzählte, existierten heute nur noch wenige kaiserliche Obergewänder, die mit dem Hajizome-Verfahren gefärbt waren – fünf im Kôryûji in Uzumasa und je eines im Bikokan in Ise und im Museum von Nara. Der Stoff, den er jetzt gefärbt habe, strahle, wie er sagte, eine Erhabenheit aus, die den uralten Obergewändern in nichts nachstehe. Und damit die Farbe nichts von ihrer Größe verlor, habe er als Stoff dicke Seide verwendet.

Kurz darauf wurde das Abendessen gebracht, und wie immer setzten sich Usan und Hayami, Usans Frau und Keiko gemeinsam zu Tisch. Usan und Hayami saßen sich gegenüber, Keiko hatte schräg gegenüber von Hayami Platz genommen. Nicht auszuschließen, daß sie sich ohne besonderen Grund auf diesen Platz gesetzt hatte, allerdings konnte man auch der Meinung sein – wie Hayami –, daß sich dahinter unauffällig eine Rücksicht ihm gegenüber verbarg. Es bedrückte ihn.

Als alle saßen, stand Keiko wieder auf, und kurz darauf sah man, wie sie in Arbeitssandalen zu dem niedrigen Roseneibisch in einem Winkel des Gartens ging und auf Zehenspitzen von den unteren Zweigen eine schneeweiße Blüte abschnitt. Sie stand da unter dem schlicht wirkenden Baum, dessen Zweige kerzengerade, in widerstandsloser Linie in den Himmel ragten, in der Hand eine Gartenschere, und schnitt einen der dünnen Zweige ab, das Gesicht dabei leicht nach oben gewandt; sie sah so anmutig aus, daß Hayami das Gefühl hatte, sie sei eine andere Frau als jene, die auf ihn bei ihrem letzten Besuch in Tôkyô einen etwas flatterhaften Eindruck gemacht hatte. Es schien, daß in der stillen Atmosphäre von Usans Haus nur eine Seite von Keikos Wesen zum Vorschein kam, eine Ruhe, die fast an Schroffheit grenzte.

Sie steckte den Blütenzweig in eine kleine Vase und kam ins Wohnzimmer zurück, wo sie, an niemanden gerichtet, sagte: »Ich stelle die Vase ins Zimmer nebenan« und in das viereinhalb Matten große Nachbarzimmer ging.

Während des Essens nahm Hayami mehrmals einen Anlauf, Usan zu sagen, daß er wegen seiner Arbeit morgen früh in Tôkyô sein müsse und folglich keine andere Wahl habe, als mit dem Neunuhrzug zurückzufahren, aber er fand keine Gelegenheit.

Hayami griff ab und zu zum Sakebecher und sagte kaum etwas. Ohne daß er sich entschieden hätte, wie er die Heirat mit Keiko zur Sprache bringen sollte, irrte sein Blick immer wieder hinaus in den nicht sonderlich großen Innenhof mit den unterschiedlich geformten Azaleenbüschen.

Usans Frau und Keiko waren mit dem Essen fertig, während Usan und Hayami bei ihren Sakebechern sitzenblieben; doch als habe er nur auf den richtigen Zeitpunkt gewartet, sagte Usan kurz darauf:

»Wir können uns nachher dem Sake in aller Ruhe widmen, jetzt will ich dir die gefärbten Stoffe zeigen, die mich soviel Mühe gekostet haben. Die Hajizome-Färbung sieht wirklich wunderschön aus, wenn man sie eine Weile nach Sonnenuntergang betrachtet, im weichen Abendlicht. Es war Keiko, die das entdeckt hat.«

Usan erhob sich und ging über den Flur ins Nachbarzimmer. Hayami folgte ihm. Er hatte Tage in Usans Haus verbracht, aber noch niemals einen Blick in das Nachbarzimmer geworfen, das offenbar Keiko gehörte, geschweige denn einen Fuß hineingesetzt.

Betrat man das Zimmer vom Flur her, stieß man rechter Hand auf ein Gestell für Kimonos, über dem tatsächlich drei Stoffe hingen, in wunderbaren Tönen aus dem orangefarbenen Spektrum. Die Strahlen des Lichts kamen von zwei Seiten – vom Flur vor der Tür und durch ein niedriges Fenster in der Zimmerwand links – und fielen in der Stille, die dieser Tageszeit eigen ist, weich und wie schwebend auf die Stoffe. Neben dem Kimonogestell stand ein kleiner Tisch, auf ihm eine schmalhalsige Vase aus Seladonporzellan, in der die weiße Blüte steckte, die Keiko abgeschnitten hatte.

Usan saß in der Mitte des Zimmers, ein Knie angewinkelt, vor sich die drei Stoffe, und blickte ein Weile versunken auf sie, eine Hand leicht ans Kinn gelegt – vielleicht hatte er schon zahllose Male in dieser Haltung im Zimmer gesessen. Seit sie den Raum betreten hatten, hatte Usan noch kein Wort gesagt, doch schließlich meinte er:

»Und? Sind sie nicht wunderschön?!«

Hayami der schräg hinter Usan saß, blickte ebenfalls auf das Gestell, und je mehr sich seine Augen mit den Farben vertraut machten, desto schöner fand er sie. Das ist die Königin der Farben, sagte Usan. Die drei unterschiedlich dunklen Töne aus dem orangefarbenen Spektrum, deren Helligkeit graduell abgestuft war, leuchteten gedämpft, jede im eigenen reichen Glanz.

»Das ist die Hajizome-Färbung«, sagte Usan und deutete auf die mittlere der drei Stoffbahnen. »Die Farbe ist wie das Strahlen der Sonne, die den Meridian überschreitet. In unserem Land gehörte sie lange Zeit zu den absolut verbotenen Farben. Was naheliegend ist, da sie den Rang des Tennô symbolisierte. Man erhält die Farbe, wenn man Chromgelb unter Hellrot mischt. Wahlweise kann man Ocker unter Gummigutt mischen, aber dieselbe Farbe entsteht dabei nicht – da kannst du machen, was du willst! Aber wie sollte auf diese Weise auch eine solche Farbtiefe entstehen!«

Usan redete und redete immer weiter, als wäre er allein, offensichtlich angetrieben von der Befriedigung des Forschers und der Erregung des Künstlers. Wie er erklärte, handelte es sich bei der rechten Stoffbahn um Akashirotsurubami, die Farbe, die den Rang eines abgedankten Tennô symbolisierte, und bei der linken um Ôtan, die Farbe, die für den Rang von Kronprinzen stand. Beide Töne entstammten dem orangefarbenen Spektrum, doch während ersterer ein verhaltenes Gelbbraun war, die Farbe der untergehenden Sonne, wirkte der letztere weitaus glanzvoller, eine Farbe, die, verglichen mit den anderen, dem Glanz der Morgensonne entsprach. Unter den Farben, die am Hof der Heian-Zeit Verwendung fanden, nach Usans Berechnungen belief sich ihre Zahl auf hundertfünfundsechzig, waren es diese Farben, die den höchsten Rang innehatten.

Ein Weile verging, dann nieste Usan mehrmals hintereinander; er wischte sich die Tränen ab, zog den Kragen seines Yutaka enger und richtete den Blick wieder auf die Stoffe. Usan, die kleine Gestalt, die vor den drei senkrecht herabfallenden Stoffbahnen mit ihrer prachtvollen Färbung saß, nahm sich in Hayamis Augen – er wußte nicht, warum – plötzlich fürchterlich einsam aus. Erschrocken blickte Hayami weiter auf Usans einsame Gestalt, doch als er an seiner Miene bemerkte, daß dieser sich in seiner eigenen geistigen Welt befand, die ihm unzugänglich war, machte sich Verlassenheit in ihm breit, so, als habe man ihn verstoßen, gleichzeitig jedoch das erleichterte Gefühl, gerettet zu sein.

In diesem Moment hörte er Keiko in unmittelbarer Nähe sagen: »Ach, wie schön!« Er blickte auf – Keiko, die irgendwann ins Zimmer gekommen sein mußte, saß nicht weit hinter ihm.

Hayami verrückte sein Sitzkissen, um seine Position etwas zu verändern, und sah sich nach Keiko (sie hatte gerade »Ach, wie schön!« gesagt) um. Die drei prachtvoll gefärbten Stoffbahnen waren ihr keinen Blick wert, im Gegenteil, sie wandte ihnen fast den Rücken zu, während ihre Augen bewegungslos auf der Seladonvase mit der Roseneibischblüte ruhten. Vielleicht lag es an der besonderen Atmosphäre des Raums, jedenfalls ging auch von der weißen Blüte eine Reinheit und Schönheit aus, die Hayami ergriff. Keiko blickte noch immer auf den Zweig, und ihr Profil verstrahlte eine abweisende Kälte, die Hayami den Atem nahm und ihm zeigte, wie unbeugsam sie war. Die Atmosphäre des Zimmers gab Hayami das Gefühl, daß sich in Keikos Haltung ihr unerbittlicher Widerstand gegen Usan ausdrückte. Und auf die ein oder andere Weise konnte er ihre Gefühle (Widerwille? Ablehnung?) verstehen.

Hayami sah weiter unauffällig auf Keikos Profil, das er sich bei ihrem letzten Besuch in Tôkyô nicht einmal in seinen wildesten Träumen so vorgestellt hätte, und in dem Moment – vielleicht angestachelt von ihrer Kälte – schoß ihm ein Gedanke durch den Kopf.

(Ich besitze meine eigene Farbe!)

Im selben Augenblick wichen die Stoffbahnen, kleine Wasserfälle aus Farbe, zurück und entschwanden in der Ferne, die Roseneibischblüte entschwand, wie auch Usan und Keiko, und eisige Stille breitete sich in ihm aus.

Ihm war, als lösten sich die Bänder, die ihn mit Usan und Keiko verbunden hatten, und flögen durch die Luft; seine Vertrautheit mit Usan verschwand spurlos, ebenso wie der Zwang, der von Keiko ausging. Er spürte, daß er in einer wüsten, leeren Welt, tot wie eine Winterlandschaft, stand. Ein Gedanke, nur halb bewußt, streifte ihn, der Gedanke an das Meer, wo in der schwarzen Flut die Wellen nur an einer Stelle in Bewegung gewesen waren, und Hayami dachte, ich muß gehen.

Er sah auf die Uhr und beschloß, Punkt halb neun Usans Haus zu verlassen. Er blickte kurz auf das weiße Profil von Keiko – nicht anzunehmen, daß er sie noch einmal treffen würde – und ließ den Blick über Usan schweifen, der verloren noch immer auf die Hajizome-Färbung starrte, und weiter über das ruhige Zimmer, in dem Usan saß, dann sagte er: »Professor, ich muß Sie kurz sprechen!«

Usan sah auf. Als er merkte, daß Hayami in einem anderen Zimmer mit ihm reden wollte, erhob er sich unbeschwert und sagte:

»Ja, natürlich – ich verstehe.«

Während er sich noch verzweifelt fragte, wie er Usan sagen sollte, daß er eine Ehe mit Keiko ausschlug, breitete sich in ihm, vermischt mit einer gewissen Resignation, dasselbe Gefühl wie in jener Nacht aus, in der er, im Restaurant in Shinbashi über den Tisch gebeugt, Usan fast an die Kehle gefahren war, und mit diesem Gefühl, den Blick seltsam distanziert auf den Rücken seines kleinen alten Lehreres gerichtet, folgte er Usan und verließ das Zimmer.

*Anmerkungen des Übersetzers*

Bei allen Ortsnamen im Text, die nicht mit einer Anmerkung versehen sind, handelt es sich, mit Ausnahme bekannter Orts- und Inselnamen, um Stadtteile, Viertel und Gegenden in Tôkyô.

1 *Numazu:* An der Suruga-Bucht gelegene Stadt im Ostteil der mitteljapanischen Präfektur Shizuoka. Während der Tokugawa-Zeit (1603-1867) Sitz einer Poststation (»alte Überlandstraße«).

13 *Mandschurei-Krieges:* Am 18. 9. 1931 beginnende Invasion von Einheiten der japanischen Armee, die zur Besetzung der Mandschurei und zur Etablierung eines Marionettenstaates führte.

18 *Atami:* Thermalbad östlich von Numazu.

*Shizu 'ura:* Ortschaft im Südosten Numazus. Heute nach Numazu eingemeindet.

20 *Kojiki:* ›Aufzeichnungen alter Begebenheiten‹; ältestes Geschichtswerk Japans, fertiggestellt 712.

*Nihon shoki:* ›Japanische Annalen‹; Geschichtswerk (erster Band der ›Rikkokushi‹); fertiggestellt 720.

*Rikkokushi:* ›Die sechs Reichsgeschichten‹; zwischen 720 und 901 entstandenes Geschichtswerk in sechs Bänden.

*Fusô ryakki:* ›Verkürzte Aufzeichnungen über Fusô (= Japan)‹; gegen Ende der Heian-Zeit (794-1185) fertiggestelltes Geschichtswerk.

*Hyakurenshô:* ›Auszüge aus hundertfach Geschmiedetem‹; gegen Ende der Kamakura-Zeit (1185-1333) fertiggestelltes Geschichtswerk. Bietet Auszüge aus Tagebüchern von Hof-Adligen und anderen Dokumenten.

*Honchô seiki:* ›Regierungsannalen unseres Hofes‹; Geschichtswerk; gegen Ende der Heian-Zeit fertiggestellt.

*Eiga monogatari:* ›Die Erzählung von Glanz und Pracht‹; historische Erzählung über den kaiserlichen Hof der Heian-Zeit; vermutlich zwischen 1028 und 1107 entstanden.

*Man 'yoshû:* ›Sammlung von zehntausend Blättern‹; älteste japanische Lyrik-Sammlung mit auf japanisch geschriebenen Gedichten vom Ende des 8. Jahrhunderts.

*Kaifûsô:* ›Texte, die an den eleganten Stil vergangener Zeiten erinnern‹; älteste japanische Lyriksammlung mit auf chinesisch verfaßten Gedichten; fertiggestellt 751.

*Waka:* Gedichtform mit einunddreißig Silben, die die japanische Lyrik über tausend Jahre lang dominierte.

*Kokinshû:* ›Sammlung von Waka aus alter und neuer Zeit‹; erste auf kaiserlichen Befehl hin kompilierte Waka-Sammlung; fertiggestellt 913.

*Taketori monogatari:* ›Die Geschichte des Bambussammlers‹; in der Heian-Zeit entstandene, älteste japanische Erzählung von einem Bambussammler und einer Mond-Prinzessin; Verfasser und genaues Entstehungsdatum unbekannt.

*Daihôryô:* ›Daihô(= Großer Schatz)-Gesetze‹; Sammlung mit Gesetzeserlassen des 1. Jahres der Ära Daihô (= 701).

*Engi shiki:* ›Regulationen der Ära Engi (= Langes Glück)‹; Sammlung von Erlassen und Zeremonialbestimmungen der Ära Engi (901-923); fertiggestellt 927.

*Ruiju sandaikyaku:* ›Klassifizierte Sammlung von Zusatzbestimmungen dreier Epochen‹; Gesetzessammlung; vermutlich in der mittleren Heian-Zeit verfaßt.

*Hossô shiyôshô:* ›Wichtige Auszüge für Rechtsgelehrte‹; juristisches Werk mit Gesetzestexten und Kommentaren aus der Heian-Zeit; vermutlich verfaßt um 1100.

*Seiji yôryaku:* ›Abriß der Regierungsgeschäfte‹; unter systematischen Gesichtspunkten kompilierte Sammlung von Erlassen, die mit politischen Angelegenheiten in Verbindung standen; in der mittleren Heian-Zeit verfaßt.

21 *Suôzome:* Unter Beigabe von Lauge aus dem gekochten Holz oder der Rinde des Sappans gewonnene rote Farbe mit einem leichten Einschlag ins Violette.

*Chôjizome:* Aus den gekochten Blüten des von den Molukken stammenden Gewürznelkenbaums gewonnene braune Farbe mit einem kräftigen Einschlag ins Gelbe.

22 *Yamagata:* Präfektur im Norden der Hauptinsel Honshû.

23 *Iwate:* Am Pazifik gelegene Präfektur im Norden der Hauptinsel Honshû.

*Miyagi:* Präfektur südlich der Präfektur Iwate.

24 *Makura no sôshi:* Etwa um das Jahr 1000 von der Hofdame Sei Shônagon verfaßtes Werk der sogenannten Miszellenliteratur (jap.: zuihitsu).

56 *Kap Shionomisaki:* Südlich der Stadt Kushimoto gelegenes Kap an der Südspitze der Halbinsel Kii (Präfektur Wakayama).

57 *Hamamatsu:* Stadt im Westteil der Präfektur Shizuoka.
*Sichelwiesel:* Dem japanischen Volksglauben entstammendes Wesen (jap.: kama 'itachi).

64 *Izu:* Halbinsel im Ostteil der Präfektur Shizuoka.
*Kansai:* Region zwischen Ôsaka und Kyôto. Neben der Kantô-Ebene (Region um Tôkyô) das dichtest besiedelte Gebiet Japans.

66 *Tennôji:* Alter Tempel in Ôsaka, nach dem auch das zugehörige Stadtviertel benannt ist.
*Higashi-Wakayama:* Stadt im Nordwesten der Präfektur Wakayama.

67 *Shirahama:* Stadt an der Südwestküste der Halbinsel Kii.
*Tsubaki:* Zu Shirahama gehörende Ortschaft.
*Nanki:* Gebiet zwischen dem Südteil der Präfektur Wakayama und dem Südteil der im Osten angrenzenden Präfektur Mie.

69 *Yukata:* Traditionelles Kleidungsstück aus dünnem Baumwollstoff. Der Form nach europäischen Morgenmänteln ähnelnd, werden Yukata vor allem nachts und an heißen Tagen getragen.

70 *Hachijôjima:* Im Pazifik gelegene Vulkaninsel südlich von Tôkyô.

73 *Tokonoma:* Traditionelle Ziernische in japanischen Zimmern, geschmückt mit Bildrollen oder Ikebana-Gestecken.

77 *Tenpôzan:* Künstlicher Hügel in der Hafeneinfahrt von Ôsaka.
*Suita:* Trabantenstadt im Norden Ôsakas.

78 *Doppelselbstmord am Shionomisaki:* Anspielung auf ›Doppelselbstmord am Kap Sonezaki‹ (jap.: Sonezaki shinjû), eines der berühmtesten Kabukistücke des Dramatikers Chikamatsu Monzaemon (1653-1724).

98 *Fujisan:* »Heiliger« Berg Japans. In deutschen Zeitungsartikeln meist falsch als ›Fujiyama‹ oder ›Fudschijama‹.
*Hajizome:* Unter Beigabe von Lauge aus der gekochten Rinde des Talgsumachs gewonnene gelbe Farbe, die leicht ins Rötliche spielt.

*Akashirotsurubami:* Bräunliche Farbe mit einem leichten Ein-schlag ins Graue, zu deren Herstellung man eine Grundfär-bung mit Hajizome benötigt, auf die Krapprot aufgetragen wird.

*Ôtan:* Ins Bräunliche spielende rote Farbe. Hergestellt aus ei-ner Grundfärbung mit einer aus Gardenien gewonnenen Farbe und einem weiteren Auftrag von Karmesin.

109 *Shôsôin:* Kaiserliches Schatzhaus auf dem Gelände des Tem-pels Tôdaiji in Nara. Das Schatzhaus beherbergt nicht nur Kleidungsstücke, Keramiken und Kunstwerke aus Japan, son-dern auch aus China, Indien, Persien sowie dem Mittelmeer-raum.

119 *Higansugi made:* ›Bis nach dem Äquinoktium‹; 1912 in Buch-form veröffentlichter Roman von Natsume Sôseki (1867-1916), einem der bedeutendsten Schriftsteller der Meiji-Zeit (1868-1912).

154 *Obi:* Schärpenähnlicher Kimonogürtel.

163 *Ôiso:* Stadt in der Präfektur Kanagawa südwestlich von Tô-kyô. Hier wurde in der Meiji-Zeit (s. Anm. S. 119) das erste Seebad Japans eröffnet.

165 *Sommerfest in Ryôgoku:* Traditionelles Fest an den Ufern des Sumidagawa im Tôkyôter Stadtteil Sumida.
*Tamagawa:* In die Bucht von Tôkyô mündender Fluß. Feuer-werke waren und sind ein beliebter sommerlicher Zeitvertreib.

169 *Bucht von Sagami:* Am Pazifik gelegene Bucht im Südteil der Präfektur Kanagawa.

171 *Akita:* Am Japanischen Meer gelegene Präfektur im Norden der Hauptinsel Honshû.

173 *Kôryûji:* Tempel der zum esoterischen Buddhismus gehören-den Shingon-Sekte im Kyôtoer Stadtviertel Uzumasa. Beher-bergt zahlreiche Kulturgüter.
*Bikokan:* Zum shintôistischen Ise-Schrein gehörendes Kunst-museum in der Präfektur Mie.
*Nara:* Stadt in der Präfektur Nara südöstlich von Kyôto. Zwi-schen 710 und 784 Hauptstadt Japans.

*Nachwort*

Yasushi Inoue (1907-1991) – ausgezeichnet mit allen bedeutenden japanischen Literaturpreisen, überhäuft mit den kulturellen Ehrungen seines Landes, seit 1964 Mitglied der Japanischen Akademie der Künste, zwischen 1981 und 1985 Präsident des japanischen PEN-Clubs, in späteren Jahren Reisender in Sachen Vergangenheit (ein Ergebnis dieser Reisen war das 1969 erschienene Buch *Reise nach Samarkand* [Suhrkamp 1998]), vielfacher Kandidat für den Nobelpreis – war einer der wichtigsten und einflußreichsten Autoren der modernen japanischen Literatur (und einer ihrer produktivsten dazu: bereits 1973 begann die Veröffentlichung einer ersten Gesamtausgabe mit zweiunddreißig Bänden). Dennoch, Inoue trat erst spät an die Öffentlichkeit.

Inoue wurde am 6. 5. 1907 als Sohn eines Militärarztes in Asahikawa (Hokkaidô) geboren, lebte jedoch zwischen 1912 und 1920 auf der Halbinsel Izu bei seiner Großmutter (in Wirklichkeit die Geliebte seines Urgroßvaters). Ab 1930 ein nachlässig betriebenes Jurastudium an der Kaiserlichen Universität Kyûshû, das er 1932 abbrach, um an der Kaiserlichen Universität Kyôto Ästhetik zu studieren. Mehr interessiert am Verfassen eigener Gedichte und der Teilnahme an Literaturwettbewerben als am Studium, schloß er die Universität 1936 ab und trat in die Redaktion der Zeitung *Mainichi Shinbun* (Daily News) / Ôsaka ein. Abgesehen von einem Militärdienst in Nordchina zwischen September 1939 und Januar 1940 blieb Inoue bis 1951 Mitglied der *Mainichi Shinbun* (ab 1948 in der Redaktion Tôkyô).

Erst 1949, im Alter von zweiundvierzig Jahren, trat Inoue vor ein breites Leserpublikum – mit den Erzählungen *Das Jagdgewehr* (BS 137) und *Der Stierkampf* (BS 273) – für letztere erhielt er 1950 den renommierten Akutagawa-Preis. Im selben Jahr noch erfolgte in der Zeitschrift *Bungei shun-*

*jû* die Fortsetzungsveröffentlichung seines ersten Romans: *Schwarze Flut.*

Auf den ersten Blick ein Zeitroman – tatsächlich löste das Buch eine Welle von Romanen aus, die zeitgenössische politische und gesellschaftliche Themen behandelten –, befaßt sich *Schwarze Flut* (scheinbar) mit einem Vorfall, der sich 1949 ereignet hatte, der Shimoyama-Affäre.

Nachdem bereits Ende Januar 1948 der sogenannte Teigin-Fall (dabei gab sich ein Bankräuber bei einem Überfall auf die Bank Teikoku Ginkô/Tôkyô) als Gesundheitsbeamter aus und verabreichte den Angestellten der Bank zur Abwehr einer angeblichen grassierenden Ruhr ein Zyankali enthaltendes Mittel, was den Tod von zwölf Menschen zur Folge hatte) für beträchtliche Schlagzeilen gesorgt hatte, entwickelte sich die bis zum heutigen Tag ungeklärte Shimoyama-Affäre zu einem gesellschaftlichen Sprengsatz.

Shimoyama Sadanori (1900-1949), Generalpräsident der Staatsbahn und damit Chef des größten staatlichen Unternehmens, sah sich Mitte 1949 auf Anweisung des Yoshida-Kabinetts, das wiederum dem General Headquarter unterstand, gezwungen, Massenentlassungen in die Wege zu leiten – es ging um annähernd hunderttausend Menschen. Am 2. Juli 1949 scheiterten die Verhandlungen zwischen Shimoyama und den kommunistisch geprägten Bahnarbeitergewerkschaften, am 4. Juli gab der Bahnpräsident die erste Entlassung von siebenunddreißigtausend Beschäftigten bekannt; am folgenden Tag wurde er auf dem Weg zu seinem Büro beim Betreten des Kaufhauses Mitsukoshi noch einmal gesehen, dann verlor sich seine Spur – bis seine zerstückelte Leiche am 6. Juli im Morgengrauen auf den Gleisen der Jôban-Linie im Norden Tôkyôs entdeckt wurde.

Große Teile der Öffentlichkeit wie auch die meisten Zeitungen (allen voran die meinungsbildenden *Asahi Shinbun* und *Yomiuri Shinbun*) sahen in dem Fall Mord, begangen von einem oder mehreren Beschäftigten der Bahn oder von Mitgliedern der Kommunistischen Partei. Doch es gab eine Ausnahme – die Zeitung *Mainichi Shinbun*, eines der auflagenstärksten Blätter Japans, das mit seiner neutralen, eher zur Selbstmord-Theorie neigenden Berichtererstattung einen einsamen Kampf austrug. (1962 brachte der Schriftsteller Matsumoto Seichô in seinem Buch *Nihon no kuroi kiri* (Schwarzer Nebel über Japan) eine weitere These ins Spiel. Matumoto vermutete, daß Shimoyama auf Veranlassung der amerikanischen Besatzungsmacht ermordet wurde, um, im Zeichen des sich anbahnenden Kalten Krieges und zur Durchsetzung einer neuen Wirtschaftspolitik, die japanische Regierung zu Maßnahmen gegen die (legale) Kommunistische Partei zu veranlassen.)

Verschärft wurde die Situation durch ein *Unglück* (das sich schnell als geplantes Attentat herausstellte), den Mitaka-Fall. Am 15. Juli 1949, wenige Tage nach dem Auffinden der Leiche des Bahnpräsidenten, entgleiste ein führerloser, menschenleerer Zug im Bahnhof Mitaka im Westen von Tôkyô und tötete sechs Personen. Abermals wurden die Schuldigen in der Kommunistischen Partei gesucht.

Während nun Inoue den Shimoyama-Fall, die vom leitenden Redakteur Hayami geprägte Berichterstattung der Zeitung K (hinter der sich die *Mainichi Shinbun* verbirgt) und der Konkurrenzblätter akribisch, fast im Stil eines Dokumentarromans und aus neutraler Position heraus nachzeichnet, wozu es angesichts der aufgeheizten, antikommunistischen öffentlichen Meinung eines beträchtlichen Mutes bedurfte, geht es im Roman letzten Endes doch um etwas anderes.

1973 äußerte sich Inoue selbst zu seiner Intention, wenn auch e negativo: »Das eigentliche Thema des Romans *Schwarze Flut* ist nicht der Shimoyama-Fall (und wenn Sie den Roman lesen, werden Sie das bemerken), da sich aber weite Teile des Buches mit dieser Affäre beschäftigen, kann man mit einer gewissen Berechtigung behaupten, ich hätte den Shimoyama-Fall in Romanform behandelt.« Und an gleicher Stelle: »Nicht beschrieben habe ich in diesem Roman [...] die ganz spezielle Zeit, die den Hintergrund dieses Falls bildet, die damaligen gesellschaftlichen Verhältnisse und die politischen Umstände. Wollte man das Aufeinanderprallen dieser schwarzen Fluten beschreiben, entstünde ein Roman gänzlich anderer Art.«

Worum geht es also? Es geht in diesem Roman, dessen Schluß – wie die Vergangenheit – offen ist, um die Frage nach Wahrheit, nach der Darstellbarkeit des Tatsächlichen. Um den Versuch, das Unbeschreibbare (den Selbstmord seiner Frau Harumi und die Folgen für Hayami) durch das Beschreibbare (die Berichterstattung im Shimoyama-Fall) darzustellen und das Unsichtbare (Harumis Körper, um nur ein Beispiel zu nennen) durch das Sichtbare (Shimoyamas zerstückelte Leiche). Beinahe jeder Satz über Shimoyamas Tod wird zum Echo, in dem Harumis Tod widerhallt. In letzter Konsequenz geht es um die Ausformulierung und gleichzeitige Anwendung eines literarischen Programms, das auch für Inoues weiteres Werk Gültigkeit haben sollte. Wenn Hayami sagt: »Ich will von Mutmaßungen – von keiner einzigen Mutmaßung – weder hören noch sehen!«, wird der Roman zum Spiegelbild, zur Poetik seiner selbst.

Den Kern von Inoues Gedichten und Romanen, vielleicht ihr Geheimnis, umschrieb Peter Handke in einem Brief an den Autor: »Das Einmalige an Ihrem Werk ist für mich [...], daß jede Geschichte eine Vision zeigt, und daß ich im Lesen, anders als sonst Visionen in Büchern anderer Autoren, der Vision immer folgen und ihr glauben kann: diese Bilder sind von Ihnen erlebt [...]. Ihre Erleuchtungen *brauche* ich nicht erst zu glauben, sie sind *da* im Buch, als Fakten [...]«

*Otto Putz*